Maxime Gorki

Enfance

Préface
d'Hubert Juin

Traduction
de G. Davydoff et P. Pauliat

Gallimard

PRÉFACE

Maxime Gorki, c'est une image faussée. Il se méfiait un peu de l'Histoire tout en y croyant de toute sa naïveté. Il avait foi en l'homme, ce qui en fit un travailleur obstiné. Au fond, il avait mille fois raison de se méfier, et aurait dû se méfier plus encore. Le moment de son apothéose coïncida avec le début du mensonge. On en fit l'écrivain prolétarien par excellence, et le modèle de la littérature soviétique. Il ne protesta guère, ou, du moins, ses protestations ne parvinrent pas aux oreilles de ses contemporains. Staline veillait à son silence.

Son chef-d'œuvre, c'est sa trilogie : Enfance, En gagnant mon pain *et* Mes universités, *encore que l'intérêt se fasse moins vif des deux premiers volets au troisième. Son ouvrage le plus imposant,* Klim Sanguine, *manque de nerf et de vivacité : ce sont des silhouettes de papier qui entreprennent de démonter l'histoire moderne et d'annoncer la venue de l'homme nouveau. Ici, Maxime Gorki chasse les ombres et force ses convictions.* La Mère *est un récit de combat : le seul où l'écrivain fasse paraître des ouvriers, et non plus des marginaux. Car voilà bien le paradoxe : Gorki s'est livré à cent métiers sur les* chemins du vagabondage, jamais il n'est entré en usine. Ce « prolétarien » n'a approché les prolétaires que de loin. On ne les voit pas paraître dans ses œuvres les plus vraies.

Où le mensonge réellement commença, ce fut au moment de la rentrée triomphale de Gorki en U.R.S.S. au début de l'année 1928. Les contradictions furent simplement gommées, effacées, niées. On alla chercher dans les livres de Gorki ce qui, manifestement, n'y est pas. Non seulement, ce jeu de dupes qui, à l'Académie communiste, en octobre 1927, transforma en représentant presque exclusif du mouvement ouvrier un homme qui ne répondait que lointainement aux conditions requises, faussait le sens des écrits de Gorki, mais encore dissimulait ce qui se trouve, réellement, dans ces mêmes écrits : une inquiétude manifeste. Un seul exemple de la « méthode » d'alors suffira : c'est à partir d'une lecture prétendument correcte des romans de Gorki que fut élaborée la théorie du « type positif » en littérature. Bien sûr, Maxime Gorki accepta cette théorie, s'en fit parfois le propagandiste, — mais l'erreur et la tricherie consistaient à prétendre déduire la théorie du « type positif » d'une lecture de Gorki. Il n'y a pas, dans les livres de Gorki, à proprement voir, de « types positifs », pas plus que ne s'y rencontrent des héros prolétaires. Ce sont partout des petits bourgeois, des intellectuels dévoyés, des vagabonds déclassés. Mieux encore : les miettes et les débris d'un pré-prolétariat éclaté.

Il faut remarquer cependant que si Gorki apporte son soutien à la théorie du « type positif », ce n'est pas reniement mais conviction. Tout se passe comme si Gorki avait toujours souhaité écrire autre *chose que ce qu'il écrit. Le grand débat qu'il ne cesse de poursuivre au fond de lui avec Dostoïevski s'éclaire de cette façon. Rien de plus clair que sa lettre fameuse à Anton Tchekhov de janvier 1900 :* « Il faut absolument que la littérature actuelle embellisse un peu la vie, et dès qu'elle commencera à le faire, la vie paraîtra plus belle, les hommes seront plus animés, plus vifs. Mais maintenant, regardez-les donc, quels vilains yeux ils ont, ennuyeux, troubles, gelés. » *Il souhaitait ardemment embellir la vie, mais les héros qui l'occupent ont les yeux gelés. Il se fait ainsi un écart partout perceptible entre ce qu'il pense de la littérature, et la littérature qu'il produit. Lénine, par souci d'efficacité, a beau lui demander de devenir* « soviétique », *Gorki s'acharne, s'y efforce; rien à faire : il demeure* « russe ». *Il sent en lui le trouble noir de l'âme. Il nomme son tourment : Dostoïevski.*

La période stalinienne a voulu faire de Gorki l'ennemi triomphant de Dostoïevski. Son contraire exact et absolu. C'était encore tricher. Gorki lutte contre Dostoïevski parce qu'il lutte contre lui-même, parce qu'en lui résonnent les propos des Karamazov et l'énorme discours des Possédés, *parce qu'il est aussi, lui, russe, un homme des* « provinces sourdes ». *A l'origine, il y a la Volga :* « Tout est empreint de lenteur; la nature et les hommes vivent lourdement, paresseusement, mais, derrière la paresse, semble tapie une force énorme, une force irréductible encore inconsciente, encore ignorante de ses propres désirs et de ses buts. » *Force inconsciente? Exactement. Ici, les héros de Gorki se tournent et se retournent nerveusement comme dans un mauvais rêve. Ils sont en proie à une fièvre énigmatique qui les voue à la destruction. Dans* Enfance, *les membres de la famille Kachirine succombent ainsi à ces accès brutaux : frappent, tuent, se déchirent.* « Les Kachirine, mon petit, n'aiment pas ce qui est bien, ils en sont jaloux et ils le détruisent car ils ne peuvent pas devenir bons eux-mêmes. » *L'explication de Grigori n'est peut-être pas suffisante : il faudrait y ajouter un excès de l'âme...*

Mais, dans Enfance *toujours, on voit bien que l'enfant Pechkov n'est pas lui-même libre de ces démons-là. Il ne rêve que heurts et batailles. A peine s'échappe-t-il dans la rue que c'est pour échanger des horions. S'il se bat ainsi sans motifs, c'est pour cesser, un bref instant, d'étouffer. L'action violente, pour les Kachirine, c'est une bouffée d'air. Le ciel pèse sur eux de tout son poids. La terre les refuse. Ils se tordent dans un inconfort qui ressemble à une déchirure. Puis il leur vient des éclairs de bonté, des mots de consolation, de subtils et brefs sourires dans l'entrelacs des rides. Là-bas, le fleuve obstiné poursuit sa course pesante. Chaliapine, grand ami de Gorki, et de la même province, disait :* « Je sais de science certaine, profonde, exempte de doute, que toutes les pensées, tous les sentiments, tous les actes de Gorki, bons ou mauvais, avaient pour seule et unique source la Volga... »

*

Ces rapports difficiles maintenus avec Dostoïevski le tentateur, cette hantise si longtemps et si

*sottement niée par la critique soviétique, débouchent
sur la question de Dieu. Lénine ne se faisait pas
d'illusions : Gorki, il en avait les preuves, ne
comprenait rien à la politique. En réalité, il était
marxiste avec son cœur, pas avec sa tête.* « Vous
dites — un marxiste! Sans doute, toutefois non
selon Marx, mais parce que ma peau a été tannée
ainsi. Plus et mieux que dans les livres, j'ai
appris le marxisme auprès de Séménov, boulanger à Kazan. » *Allons plus loin encore : les crises
de brutalité si fréquentes dans la famille Kachirine,
cet emportement sauvage qui marque les personnages des premiers livres de Gorki, cette fureur
intérieure qui éclate par à-coups et force les héros à
se détruire eux-mêmes, tout cela n'est-il pas le signe
d'un tourment et d'un besoin spirituels? Gorki en
est persuadé, et tellement qu'il croira, plus tard,
découvrir le remède à ce tourment, et la réponse à ce
désir : ce sera la culture. Pour Maxime Gorki en
effet, il ne fait aucun doute que la culture est le
véhicule de la morale. Enseignez à lire, ouvrez des
bibliothèques, et les hommes méchants deviendront
bons et justes. Lénine songeait à l'électrification des
campagnes et aux soviets. Gorki voyait dans la
révolution le triomphe du livre.*

L'idée de Dieu, cependant, demeurait présente.

*C'est ainsi qu'après l'échec de la révolution de
1905, l'intelligentsia révolutionnaire fut tentée d'in-
térioriser la révolution, voire : de la spirituali-
ser. Gorki, comme ses compagnons, avait bien lu
Vladimir Soloviov, mais un retour pur et simple
aux valeurs traditionnelles ne pouvait le satisfaire.
Or, dans les querelles de ce temps, il se fit un net
partage entre ceux qui voulaient* « chercher » *Dieu,*

et ceux qui entendaient l' « édifier ». Les premiers s'inscrivaient dans la tradition. Les autres attendaient de la révolution qu'elle construise Dieu, et, très exactement, un Dieu socialiste. Le théoricien de ce second groupe était un ancien compagnon de Lénine : Bogdanov. Plusieurs marxistes, aussi connus que Lounatcharski ou Pokrovski, acceptèrent les idées de Bogdanov. Gorki y adhéra d'enthousiasme, mais ne comprit jamais clairement l'ardeur de Lénine à combattre les « bâtisseurs » de Dieu. Il est vrai qu'au contraire du léninisme, Bogdanov mettait, au-dessus de l' « être social », la conscience, — et donnait le pas, dans le processus révolutionnaire, au culturel sur l'économique. Et ceci ne pouvait que séduire et convaincre Gorki.

A tel point que tous les efforts qu'on le voit faire en faveur d'une culture prolétarienne, jetant sur le papier le plan d'une publication de la littérature universelle dans ses exemples les plus « progressistes »; le souci qu'il a d'enseigner les déshérités, d'ouvrir des bibliothèques, de mettre l' « écrit » à la portée de tous; le soin à la fois minutieux et forcené avec lequel il lit, analyse, commente les centaines de manuscrits que les écrivains novices lui soumettent; l'ambition qu'il manifeste de devenir le plus grand et le plus désintéressé des « éditeurs » de tous les temps, cela, qui implique un travail énorme, s'inscrit dans la droite ligne des idées de Bogdanov. En effet, pour Bogdanov, ce qui est premier dans la révolution n'est pas tant la possession par la classe ouvrière des moyens et instruments de production, que l'acquisition, par cette classe, de la culture, — et d'une culture qui, dès lors, serait repensée par le prolétariat et éclairée par lui. Toujours, on le voit, le primat de l'idéologique sur l'économique. Ce que Lénine ne pouvait tolérer, mais pour quoi Maxime Gorki entendait se battre. Ce qu'il fit.

Le plus curieux, c'est qu'on voit, dans Enfance, *se dessiner un même mouvement. On y distingue en effet le Dieu du grand-père, et le Dieu de la grand-mère. Le premier trône dans un endroit réservé, au-dessus de la veilleuse et dans le figé des icônes. C'est un Dieu sévère et ténébreux. Il a d'inexplicables caprices. Il exige des prières qui n'en finissent pas; impose un rituel minutieux; se montre incapable de pardon. L'autre, le Dieu de la grand-mère, est partout : dans le ciel léger, avec les oiseaux. Il est bonté et joie. On dirait une promesse plutôt qu'un être. Il ne faudrait pas extrapoler beaucoup pour décider que son lieu est dans le futur. L'héroïne de* La Mère, Nilovna, *dit quelque chose d'un peu semblable :* « Il n'y aurait pas eu de Christ, si des hommes n'avaient pas péri en son nom! »

Il serait faux, à mon avis, de juger que Maxime Gorki s'est opposé tout d'une pièce au Dieu du grand-père. Cet homme, cet écrivain dont la tyrannie stalinienne a livré une image glacée, gelée, d'une pièce, était au contraire nuancé au possible, tiraillé entre les contraires, habité par des tentations opposées à ses intentions. Le jeune Pechkov, âgé de quatorze ans, travaillera chez un fabricant et marchand d'icônes. Là, dans l'atelier, il écoutera des heures et des jours durant le discours naïf et terrible des vieux-croyants et de théologiens d'occasion. Persécutés par le pouvoir, animés de sentiments farouches, ces zélateurs d'un Dieu jaloux, qui est très exactement le Dieu du grand-père, vont impressionner profondément et durablement

*l'homme Gorki. Non qu'il puisse ou veuille parta-
ger leur foi. Mais il admire la résistance qu'ils
opposent, au nom de leurs croyances, au nom de
leur Dieu, aux autorités. Nina Gourfinkel souligne
le fait que c'est un Évangile que la police découvre
dans la besace du vagabond Gorki arrêté au
Kouban : il a vingt-trois ans.*

*

*Maxime Gorki commença très tôt à s'interroger
sur lui-même. Il voulait découvrir le sens qu'avait
son existence. Cette vie qui était la sienne, quelle
signification avait-elle? La présence, voire la néces-
sité, de l'autobiographie s'imposa rapidement. En
1893, il est alors âgé de vingt-cinq ans, il rédige la
note suivante, titrée :* « Exposé des pensées et des
faits dont l'action réciproque a déterminé le
dessèchement des meilleurs morceaux de mon
cœur » *(on reconnaît là l'auteur romantique, encore
ivre de mots convenus et de phrases « importantes ») :*

« L'an 1868, le 16 du mois de mars, à 2 heures
de la nuit, par suite de la prédilection qu'elle a
pour les mauvaises plaisanteries ainsi que pour
compléter la somme des absurdités qu'elle a
commises à diverses époques, la nature me fit
naître d'un trait de pinceau objectif.

« En dépit de l'importance de ce fait, je n'en
garde aucun souvenir personnel, mais grand-mère
m'a dit que dès que me fut conféré l'esprit
humain, je poussai un cri.

« Je veux croire que ce fut un cri d'indignation
et de protestation. »

Le ton est donné : l'anti-Dostoïevski que voudra devenir Maxime Gorki ne cessera, je l'ai dit, de mener avec Dostoïevski justement un interminable débat : c'est une querelle rageuse dans laquelle Gorki jette, face au dilemme des Karamazov, toute son espérance en l'homme et tout son espoir en l'homme nouveau. Ce qu'il reproche et reprochera toujours à Dostoïevski et à Tolstoï, mais aussi, plus secrètement, à Tchekhov lui-même, c'est leur résignation. Mais il n'empêche que le dilemme est en lui, comme un poison.

S'il est né, comme il le note, en jetant un cri, c'est sur un cadavre, celui de son père, qu'il ouvre les yeux. Ainsi commence, aux premières pages d'Enfance, l'effort et le travail autobiographiques. Il trouve, dans ces chapitres bouleversants, un ton inimitable. Il s'élève à une netteté du style dont ses Œuvres complètes offrent peu d'exemples : ici, il se débarrasse absolument de ce lyrisme têtu et emprunté qui lui venait de ses travaux d'autodidacte. Que l'orphelin soit porté par le berceau du navire sur le fleuve Volga, dans les premiers feuillets d'Enfance! l'écriture ne pèse pas, ne souligne rien, n'alourdit ni la vivacité des sensations ni la fragilité du souvenir. Et le livre se poursuit jusqu'à son terme, sans une fausse note, sans une bavure, sans « effet ». L'arrivée à Nijni-Novgorod donne l'image vraie : « Avec une vitesse effrayante, commença à couler une vie épaisse, bigarrée, indiciblement étrange. Elle m'apparaît maintenant comme un conte rude, fort bien raconté par un génie bon mais cruellement véridique... »

Le monde est éprouvé par l'injustice, mais aussi

par la duplicité des êtres : tous ont une face cachée, même le grand-père, et cette face paraît par éclairs, illumine un instant le regard puis s'efface. D'ailleurs n'est-ce pas l'injustice du monde qui a rendu le grand-père méchant? N'est-ce pas la méchanceté des autres? Ici, Maxime Gorki refuse de tout confier au destin et au sort aveugle. Si vous aviez donné de l'instruction au jeune Kachirine vous auriez métamorphosé le vieux Kachirine! Et les oncles? Des bêtes, — littéralement... Gorki mesure à ceci les effets bienveillants sinon miraculeux de cette culture qui sera toujours l'objet de son culte le plus sincère. Lui qui n'a fréquenté que durant quelques mois les petites classes de l'école, il ne cessera jamais plus de répéter, de redire : « Étudiez! » Devenu le grand homme de l'Union soviétique, ses discours reprennent inlassablement le même thème : « Vous autres, aujourd'hui, grâce à la révolution, vous avez le savoir, et vos efforts ont un sens. Nous, hier, nous étions dans la nuit et nous ne savions rien. »

Cette conviction qu'il exprime ainsi, il faut l'avoir en mémoire pour comprendre ses différends avec Lénine, puis son rapprochement avec le régime.

*

Lorsqu'il est à Capri, en 1906, c'est son aveuglement politique qui irrite Lénine. Entendez : son attachement à Bogdanov. Sa sympathie pour les « bâtisseurs » de Dieu.

Rentré en Russie, grâce à l'amnistie de 1913, collaborateur de la presse bolchevique, il s'attirera encore les foudres du théoricien marxiste pour les mêmes raisons. Lénine à Gorki en 1913 : « Vous continuez à défendre l'idée de Dieu et de l'édification de Dieu. *» Non, répond Gorki, et il se plonge tête baissée dans les problèmes sociaux. Alexandre Blok, qui le connaissait bien, lui dit alors que ce n'était pas là sa véritable voie, mais plutôt dans ce qui continuait à le hanter et à le torturer :* « les questions enfantines », *celles qui sont* « les plus profondes, les plus terribles ». *Blok, affirme Gorki, se trompe! Voire!*

Lorsque se déchaînent les événements d'octobre 1917, et que la Russie a la fièvre, Maxime Gorki proteste. Il publie dans La Vie nouvelle, *journal marxiste, une chronique intitulée* Pensées inopportunes : *il y réprouve le coup d'État bolchevique, et accuse Lénine de plonger, en compromettant les conquêtes de la révolution libérale de février, la Russie dans la guerre civile, l'anarchie et la barbarie. Sévèrement critiqué, son journal sera interdit en 1918. Gorki cependant accepte de collaborer avec le nouveau pouvoir sur le plan de la politique culturelle. Il mettra sur pied des publications, des associations, et surtout il aide, avec une générosité admirable, les intellectuels pourchassés ou, plus simplement encore, réduits à la misère. Il avait écrit en 1917 :* « Ce serait une erreur fatale de proclamer d'emblée les Soviets comme l'unique organe du pouvoir révolutionnaire. » *Il avait prôné une union entre les bolcheviks et les mencheviks. Les mois passant, il s'était modéré, mais se montrait toujours irréductiblement hostile au communisme de guerre, et, dans cette mesure, se rangeait parmi les opposants du gouvernement soviétique. Autour de Lénine, certains, comme Zinoviev et Kamenev, ne dissimulaient pas leur irritation croissante et leur hostilité. La protection personnelle de Lénine détournait de lui les entreprises de la Tchéka, mais Lénine lui-même décida de l'éloigner. Cela ne se fit pas sans démarches, discussions et protestations, Gorki se refusant à l'exil. Il y consentit enfin, en 1921, gagnant Sorrente à petites étapes. Il devait rester absent sept longues années, dans la situation étrange d'un semi-opposant.*

*

Lénine meurt en janvier 1924.

Entre ses successeurs, dont Gorki manifestement se méfie, et l'entourage de l'écrivain, des négociations s'engagent, qui seront longues, lentes et tatillonnes. Gorki enfin se décide. Pour bien comprendre cette décision, il faut mesurer à quel point Maxime Gorki supportait mal l'exil. Lui qui vécut si longtemps hors de la Russie ne fut jamais capable d'écrire sur autre chose que sur la Russie. Même ses Nouvelles italiennes *font paraître des Russes déguisés en Italiens. Il y a la Volga, dont parlait Chaliapine. Il y a les routes et les provinces parcourues « en gagnant son pain ». Il y a les hommes surtout, avec leurs parlers, leurs coutumes, leur inquiétude. Malgré tous les gens qui se pressent autour de lui, il se sent lamentablement seul. Il avait exprimé cette sensation déjà, jadis, à Capri : « Si une dent arrachée d'un coup à la mâchoire pouvait éprouver un sentiment, elle se sentirait sans doute aussi seule que moi ! »*

Par ailleurs, le temps écoulé, les informations reçues corrigeaient le premier jugement de Gorki. Il écrira, au moment de son retour en U.R.S.S., alors que les bonnes âmes l'accusaient de « s'être vendu au diable » : « J'ai fait la guerre aux bolcheviks et je me suis disputé avec eux en 1918; il me semblait qu'ils seraient incapables de dominer les paysans, anarchisés par la guerre et que, en luttant contre eux, ils sacrifieraient le parti ouvrier. Ensuite je me suis convaincu de mon erreur, et aujourd'hui je suis persuadé que le peuple russe, malgré la guerre que lui font les gouvernements de l'Europe et les difficultés économiques qui en résultent, vient de franchir le seuil de sa renaissance. » *Ayant pris ce parti en 1928, il s'y tiendra.*

En Union soviétique, pour lui, c'est la gloire. Nijni-Novgorod est débaptisée. Désormais la ville se nomme Gorki. Le Théâtre d'Art de Moscou se nomme désormais Théâtre Gorki. Il est élu membre du Comité exécutif central de l'U.R.S.S. Il reçoit l'ordre de Lénine. C'est une statue qui parle. Une institution. Il va vivre huit ans ainsi, poursuivant son œuvre, reprenant inlassablement les thèmes anciens et mettant en scène, lui, l'écrivain « prolétarien » par excellence, les mêmes bourgeois dévoyés.

Puis nous entrons dans une légende affreuse : les dernières années de la vie de Gorki, et sa mort.

Rien, ici, n'est, en l'état actuel des choses, vérifiable.

« On » dit que Maxime Gorki, bien qu'éminente personnalité de l'État soviétique, aurait continué à remplir d'épais cahiers de ses griefs et de ses critiques. « On » ajoute que ces documents dispa-

rurent mystérieusement le jour de sa mort. Invéri-
fiable.

Son fils, lui aussi prénommé Maxime, mourut
en 1935 d'une pneumonie.

Lui, Maxime Gorki l'écrivain, périt semblable-
ment des suites d'une pneumonie le 18 juin 1936.
Ce qui, si l'on songe qu'il était tuberculeux, n'a rien
d'apparemment suspect. Cependant, un commu-
niqué officiel daté du 3 mars 1938 annonçait que
Gorki et son fils avaient été « médicalement assassi-
nés » par leurs médecins sur ordre de Iagoda, chef
de la Tchéka. Et Iagoda était en même temps accusé
d'être le maître occulte de la faction « trotskiste de
droite ». Les procès de Moscou commençaient.

Certains ont, plus tard encore, soutenu que Gorki
avait été tué sur une décision de Staline. Encore
une fois : invérifiable.

Ce qui demeure de ce prisonnier de la gloire, ce
n'est pas l'action politique, ce n'est pas la théorie
littéraire, — c'est une voix qui a réussi à se faire
inoubliable, une fois au moins, dans ce livre qui a
pour titre : Enfance.

Hubert Juin.

Enfance

CHAPITRE PREMIER

A mon fils.

Près de la fenêtre, dans une petite pièce à demi obscure, mon père, vêtu de blanc, est étendu par terre. Il semble extraordinairement grand; ses orteils sont écartés de manière étrange; ses mains caressantes sont paisiblement posées sur sa poitrine, mais ses doigts sont contractés. Des pièces de bronze ferment de leurs cercles noirs ses yeux rieurs. Son visage, si bon d'ordinaire, est sombre. Un rictus découvre ses dents et emplit mon cœur d'effroi.

A demi vêtue, portant une jupe rouge, ma mère est agenouillée près de lui et peigne ses cheveux longs et souples; elle les ramène en arrière avec un peigne noir que j'aime prendre pour scier l'écorce des pastèques. Sans arrêt, d'une voix profonde et rauque, elle murmure. Ses yeux gris sont gonflés et semblent fondre, laissant échapper les larmes en grosses gouttes.

Ma grand-mère me tient par la main. Elle est toute ronde; elle a une grosse tête, des yeux énormes et un nez qui prête à rire, un nez tout poreux; elle me semble noire de la tête aux pieds et toute molle. Elle m'intéresse prodigieusement.

Elle pleure et ses sanglots étranges et harmonieux accompagnent la plainte de ma mère. Un tremblement la secoue tout entière et elle me tiraille, elle me pousse vers mon père. Mais je résiste, je me cache derrière elle : j'ai peur, je suis mal à mon aise.

Jamais, jusqu'à ce jour, je n'ai vu pleurer les grandes personnes et je ne parviens pas à comprendre ce que répète grand-mère : « Dis adieu à ton père, tu ne le reverras plus, le pauvre homme ; il est mort trop tôt, avant son heure... »

Je viens d'être gravement malade et je me lève ce jour-là pour la première fois. Pendant ma maladie, mon père — je m'en souviens bien — s'est amusé gaiement avec moi, puis brusquement il a disparu. Ma grand-mère, cet être si étrange, l'a remplacé.

« D'où viens-tu [1], toi ? lui ai-je demandé.

— D'en haut, de Nijni. Je ne suis pas venue à pied, tu sais ; on ne marche pas sur l'eau, bernique ! »

Cette réponse m'a semblé drôle et incompréhensible. En haut, logent des Persans à la barbe et aux cheveux teints ; le sous-sol est occupé par un vieux Kalmouk tout jaune qui vend des peaux de mouton. D'en haut, on peut se laisser glisser à cheval sur la rampe ou rouler dans l'escalier si on tombe, bien sûr. Mais comment peut-on venir d'en haut sur l'eau ? Cela n'a pas de sens ; ma grand-mère embrouille tout d'une manière comique.

« Et pourquoi je suis bernique ?

— Parce que tu fais trop de bruit », m'a-t-elle répondu en riant.

Sa voix est douce et gaie, ses paroles sont harmonieuses. Dès le premier jour, je l'ai prise en amitié et en ce moment même je voudrais qu'elle m'emmène loin de cette chambre.

Les pleurs et les hurlements de ma mère m'accablent; ils ont fait naître en moi un sentiment nouveau d'inquiétude. C'est la première fois que je la vois dans cet état; elle garde d'ordinaire une attitude sévère et parle peu. Propre et élancée, elle a un corps dur et des bras d'une force effrayante. Aujourd'hui, elle n'est pas agréable à voir, elle est toute boursouflée, échevelée et ses vêtements sont déchirés... Ses cheveux, habituellement bien coiffés en une sorte de gros bonnet blond, se sont répandus d'un côté sur une de ses épaules et sur son visage, tandis que de l'autre, une natte se balance en frôlant mon père endormi. Je suis dans la chambre depuis longtemps déjà et cependant, elle ne m'a pas jeté un seul regard; elle continue à peigner mon père en gémissant et les larmes l'étouffent par moments.

Des moujiks tout noirs et un agent de police passent la tête par la porte. L'agent crie d'un ton irrité :

« Allons, dépêchez-vous! »

A la fenêtre, un châle sombre pendu en guise de rideau se gonfle comme une voile. Et je me souviens qu'un jour mon père m'avait emmené avec lui dans un petit bateau à voile. Brusquement, un coup de tonnerre avait retenti. Mon père s'était mis à rire et, me serrant très fort entre ses genoux, s'était écrié :

« Ce n'est rien, n'aie pas peur, mon petit. »

Tout à coup ma mère se lève lourdement, puis

s'affaisse aussitôt; elle tombe à la renverse et ses cheveux balaient le sol. Son visage pâle, aveuglé par les larmes, devient bleu. Découvrant ses dents comme mon père, elle dit d'une voix terrifiante :

« Fermez la porte... Emmenez vite Alexis! »

Ma grand-mère me repousse, se précipite vers la porte et crie :

« N'ayez pas peur, braves gens, laissez-nous, allez-vous-en, au nom du Christ! Elle n'a pas le choléra, elle va accoucher. De grâce, bonnes gens! »

Caché derrière un coffre, dans un coin sombre, je regarde ma mère qui se tord par terre, geint et grince des dents. Ma grand-mère est à genoux à côté d'elle et lui dit d'une voix caressante et gaie :

« Au nom du Père et du Fils! Prends patience, Varvara! O Très Sainte Mère de Dieu, notre protectrice... »

Elles me font peur. Elles se traînent sur le plancher à côté de mon père, le frôlent avec des plaintes et des cris; lui, immobile, semble ricaner. Longtemps, elles s'agitent ainsi. A plusieurs reprises, ma mère essaie de se relever et tombe. Ma grand-mère sort de la pièce; on dirait qu'elle roule comme une grosse boule noire et molle. Puis soudain, dans l'obscurité, un cri d'enfant s'élève.

« Gloire à toi, Seigneur! s'écrie ma grand-mère, c'est un garçon! »

Et elle allume une chandelle.

Je m'endormis sans doute dans mon coin, rien de plus n'est resté dans ma mémoire.

Le second souvenir de ma vie est celui d'une

journée pluvieuse, dans un coin désert du cimetière. Debout sur un monticule de terre gluante, je regarde la fosse dans laquelle on vient de descendre le cercueil de mon père. Dans l'eau qui a envahi le fond, des grenouilles barbotent ; deux d'entre elles ont déjà sauté sur le couvercle jaune du cercueil.

Je suis là, près de la tombe, avec grand-mère, l'agent de police tout trempé et deux moujiks à l'air renfrogné, armés de pelles. Une pluie tiède et fine comme de la poussière de verre nous arrose tous.

« Comblez la fosse », dit l'agent de police en s'écartant.

Ma grand-mère pleure en cachant son visage dans le coin de son fichu. Les moujiks, courbés sur leurs pelles, jettent à la hâte des mottes de terre qu'on entend tomber dans l'eau. Quittant le cercueil, les grenouilles sautent contre les parois de la fosse ; les mottes de terre les rejettent au fond.

« Ne reste pas là, Alexis », me dit ma grand-mère en me prenant par l'épaule.

Je lui échappe, je n'ai pas envie de m'en aller.

« Comme tu es, Seigneur », gémit ma grand-mère, et je ne sais si elle s'adresse à Dieu ou à moi.

Longtemps, elle reste immobile et silencieuse, la tête baissée. Déjà la fosse est comblée et ma grand-mère est toujours là.

Les pelles claquent bruyamment sur la terre. Le vent se lève et chasse la pluie. Ma grand-mère me prend par la main et m'emmène vers l'église qu'entoure une multitude de croix noires.

« Tu ne pleures donc pas? me demande-t-elle au moment où nous franchissons la barrière. Si seulement tu pouvais pleurer un peu!

— Je n'ai pas envie.

— Eh bien, si tu n'en as pas envie, alors ne pleure pas », dit-elle doucement.

Tout cela me paraît étonnant. Je ne pleurais pas souvent et seulement lorsqu'on m'humiliait, jamais lorsque j'avais mal. Mon père riait toujours de mes larmes et ma mère criait :

« Je te défends de pleurer! »

Enfin, nous longeons en fiacre une rue large et très sale, bordée de maisons rouge sombre. Je demande à grand-mère :

« Et les grenouilles, elles ne ressortiront pas?

— Non, elles ne ressortiront pas, maintenant. Dieu leur soit en aide! »

Mon père et ma mère ne prononçaient ni aussi souvent, ni avec une telle confiance familière le nom du Seigneur.

*

Quelques jours plus tard, je me trouve en bateau avec ma mère et ma grand-mère, dans une petite cabine. Mon frère Maxime, mort peu après sa naissance, est étendu sur la table dans un coin, emmailloté dans un lange blanc serré par une tresse rouge.

Juché sur les ballots et les coffres, je regarde par une lucarne ronde et bombée comme l'œil d'un cheval. Derrière la vitre mouillée court sans cesse une eau trouble et écumeuse. Parfois, une lame se soulève brusquement et lèche la vitre. Instinctivement, je saute par terre.

« N'aie pas peur! » dit ma grand-mère.

Elle me soulève légèrement de ses bras mous et me pose de nouveau sur les balluchons.

Au-dessus de l'eau flotte une brume grise et humide. Au loin, la terre sombre apparaît puis disparaît de nouveau dans la brume. Autour de moi, tout tremble. Seule ma mère, appuyée contre la cloison, les mains derrière la tête, reste immobile. Son visage est sombre et dur; ses yeux sont clos. Elle se tait obstinément; elle me semble changée, même la robe qu'elle porte m'est inconnue. Ma grand-mère plus d'une fois lui a dit doucement :

« Essaie de manger un peu, Varvara, rien qu'un tout petit peu? »

Elle ne répond pas et garde son immobilité.

Ma grand-mère me parle à voix basse; rarement, elle s'adresse à ma mère : elle élève alors la voix, mais avec une sorte de prudence et de timidité. Il me semble qu'elle en a peur. Je comprends ce sentiment et cela nous rapproche davantage.

« Voilà Saratov! s'écrie brusquement ma mère sur un ton irrité. Où est donc le matelot? »

Ses paroles me paraissent, elles aussi, étranges et incompréhensibles : « Saratov, matelot. »

Un homme aux cheveux blancs, aux larges épaules, vêtu de bleu, entre, apportant une petite caisse. Ma grand-mère la prend, y étend mon frère et, la tenant à bout de bras, se dirige vers la porte. Mais arrivée là, elle hésite d'une manière comique; elle est trop grosse pour franchir la porte étroite de la cabine autrement que de côté.

« Ah! maman! » s'écrie ma mère.

Elle lui enlève le cercueil et elles disparaissent toutes les deux. Je reste seul dans la cabine à examiner l'homme en bleu.

« Eh bien, il est parti, ton petit frère, dit-il en se penchant vers moi.

— Qui es-tu?

— Un matelot.

— Et Saratov, qui est-ce?

— C'est une ville. Regarde par la fenêtre, la voilà! »

A travers la vitre, je vois la terre qui semble courir, sombre, abrupte, Il s'en élève comme une vapeur et cela me fait penser à un gros morceau de pain fraîchement coupé à même la miche.

« Où elle est allée, ma grand-mère?

— Enterrer son petit-fils.

— On le mettra dans la terre?

— Bien sûr, que peut-on faire d'autre? »

Je racontai au matelot comment on avait recouvert de terre les grenouilles vivantes en enterrant mon père. Il me souleva dans ses bras, me serra bien fort contre lui et m'embrassa.

« Ah! mon petit, tu ne comprends encore rien! Ce n'est pas des grenouilles qu'il faut avoir pitié — le Seigneur leur soit en aide —, c'est de ta mère. Vois comme le chagrin l'a meurtrie! »

Au-dessus de nous, on entendit un grondement, un hurlement. Je savais déjà que c'était le bateau et je n'eus pas peur. Le matelot me reposa en toute hâte et sortit en disant :

« Il faut que je me sauve! »

J'avais moi aussi grande envie de me sauver et

j'ouvris la porte. Le couloir était obscur et désert.
Tout près de moi brillaient des garnitures de
cuivre sur les marches d'un escalier. En levant les
yeux j'aperçus des gens, les bras chargés de
besaces et de balluchons. Il n'y avait aucun
doute : tout le monde quittait le bateau, il fallait
que je parte moi aussi.

Mais lorsque je me retrouvai au milieu de la
foule, devant la passerelle, on me cria :

« Qui c'est celui-là ? Avec qui es-tu ?

— Je ne sais pas. »

Un long moment, on me poussa, on me secoua,
on me palpa. Enfin le matelot aux cheveux
blancs apparut et m'attrapa en expliquant :

« C'est un gamin d'Astrakhan, des cabines... »

Au pas de course, il me redescendit, m'installa
derrière les balluchons et repartit en me menaçant du doigt :

« Gare à toi ! »

Au-dessus de ma tête, le bruit diminuait, aux
secousses du vapeur succéda un simple frémissement. Un mur humide boucha la fenêtre. L'atmosphère était étouffante, les ballots semblaient se
gonfler et m'écrasaient. Je me sentais mal à
l'aise. Peut-être allait-on me laisser seul pour
toujours dans le vapeur déserté ?

Je m'approchai de la porte. Impossible de
l'ouvrir, je ne pouvais pas faire tourner la
poignée de cuivre. Prenant une bouteille de lait,
je frappai la poignée de toutes mes forces. La
bouteille se brisa, le lait se répandit sur mes
jambes, remplit mes bottes.

Affligé par mon échec, je me couchai sur les

paquets et je me mis à pleurer doucement. Je m'endormis tout en larmes.

Lorsque je m'éveillai, le vapeur frémissait, la fenêtre de la cabine flamboyait comme un soleil. Ma grand-mère, assise près de moi, se coiffait. Plissant le front, elle murmurait je ne sais quoi. Une masse de cheveux épais, noirs avec un reflet bleu, couvrait ses épaules, sa poitrine, ses genoux et traînait jusqu'à terre. Elle les soulevait d'une main, introduisant avec peine dans cette toison épaisse un peigne de bois aux dents cassées. Ses lèvres grimaçaient, ses yeux noirs étincelaient de colère et sous cette masse de cheveux, son visage apparaissait minuscule et comique.

Elle avait un air méchant ce jour-là; mais quand je lui demandai pourquoi elle avait de si longs cheveux, elle me répondit de la même voix chaude et douce que la veille :

« C'est pour me punir sans doute que le Seigneur me les a donnés. Va donc les peigner, ces damnés cheveux! J'étais fière de ma crinière quand j'étais jeune; maintenant que je suis vieille, je la maudis! Mais, veux-tu bien dormir! Il est encore tôt, le soleil vient à peine de se lever.

— Je ne veux plus dormir!

— Eh bien, ne dors pas », acquiesça-t-elle aussitôt en nattant ses cheveux, et elle jeta un coup d'œil vers la couchette où ma mère était allongée sur le dos, le corps tendu. « Comment as-tu cassé la bouteille, hier? Raconte-moi ça tout bas! »

Elle prononçait les mots d'une voix chantante très particulière et ils se gravaient aisément dans ma mémoire, pleins d'éclat, de douceur et de sève

comme des fleurs. Quand ma grand-mère souriait, ses prunelles sombres comme des cerises se
dilataient, brillant d'une lueur indiciblement
agréable. Son sourire découvrait des dents
blanches et saines et, bien que la peau sombre de
ses joues fût couverte de rides, son visage était
jeune et radieux. Ce qui la défigurait, c'était ce
nez poreux aux narines gonflées, rouge à son
extrémité. Elle prisait du tabac qu'elle prenait
dans une tabatière noire incrustée d'argent.
Toute sa personne était sombre, mais ses yeux
brillaient d'une lumière intérieure chaude et gaie.
Elle était voûtée, presque bossue, et très corpulente; pourtant, elle se déplaçait avec aisance et
légèreté, comme une grosse chatte, dont elle
avait aussi la douceur caressante.

Avant de la connaître, j'avais comme som-
meillé dans les ténèbres; mais elle parut, me
réveilla et me guida vers la lumière. Elle lia d'un
fil continu tout ce qui m'entourait, en fit une
broderie multicolore et tout de suite devint mon
amie à jamais, l'être le plus proche de mon cœur,
le plus compréhensible et le plus cher. Son amour
désintéressé du monde m'enrichit et m'insuffla
une force invincible pour les jours difficiles.

*

Il y a quarante ans, les bateaux n'allaient pas
vite; il nous fallut très longtemps pour atteindre
Nijni. J'ai gardé un souvenir très net de ces jours
où pour la première fois je me rassasiai de beauté.
Le temps s'était mis au beau et du matin au soir,
nous restions sur le pont, grand-mère et moi; le

ciel était serein et nous glissions entre les rives de la Volga dorées par l'automne, comme brodées de soie. Le vapeur couleur d'ocre clair remontait le courant et ses pales frappaient paresseusement et à grand bruit l'eau gris-bleu. Il remorquait au bout d'un long câble une péniche grise pareille à un cloporte. Le soleil suivait insensiblement son cours au-dessus de la Volga : le décor changeait et se renouvelait d'heure en heure. Des collines vertes ornaient de plis somptueux le riche vêtement de la terre; sur les rives, les villes et les villages ressemblaient de loin à des pains d'épice; parfois, une feuille dorée par l'automne flottait sur l'eau.

« Regarde donc comme c'est beau! » répétait à tout moment ma grand-mère, passant d'un bord à l'autre du bateau. Elle était radieuse et la joie agrandissait ses prunelles.

Souvent, toute à sa contemplation du rivage, il lui arrivait de m'oublier. Les mains jointes sur la poitrine, elle souriait, muette, des larmes plein les yeux. Je la tirais par sa jupe sombre à fleurs.

Elle sursautait :

« Hein? Je crois bien que je sommeillais et que je rêvais.

— Pourquoi pleures-tu?

— C'est de joie et de vieillesse, mon petit, répondait-elle dans un sourire. C'est que je suis vieille : j'ai passé la soixantaine. »

Et, après avoir humé une prise, elle commençait à me raconter d'étranges histoires où il était question d'honnêtes brigands, de saints, d'animaux de toutes sortes et de forces mauvaises.

Elle disait les contes à voix basse, avec un air

de mystère. Elle se penchait vers moi et me regardait bien en face de ses prunelles agrandies, comme pour verser dans mon cœur une force qui me soulevait. Elle semblait chanter en parlant et, à mesure qu'elle contait, ses paroles devenaient plus harmonieuses. Je ne peux dire combien il était agréable de l'écouter. Je lui demandais :

« Encore !

— Eh bien, il y avait une fois un domovoï[2], assis sous le poêle, qui s'était planté une nouille dans la patte. Il se balançait en gémissant et en pleurnichant : "Oh ! petites souris, que j'ai mal ! Oh ! souriceaux, je ne peux plus y tenir ! " »

Et saisissant sa jambe dans ses mains, elle la soulevait et la balançait avec une grimace comique, comme si c'était elle qui avait mal.

Des matelots barbus, des moujiks à l'air doux s'attroupaient autour d'elle et l'écoutaient. Ils riaient, ils la félicitaient et réclamaient eux aussi :

« Allez ! grand-mère, encore une histoire ! »

Puis ils disaient :

« Viens casser la croûte avec nous ! »

Pendant le repas, ils la régalaient de vodka et me donnaient des pastèques et des melons. Tout cela en cachette, car il y avait sur le bateau un homme qui interdisait de manger des fruits ; il les confisquait et les jetait dans le fleuve[3]. Il avait un habit à boutons de cuivre comme un agent de police. Il était toujours ivre et les gens le fuyaient.

Ma mère ne montait que rarement sur le pont et restait à l'écart, toujours silencieuse. Son grand corps bien proportionné, son visage sombre et dur, la lourde couronne de ses cheveux blonds nattés, son aspect puissant et sévère reviennent à ma mémoire à travers un léger brouillard et, au loin, je revois ses yeux gris sans douceur, grands comme ceux de sa mère.

« Les gens se moquent de vous, maman! dit-elle un jour d'un ton sévère.

— Eh! Que le Seigneur soit avec eux! répliqua ma grand-mère avec insouciance. Ils peuvent rire, grand bien leur fasse! »

Je me souviens de la joie enfantine de ma grand-mère en revoyant Nijni. Elle me tiraillait par le bras et me poussait vers le bastingage en criant :

« Regarde, regarde comme c'est beau! Le voilà, mon petit, notre Nijni. Voilà comme il est, par la grâce de Dieu! Les églises là-bas, regarde donc, on dirait qu'elles planent! »

Elle pleurait presque en disant à ma mère :

« Varvara, regarde donc. Hein, tu l'avais sans doute oublié! Réjouis-toi! »

Ma mère souriait d'un air sombre.

Le bateau s'arrêta devant une belle ville, au milieu du fleuve encombré d'une multitude de bateaux, hérissé de centaines de mâts pointus. Une grosse barque pleine de gens accosta et s'accrocha avec une gaffe à l'échelle qu'on avait descendue. Un à un, ses occupants grimpèrent sur le pont. Un petit vieillard sec, en long vêtement noir, s'avançait le premier. Il avait une barbiche rousse comme de l'or, un nez en bec d'oiseau et de petits yeux verts.

« Papa! » s'exclama ma mère d'une voix profonde et forte. Elle se pencha vers lui. Il lui prit la tête, lui caressant rapidement les joues de ses petites mains rouges. Il glapissait d'une voix suraiguë :

« Eh bien, petite sotte. Ah! Ah! tu vois bien... Ah! vous autres!... »

Grand-mère étreignait et embrassait tout le monde à la fois, semblait-il, en tournant comme une toupie. Elle me poussait vers ces gens en m'expliquant précipitamment :

« Eh bien, dépêchons-nous! Celui-ci, c'est l'oncle Mikhaïl; voici l'oncle Iakov, la tante Nathalie et tes cousins qui s'appellent Sacha tous les deux, ta cousine Catherine, toute notre tribu. Tu vois s'il y en a! »

Le grand-père lui demanda :

« Tu vas bien, mère? »

Ils s'embrassèrent à trois reprises.

Grand-père m'attira vers lui et, me prenant la tête, me demanda :

« Et toi, qui es-tu donc?

— Un gamin d'Astrakhan, des cabines...

— Qu'est-ce qu'il raconte? » demanda grand-père en s'adressant à ma mère. Et sans attendre la réponse, il me repoussa :

« Il a les pommettes de son père... Descendez dans la barque! »

Nous atteignîmes la rive et tous ensemble nous montâmes une côte par un chemin pavé de gros cailloux, entre deux talus élevés, couverts d'une herbe roussie et piétinée.

Mon grand-père et ma mère nous précédaient. Elle le dépassait de toute la tête. Il avançait à petits pas rapides et elle le regardait de très haut, semblant planer au-dessus du sol. Derrière eux, mes oncles marchaient en silence : Mikhaïl, sec comme le grand-père, avec des cheveux noirs et lisses, Iakov, blond et frisé. Il y avait aussi de grosses femmes vêtues de robes aux couleurs criardes et quatre ou cinq enfants, tous plus âgés que moi et tous silencieux. J'étais avec grand-mère et la petite tante Nathalie. Pâle, avec des yeux bleus et un ventre énorme, elle s'arrêtait à chaque instant et murmurait essoufflée :

« Oh! je n'en peux plus!

— Mais pourquoi t'ont-ils dérangée! Quelle race stupide! » grommelait grand-mère d'un air irrité.

Grands et petits, tous me déplurent. Je me sentais un étranger parmi eux et même grand-mère ne brillait plus du même éclat, elle s'était comme éloignée de moi. Le grand-père surtout m'inspira de l'aversion; tout de suite je sentis en lui un ennemi; je le considérai avec une attention particulière et une curiosité inquiète.

Nous arrivâmes au sommet de la côte. Tout en haut, je vis, adossée au talus de droite, une maison sans étage, peinte en rose sale, au toit bas affaissé, aux fenêtres en saillie, qui commençait la rue. La maison me parut grande de l'extérieur, mais dans les pièces petites et sombres, on était à l'étroit. Partout, comme sur le bateau au moment de débarquer, des gens irrités s'agitaient, des gamins s'ébattaient ainsi qu'une volée de moineaux pillards. Il flottait une odeur âcre que je ne connaissais pas encore.

Je me retrouvai dans la cour. Elle était peu agréable elle aussi : de grandes pièces d'étoffes humides pendaient de tous côtés, des cuves l'encombraient, remplies d'une eau épaisse aux couleurs différentes où trempaient aussi des étoffes. Dans un coin, à l'intérieur d'un hangar bas et délabré, des bûches flambaient dans un poêle. Quelque chose bouillonnait à grand bruit et un homme invisible prononçait à voix haute des paroles étranges :

« Santal... Fuschine... Couperose... »

CHAPITRE II

Alors commença une vie intense, colorée, d'une étrangeté inexprimable; les jours s'écoulèrent avec une rapidité effrayante. Je me rappelle aujourd'hui cette vie comme un conte cruel habilement raconté par un génie bienveillant mais d'une impitoyable sincérité. En évoquant le passé, j'ai peine à croire à sa réalité. Je voudrais nier et chasser de mon esprit bien des faits, tant la sombre vie de cette « race stupide » était pleine de cruauté.

Mais le souci de vérité doit passer avant la pitié; ce n'est d'ailleurs pas de moi qu'il s'agit ici, mais de ce cercle étroit, étouffant où vivait et vit encore aujourd'hui le peuple russe.

La haine que chacun portait aux autres remplissait comme un brouillard épais la maison de mon grand-père; elle empoisonnait les adultes, et même les enfants la partageaient. Des récits de ma grand-mère m'apprirent par la suite que nous étions arrivés au moment où mes oncles réclamaient avec insistance à leur père le partage des biens. Le retour inattendu de ma mère aiguisa et accrut encore leur désir de s'établir chacun à son compte. Ils craignaient qu'elle n'exigeât la dot qui lui revenait, mais que grand-père avait gardée parce que sa fille s'était mariée contre la volonté paternelle. Mes oncles estimaient que cette dot devait être répartie entre eux. Depuis longtemps aussi, ils discutaient âprement pour décider lequel des deux ouvrirait un atelier en ville et lequel s'installerait sur l'autre rive de l'Oka dans le faubourg de Kounavino. Peu après notre arrivée, une querelle éclata dans la cuisine, au moment du dîner. Mes oncles se levèrent soudain et, penchés par-dessus la table, se mirent à hurler et à rugir en se tournant vers mon grand-père. Ils se lamentaient, montraient les dents et se secouaient comme des chiens. Grand-père, tout rouge, frappait la table avec sa cuillère et criait d'une voix éclatante, comme un coq :

« Je vous enverrai mendier, la besace sur le dos! »

Le visage de grand-mère s'était contracté douloureusement :

« Donne-leur tout, donne-leur tout, père, tu auras la paix!

— Silence! Tu es leur complice », criait grand-père, les yeux étincelants.

Il paraissait étrange que d'un si petit homme sortît une voix aussi assourdissante.

Ma mère se leva de table, se dirigea sans se hâter vers la fenêtre et tourna le dos à tout le monde.

Brusquement, l'oncle Mikhaïl frappa son frère au visage de toutes ses forces; celui-ci poussa un hurlement, l'empoigna et tous deux roulèrent sur le sol avec des râles, des plaintes et des jurons.

Les enfants commencèrent à pleurer. Ma tante Nathalie qui était enceinte se mit à pousser des cris de désespoir. Ma mère la saisit à bras-le-corps et l'emmena. Ievguénia, la bonne d'enfants, une femme très gaie, au visage grêlé, chassait les enfants de la cuisine. Les chaises tombaient. Tsyganok, un jeune apprenti aux larges épaules, s'assit à califourchon sur le dos de l'oncle Mikhaïl pendant que le maître compagnon, Grigori Ivanovitch, qui était chauve, barbu et portait des lunettes noires, lui liait tranquillement les bras avec une serviette de toilette.

Le cou tendu, mon oncle frottait le plancher de sa barbe noire et clairsemée en râlant à faire peur. Grand-père courait tout autour de la table en criant d'une voix plaintive :

« Des frères, hein ! Du même sang ! Ah ! vous autres ! »

Dès le début de la querelle, pris de peur, j'étais grimpé sur le poêle [4]. De là, je regardais avec un étonnement mêlé d'angoisse ma grand-mère qui, près de la fontaine de cuivre, essuyait le visage ensanglanté et meurtri de l'oncle Iakov. Celui-ci pleurait et trépignait tandis qu'elle disait d'une voix accablée :

« Maudits ! Race de sauvages, reprenez vos esprits ! »

Le grand-père, rajustant sur son épaule sa chemise déchirée, lui criait :

« Eh bien, sorcière ! Ce sont des bêtes sauvages que tu as mises au monde ! »

Quand l'oncle Iakov fut sorti, grand-mère se précipita vers les icônes et hurla d'une voix déchirante :

« Sainte Marie, Mère de Dieu, rends la raison à mes enfants ! »

Grand-père se plaça à côté d'elle et, regardant la table où tout était renversé, répandu, il murmura :

« Surveille-les, mère, sinon ils feront un mauvais coup à Varvara, ils en sont bien capables.

— Tais-toi donc, que vas-tu penser là ! Enlève plutôt ta chemise, je vais te la recoudre. »

Et serrant la tête de grand-père entre ses mains, elle l'embrassa sur le front ; lui, tout petit à côté d'elle, blottit son visage dans le creux de son épaule.

« Il n'y a pas de doute, mère, il faut faire le partage...

— Oui, il le faut ! »

Ils causèrent longtemps, amicalement d'abord, puis grand-père commença à racler le plancher des pieds comme un coq avant le combat. Il menaçait grand-mère du doigt et je l'entendais chuchoter :

« Ce sont tes préférés, je le sais bien ! Mais ton Mikhaïl n'est qu'un jésuite [5] et Iakov un farmaçon [6]. Et ils dépenseront tout mon bien à boire, ils gaspilleront tout... »

En me retournant maladroitement sur le poêle, je fis tomber un fer à repasser qui rebondit avec bruit sur les marches et vint tomber dans la bassine à ordures. Grand-père bondit vers le poêle et me tira à bas ; puis il se mit à me dévisager comme s'il me voyait pour la première fois.

« Qui t'a installé là-haut ? Ta mère ?

— J'ai grimpé tout seul.

— Menteur!

— Si, tout seul. J'avais peur. »

Il me frappa légèrement au front de sa paume puis me repoussa :

« C'est tout le portrait de son père! Va-t'en! »

J'étais très content de pouvoir m'échapper de la cuisine.

*

Je voyais bien que les yeux verts, intelligents et perçants du grand-père me surveillaient et j'avais peur de lui. Je me souviens que j'avais constamment envie d'échapper à son regard brûlant. Grand-père me paraissait méchant; il s'adressait à tous sur un ton moqueur, humiliant, comme pour blesser les gens et les mettre en colère.

« Ah! vous autres! » s'écriait-il souvent, et sa voix traînante suscitait en moi un sentiment de détresse ou de frayeur.

A l'heure de la pause, pendant le thé du soir, grand-père, mes oncles et les ouvriers revenaient de l'atelier dans la cuisine, fatigués, les mains colorées par le santal, brûlées par la couperose, les cheveux retenus par un ruban. Ils ressemblaient tous aux sombres icônes qui se trouvaient dans le coin. A cette heure redoutée, grand-père s'asseyait en face de moi et me parlait plus souvent qu'à ses autres petits-fils, à leur grand dépit. Mince et de belle tournure, bien proportionné, il portait un gilet montant de satin, brodé de soie, vieux et râpé, une chemise d'indienne fripée, et de grandes pièces s'étalaient aux genoux de ses pantalons. Malgré tout, il semblait plus élégant et plus propre que ses fils avec leurs vestes, leurs chemises à plastron et leurs foulards de soie.

Quelques jours après mon arrivée, il m'obligea à étudier les prières. Les autres enfants, tous plus âgés que moi, apprenaient déjà à lire et à écrire chez le sacristain, à l'église de l'Assomption dont on apercevait les coupoles dorées par la fenêtre.

C'était la tante Nathalie, si douce et si craintive, qui était chargée de m'instruire. Elle avait un visage enfantin et ses yeux étaient si transparents qu'on pouvait voir au travers, me semblait-il, jusque derrière sa tête.

J'aimais la regarder longuement, fixement, sans battre des paupières. Elle fermait à demi les yeux, tournait la tête de tous les côtés et demandait doucement, presque en chuchotant :

« Je t'en prie, dis : " Notre Père qui êtes aux cieux... "

Et lorsque je demandais : « Qu'est-ce que ça veut dire [7] ? », elle jetait un regard craintif autour d'elle et me conseillait :

« Ne questionne pas, c'est mal ! Répète seulement : " Notre Père... " Eh bien ? »

Cela m'inquiétait : pourquoi était-ce mal de poser des questions ? Les mots prenaient pour moi un sens secret et je les déformais exprès de toutes les manières.

Ma tante, si pâle et si diaphane, corrigeait patiemment de sa voix entrecoupée :

« Non, répète simplement... »

Mais sa personne et toutes ses paroles man-

quaient de simplicité. Cela m'irritait et m'empêchait de retenir la prière.

Un jour, mon grand-père me demanda :

« Eh bien, Alexis, qu'as-tu fait aujourd'hui?
Tu as joué. Je vois ça, tu as une bosse sur le
front. Ce n'est pas bien savant de se faire une
bosse! Et le " Notre Père ", tu l'as appris? »

Ma tante répondit doucement :

« Il a une mauvaise mémoire. »

Mon grand-père releva ses sourcils roux et eut
un mauvais sourire :

« Alors, il faut le fouetter! »

Et s'adressant de nouveau à moi :

« Ton père te fouettait? »

Ne comprenant pas de quoi il s'agissait, je
restai silencieux. Mais ma mère intervint :

« Non, Maxime ne le battait pas et il m'interdisait de le faire.

— Et pourquoi ça?

— Il disait que les coups n'apprennent rien.

— C'était un imbécile à tous égards, ce pauvre
Maxime, que le Seigneur me pardonne! »

Ces paroles proférées sur un ton tranchant et
irrité m'offensèrent. Mon grand-père s'en aperçut :

« Eh quoi! Qu'as-tu à faire la moue? Voyez-
vous ça... »

Passant la main sur ses cheveux roux et
argentés, il ajouta :

« Eh bien, moi, je vais donner les verges à
Sacha samedi, à cause du dé à coudre.

— Qu'est-ce que tu lui donneras? » demandai-je.

Tout le monde éclata de rire et mon grand-père déclara :

« Attends un peu, tu verras! »

Je me cachai pour réfléchir. Les mots qu'avait employés grand-père ne m'étaient pas inconnus, mais ils devaient avoir ici un sens que j'ignorais. Fouetter, cela semblait être la même chose que battre. On frappe les chevaux, les chiens et les chats; à Astrakhan, j'avais vu les agents de police battre des Persans, mais je n'avais jamais vu traiter ainsi les enfants. Mes cousins recevaient avec indifférence les tapes sur le front ou la nuque que mes oncles leur donnaient; ils se contentaient de frotter l'endroit contusionné. Plus d'une fois, je leur avais demandé :

« Ça fait mal? »

Mais ils répondaient toutes les fois bravement :

« Non, pas du tout! »

Je connaissais la fameuse histoire du dé. Le soir, entre le thé et le souper, mes oncles et le maître compagnon cousaient des morceaux d'étoffe teints et y fixaient des étiquettes. L'oncle Mikhaïl voulut s'amuser aux dépens de Grigori qui était presque aveugle. Il commanda à son neveu, qui avait alors neuf ans, de faire chauffer à la flamme d'une chandelle le dé du maître compagnon. Mon cousin saisit le dé avec les pincettes qui servaient à moucher les chandelles et le fit chauffer très fort; puis il le plaça à portée de la main de Grigori sans se faire remarquer et se cacha derrière le poêle. Mon grand-père arriva juste à ce moment, s'assit pour travailler et mit lui-même le doigt dans le dé rougi au feu.

Je me souviens que lorsque j'arrivai dans la cuisine, attiré par le vacarme, mon grand-père se tenait l'oreille de ses doigts brûlés et sautait de manière comique en criant :

« Qui a fait ça, sauvages? »

L'oncle Mikhaïl, penché sur la table, soufflait sur le dé et le poussait du doigt. Le maître compagnon cousait, impassible; des ombres dansaient sur son crâne dénudé. L'oncle Iakov était accouru et, dissimulé derrière le poêle, il riait doucement. Grand-mère râpait une pomme de terre crue.

« C'est Sacha qui a fait le coup, déclara soudain l'oncle Mikhaïl.

— Menteur! » cria l'oncle Iakov qui s'élança d'un bond de sa cachette. Dans un coin, son fils pleurait et protestait :

« Papa, ce n'est pas vrai. C'est lui qui m'a dit de le faire! »

Mes oncles commencèrent à s'injurier. Quant au grand-père, il s'était brusquement calmé. Il avait appliqué de la pomme de terre râpée sur son doigt puis il était parti sans rien dire en m'emmenant avec lui.

Tous s'accordaient à dire que l'oncle Mikhaïl était coupable. Aussi pendant le thé, je demandai si on lui donnerait les verges.

« Il le mériterait bien », grogna grand-père en me jetant un coup d'œil de côté.

L'oncle Mikhaïl donna un coup de poing sur la table et cria à ma mère :

« Varvara, fais taire ton chiot, sinon je lui tords le cou!

— Essaie de le toucher! » répondit ma mère.

Et tout le monde se tut.

La manière dont elle lançait ses répliques faisait battre en retraite, décontenancés, ceux qui l'importunaient. Je voyais bien que tous la craignaient; grand-père lui-même lui parlait sur un ton plus doux qu'aux autres. Cela m'était agréable et je disais avec vantardise à mes cousins :

« Ma mère est la plus forte! »

A quoi ils ne répliquaient rien.

Mais les événements du samedi suivant ébranlèrent la confiance que j'avais en elle.

*

Avant le samedi, j'eus le temps, moi aussi, de commettre une sottise. J'admirais l'habileté avec laquelle les grandes personnes changeaient la couleur des étoffes : ainsi, elles prenaient une étoffe jaune, la plongeaient dans une eau noire et l'étoffe ressortait bleu foncé, « indigo »; le gris rincé dans une eau rousse devenait rougeâtre, « bordeaux ». C'était à la fois simple et incompréhensible.

Je voulus moi aussi teindre une étoffe. J'en parlai à mon cousin Sacha, le fils de l'oncle Iakov; c'était un garçon sérieux qui cherchait à se faire bien voir des adultes, affable avec tous, prêt à aider tout le monde en toute occasion. Les grands louaient sa docilité et son intelligence. Seul, grand-père le regardait de travers et disait : « Quel lèche-bottes! »

Maigre et noiraud, il avait des yeux saillants d'écrevisse. Sacha parlait d'une voix basse et précipitée et s'étouffait avec les mots. Il se retournait à chaque instant d'un air mystérieux comme s'il s'apprêtait à fuir ou à se cacher. Ses prunelles étaient habituellement figées, mais sous le coup de l'excitation, le blanc même de ses yeux tremblait.

Il me déplaisait. Je lui préférais encore l'autre Sacha, le fils de l'oncle Mikhaïl, un lourdaud insignifiant et placide, aux yeux tristes, au bon sourire. Il ressemblait beaucoup à sa mère, était doux comme elle. Il avait de vilaines dents qui lui sortaient de la bouche. Elles poussaient sur deux rangs à la mâchoire supérieure, ce qui le préoccupait au plus haut point. Il avait toujours un doigt dans la bouche pour secouer et tenter d'arracher les dents de la rangée intérieure. Il les laissait toucher docilement à tous ceux qui le désiraient. C'était tout ce qu'il avait d'intéressant. Il vivait solitaire dans cette maison toute grouillante de gens et aimait à se réfugier dans les coins sombres ou près de la fenêtre lorsque tombait le soir. Là, en sa compagnie, il faisait bon rester silencieux, bien serrés l'un contre l'autre et regarder pendant de longues heures le ciel rouge du crépuscule. Autour des bulbes dorés de l'église de l'Assomption, les choucas noirs tournoyaient. Ils s'élevaient très haut, puis retombaient et soudain, tissant un filet noir sur le ciel qui s'éteignait, ils disparaissaient en laissant le firmament vide derrière eux. Devant un tel spectacle, on n'avait pas envie de parler et une douce mélancolie remplissait le cœur.

L'autre Sacha, le fils de l'oncle Iakov, pouvait comme une grande personne parler avec abondance et gravité sur n'importe quel sujet. Ayant appris que je désirais m'initier au métier de teinturier, il me conseilla de prendre dans l'armoire la nappe des jours de fête et de la teindre en bleu foncé.

« C'est le blanc qui est le plus facile à teindre, tu peux me croire », me dit-il avec un grand sérieux.

Je dérobai la lourde nappe et me sauvai dans la cour. Mais à peine avais-je plongé un coin dans la cuve d'indigo que Tsyganok fondit sur moi à l'improviste. Il m'arracha la nappe et la tordit dans ses larges pattes. Il cria à mon cousin qui, du vestibule, surveillait mon travail :

« Appelle vite ta grand-mère ! »

Et le hochement de sa tête noire aux cheveux ébouriffés était de mauvais augure.

« Eh bien, qu'est-ce que tu vas prendre ! »

Ma grand-mère accourut, se mit à gémir et même à pleurer. Elle me lança de plaisantes injures :

« Ah ! sauvage ! Oreilles salées ! Que le diable t'emporte ! »

Puis elle supplia Tsyganok :

« Ne dis rien au grand-père ! Je vais cacher ça, les choses finiront peut-être par s'arranger. »

Tsyganok, essuyant ses mains à son tablier bariolé, lui répondit d'un air soucieux :

« Qu'est-ce que ça peut me faire, je ne le dirai pas. Mais prenez garde, Sacha pourrait bien cafarder !

— Je lui donnerai deux kopecks. »

Et ma grand-mère me ramena à la maison.

Le samedi, avant les vêpres, on m'amena dans

la cuisine, sombre et silencieuse. Les portes qui donnaient sur l'entrée et dans les chambres étaient soigneusement fermées et je me souviens de la clarté trouble de ce soir d'automne, du frôlement de la pluie sur les vitres. Tsyganok, de méchante humeur, était assis sur un large banc, devant la gueule noire du four. Grand-père, debout dans un coin, près de la bassine aux ordures, tirait d'un seau de longues baguettes, les mesurait, les assemblait puis les faisait siffler en l'air. Grand-mère dans la pénombre, prisait à grand bruit et grommelait :

« Il est content... le bourreau ! »

Assis sur une chaise au milieu de la cuisine, Sacha se frottait les yeux avec les poings et se lamentait, d'une voix traînante, comme celle d'un vieux mendiant :

« Pardonnez-moi, pour l'amour du Christ ! »

Épaule contre épaule, les enfants de l'oncle Mikhaïl se tenaient derrière la chaise, pétrifiés.

« Je te pardonnerai quand je t'aurai fouetté. »

Et le grand-père fit glisser une longue baguette humide dans sa main fermée.

« Allons, enlève ta culotte ! »

Il parlait tranquillement. Ni le son de sa voix, ni le grincement de la chaise sur laquelle mon cousin s'agitait, ni le piétinement de grand-mère ne parvenaient à troubler le silence solennel qui régnait dans l'obscurité de la cuisine, sous le plafond bas et enfumé.

Sacha se leva, déboutonna sa culotte, la laissa descendre jusqu'aux genoux et, la retenant de ses mains, penché en avant, trébuchant, il se dirigea vers le banc. On ressentait à le voir une impression pénible et mes jambes flageolaient aussi.

Mais ce qui se passa ensuite fut encore bien pire. Sacha se coucha docilement à plat ventre; Tsyganok l'attacha au banc par les bras et par le cou avec une large serviette, se pencha vers lui et lui serra les chevilles de ses mains noires. Grand-père m'appela :

« Approche!... Eh bien, à qui je parle?... Tu vas voir comment on fouette... Une!... »

Il leva un peu le bras et frappa le corps nu. Sacha poussa un cri aigu.

« Menteur! dit le grand-père, ça ne fait pas mal! Mais comme ça, ça fera mal! »

Et il frappa si fort qu'une raie rouge apparut aussitôt sur la peau et se gonfla. Mon cousin poussa un hurlement prolongé.

« Ce n'est pas doux? demandait le grand-père, levant et abaissant le bras en cadence. Tu n'aimes pas ça? C'est pour le dé! »

A chaque fois qu'il levait le bras, il me semblait que mon cœur se soulevait et quand la baguette retombait, j'avais l'impression de m'écrouler.

Sacha glapissait d'une voix grêle, pénible à entendre :

« Je le ferai plu-us... C'est pourtant moi qui ai parlé de la nappe... C'est moi qui l'ai dit... »

Tranquillement, comme s'il lisait le Psautier, mon grand-père dit :

« On ne se justifie pas en dénonçant les autres. Le dénonciateur doit être puni le premier. Tiens, voilà pour la nappe! »

Ma grand-mère se jeta sur moi et me prit dans ses bras en criant :

« Tu n'auras pas Alexis! Je ne te le laisserai pas, monstre! »

Elle se mit à donner des coups de pied dans la porte et à appeler :

« Varvara, Varvara!... »

Grand-père se précipita sur elle, la fit tomber, me saisit et me porta vers le banc. Je me débattais dans ses bras, je tirais sa barbe rousse et je lui mordis même un doigt. Il hurlait et me serrait comme dans un étau. Enfin il me jeta sur le banc. J'avais la figure en sang. Je me souviens encore de son cri sauvage :

« Attachez-le, je vais le tuer! »

Je me rappelle aussi le visage blême et les yeux agrandis de ma mère. Elle courait à côté du banc et râlait :

« Papa, il ne faut pas!... Rendez-le-moi... »

*

Grand-père me fouetta jusqu'à ce que je perde connaissance. Pendant plusieurs jours, je fus malade et restai couché sur le ventre dans un vaste lit chaud. La petite pièce où j'étais n'avait qu'une seule fenêtre; dans un coin, devant la vitrine remplie d'icônes, une veilleuse rouge brûlait jour et nuit.

Ces jours de maladie marquent une date dans ma vie. Je dus sans doute mûrir beaucoup durant cette période et des sentiments nouveaux naquirent en moi. A partir de ce moment, je prêtai une attention inquiète à tous les êtres humains. Comme si on l'eût écorché, mon cœur devint extraordinairement sensible à la moindre offense, à la moindre souffrance, que ce fût la mienne ou celle des autres.

Je fus d'abord vivement frappé par une dispute qui éclata entre ma mère et ma grand-mère. Celle-ci qui paraissait plus grande dans la chambre étroite s'avançait vers ma mère, la poussait vers les icônes et lui disait d'une voix sifflante :

« Pourquoi ne l'as-tu pas repris, hein?

— J'ai eu peur.

— Une femme solide comme toi! Tu devrais avoir honte, Varvara! Moi qui suis vieille, je n'ai pas peur! Tu devrais avoir honte!

— Laisse-moi tranquille, maman, je suis écœurée...

— Non, tu ne l'aimes pas, tu n'as pas pitié de cet orphelin! »

Ma mère articula péniblement :

« Moi aussi, je suis seule, pour toute ma vie! »

Toutes les deux pleurèrent longuement, assises sur le coffre, dans un coin, et ma mère disait :

« S'il n'y avait pas Alexis, je partirais loin, bien loin. Je ne peux pas vivre dans cet enfer, je ne peux pas, maman! Je n'en ai pas la force!

— Tu es mon sang, mon cœur », lui murmurait ma grand-mère.

Je compris que ma mère était faible; comme tous les autres, elle avait peur du grand-père. C'était moi qui l'empêchais de quitter cette maison où la vie lui était insupportable. Cela m'attrista. Bientôt pourtant, elle disparut. Elle était allé passer quelques jours ailleurs.

Brusquement, grand-père apparut comme s'il était tombé du plafond. Il s'assit sur le lit et me caressa la tête de sa main froide comme la glace :

« Bonjour, mon bonhomme... Mais réponds donc, ne boude pas!... Eh bien? »

J'avais grande envie de lui donner un coup de pied mais le moindre mouvement me faisait souffrir. Il me semblait plus roux que d'ordinaire; il balançait la tête avec inquiétude et ses yeux brillants cherchaient on ne sait quoi sur le mur. Il tira de sa poche un bouc en pain d'épice, deux clairons en sucre, une pomme, une grappe de raisins secs, et mit le tout sur l'oreiller, sous mon nez.

« Tu vois, je t'ai apporté des friandises! »

Il se pencha pour me baiser le front, puis il commença à me parler tout en caressant doucement ma tête de sa petite main rêche colorée de jaune, surtout aux ongles qui étaient crochus comme des serres.

« L'autre jour, je suis allé un peu fort, mon bonhomme. J'étais très en colère, tu m'avais mordu, griffé, alors, je me suis fâché! Mais ce n'est pas un malheur que tu aies reçu plus que ta part, cela te sera compté un jour. Retiens bien ceci : quand on est battu par les siens, par ses parents, ce n'est pas une offense, c'est une leçon, ça ne compte pas! Mais ne te laisse pas battre par les autres. Tu crois peut-être qu'on ne m'a jamais battu? Même dans tes plus mauvais rêves tu n'en recevras pas autant. On m'a tellement offensé que le Seigneur, du haut du ciel, devait en pleurer, sans doute. Et le résultat? Moi, un orphelin, le fils d'une pauvresse, je me suis fait une place au soleil, je dirige un atelier et c'est moi qui commande ici. »

Allongé près de moi, il se mit à me parler de son enfance; il avait des formules frappantes et vigoureuses, s'exprimait avec adresse et facilité.

Ses yeux verts s'enflammaient, ses cheveux dorés se hérissaient joyeusement. Il enflait sa voix aiguë et me trompetait en plein visage :

« Toi, tu es venu par le bateau, c'est la vapeur qui te transportait. Tandis que moi, dans ma jeunesse, je remontais la Volga en tirant les péniches à la force de mes reins. La péniche avançait sur l'eau et moi, pieds nus sur les pierres coupantes, à travers les éboulis, je suivais la rive du lever du jour à la tombée de la nuit. Le soleil nous chauffait la nuque, la tête bouillonnait comme une marmite. Courbé en trois, à en faire craquer les os, on marchait, on marchait, sans même voir sa route, les yeux noyés de sueur et de larmes, la mort dans l'âme.

« Ah! là là, Alexis, tu aurais tort de te plaindre! On marchait et soudain, la courroie glissait : on tombait, la gueule par terre. On était presque content d'être à bout de forces : on n'avait plus qu'à se reposer ou à crever! Voilà comme on vivait à la face de Dieu et du miséricordieux Seigneur Jésus... Et c'est ainsi que j'ai parcouru trois fois Notre Mère la Volga; de Simbirsk à Rybinsk [8], de Saratov à Nijni et d'Astrakhan à la foire de Makariev, en tout des milliers de verstes. Mais la quatrième année, j'étais déjà pris comme contremaître car j'avais montré au patron de quoi j'étais capable. »

Il parlait et je le voyais grandir devant moi comme un nuage d'orage; ce n'était plus un vieillard petit et sec mais un homme d'une force fantastique qui faisait à lui tout seul remonter le courant à une énorme péniche grise...

Parfois, il sautait à bas du lit et me montrait à grand renfort de gestes comment les haleurs tiraient sur leurs sangles ou comment on écopait l'eau. Il commençait à chanter d'une voix de basse puis, comme un jeune homme, sautait de nouveau sur le lit et reprenait son récit avec encore plus de vigueur. Je l'écoutais, saisi d'étonnement.

« Oui, mais en revanche, les soirs d'été, aux Jigouli [9], on s'allongeait pour la halte, quelque part au pied d'une colline verte, on allumait un feu de bois et on préparait une bouillie. Un pauvre haleur entonnait alors une chanson qui lui venait du cœur et toute l'équipe reprenait dans un grondement de tonnerre. Le frisson vous en passait sur la peau et la Volga semblait couler plus vite, on aurait dit qu'elle allait se cabrer comme un cheval et atteindre les nuages! Tous les soucis s'envolaient comme la poussière dans le vent et on était tellement pris par le chant que bien souvent la marmite débordait. Alors on donnait des coups de cuiller à pot sur le crâne du cuistot : " Amuse-toi tant que tu veux mais n'oublie pas ton travail! " »

Plus d'une fois pendant ce récit, on jeta un coup d'œil par la porte, on appela grand-père. Mais je suppliais :

« Ne t'en va pas. »

Et d'un geste de la main, avec un petit rire, il chassait les gens :

« Attendez, vous autres! »

Il me raconta des histoires jusqu'au soir.

Lorsqu'il partit après m'avoir dit au revoir avec douceur, je savais que mon grand-père n'était ni terrible ni méchant et les larmes me montaient aux yeux à la pensée qu'il m'avait si cruellement battu. Pourtant, cela, je ne pouvais pas l'oublier.

La visite du grand-père ouvrit à tous la porte de ma chambre et, du matin au soir, il y eut quelqu'un près de mon lit, cherchant par tous les moyens à me distraire. Je me souviens que ce n'était pas toujours drôle. C'était ma grand-mère qui venait le plus souvent, elle dormait même avec moi. Mais le souvenir le plus vif reste celui de la visite de Tsyganok. Je le vis apparaître un soir avec sa grosse tête bouclée et ses épaules carrées. Il avait revêtu comme pour un jour de fête une chemise de soie dorée, un pantalon en velours de coton et chaussé des bottes en accordéon qui craquaient. Ses cheveux brillaient, ses yeux bigles luisaient gaiement sous les sourcils épais et ses dents apparaissaient plus blanches sous le mince trait noir des jeunes moustaches. Sa chemise resplendissante reflétait la flamme rouge de la veilleuse.

« Regarde donc », s'écria-t-il. Et il releva légèrement sa manche pour me montrer son bras nu, couvert jusqu'au coude de cicatrices rouges. « Tu vois comme c'est enflé! Et c'était même encore pire, ça commence à guérir! Tu comprends, quand j'ai vu que le grand-père se mettait en rage et qu'il allait te battre plus que de raison, alors j'ai mis mon bras en dessous. Je pensais : la baguette cassera, le grand-père ira en chercher une autre et pendant ce temps, ta grand-mère ou ta mère t'emmèneront. Mais la baguette n'a pas cassé, elle était souple, elle avait trempé! Tout de même, tu en as reçu moins. Tu vois ce que j'ai pris à ta place? Je suis un malin, moi, mon ami... »

Et il se mit à rire d'un rire caressant comme de la soie, en examinant encore son bras enflé.

« J'avais tellement pitié de toi que ça me serrait la gorge. Malheur! Et lui qui fouettait toujours... »

Secouant la tête et s'ébrouant comme un cheval, il se mit à me parler du grand-père. Tsyganok me parut tout à coup très proche et simple comme un enfant.

Comme je lui disais que je l'aimais bien, il répondit avec candeur d'un ton inoubliable :

« Mais moi aussi je t'aime bien. C'est pour ça que j'ai supporté les coups, c'est par amitié. Je ne l'aurais pas fait pour un autre; les autres, je m'en fiche. »

Ensuite il me donna des conseils, tout en regardant souvent vers la porte :

« Une autre fois, quand on te battra, prends garde, ne te crispe pas, ne te raidis pas, tu saisis? Ça fait bien plus mal quand on se raidit. Laisse-toi aller, reste mou comme de la gelée. Ne te gonfle pas, respire à fond et crie à tue-tête. Souviens-toi, c'est un bon conseil. »

Je lui demandai :

« On va donc encore me battre?

— Qu'est-ce que tu t'imagines? répliqua tranquillement Tsyganok. Mais bien sûr qu'on te battra! Ne t'inquiète pas, on te battra souvent, toi...

— Pourquoi?

— Le grand-père trouvera toujours des raisons... »

Et il me fit la leçon de nouveau avec un air soucieux :

« S'il frappe à la verticale, en abattant simplement la baguette, reste couché bien tranquille et souple; mais s'il frappe à la traîne, en ramenant la baguette vers lui pour arracher la peau, alors tortille-toi dans sa direction, suis la baguette. Tu comprends? Ça fait moins mal! »

Il cligna de son œil noir qui louchait :

« Je m'y connais mieux que le commissaire de quartier! Avec ma peau, mon vieux, on pourrait faire des moufles! »

Je regardai son joyeux visage et me rappelai les contes de ma grand-mère sur Ivan le Tsarévitch et sur Ivan l'Imbécile.

CHAPITRE III

Lorsque je fus rétabli, je compris que Tsyganok occupait dans la maison une place à part.
Grand-père l'injuriait rarement, il était moins
violent avec lui qu'avec ses propres fils. Quand
l'apprenti n'était pas là, il lui arrivait de dire en
plissant les paupières et en secouant la tête :

« Il a une fortune dans les mains, ce garçon-
là ! Souvenez-vous de ce que je dis, il deviendra
quelqu'un. »

Mes oncles aussi lui témoignaient de la gentillesse et de l'amitié. Ils ne s'amusaient jamais à
ses dépens comme ils le faisaient avec le maître
compagnon Grigori à qui ils jouaient presque
tous les soirs un méchant tour. Tantôt ils
chauffaient les manches des ciseaux sur le feu,
tantôt ils plantaient un clou la pointe en l'air sur
son siège. Ou bien, profitant de ce que Grigori
était à moitié aveugle, ils lui mettaient sous la
main des pièces de couleur différente ; le maître
compagnon les cousait ensemble et grand-père
s'emportait contre lui.

Un jour qu'il faisait la sieste dans la soupente
de la cuisine, ils lui peignirent le visage à la

fuschine. Pendant longtemps, il garda un aspect effrayant et comique : au milieu de sa barbe blanche, les verres de ses lunettes faisaient deux taches rondes et ternes et son long nez écarlate pendait tristement comme une langue.

Mes oncles n'étaient jamais à court d'inventions. Cependant, le maître compagnon supportait tout sans mot dire. Il se contentait de grogner et de couvrir abondamment ses doigts de salive avant de toucher le fer, les ciseaux, les pinces ou le dé. C'était devenu chez lui une manie; même pendant les repas, avant de prendre son couteau ou sa fourchette, il se mouillait les doigts, ce qui faisait rire les enfants. La douleur faisait apparaître sur son long visage des rides qui glissaient bizarrement sur son front en soulevant ses sourcils puis disparaissaient sur son crâne dénudé.

Je ne me rappelle pas de quel œil grand-père considérait ces amusements; grand-mère, elle, menaçait ses fils du poing et leur criait :

« Vous n'avez pas honte, vauriens! »

Quand Tsyganok était absent, mes oncles parlaient de lui avec colère ou sur un ton railleur. Ils critiquaient son travail, le traitaient de voleur et de fainéant. J'en demandai la raison à grand-mère. Elle me donna volontiers l'explication, en termes faciles à comprendre, comme toujours :

« Eh bien, vois-tu, ils voudraient tous les deux emmener Ivan [10] quand ils auront chacun leur atelier; alors l'un devant l'autre, ils le dénigrent, ils disent : c'est un mauvais ouvrier. Ils mentent, ils rusent. Ils ont peur aussi qu'Ivan reste avec ton grand-père. Il a son caractère, grand-père, il peut lui prendre envie d'ouvrir un troisième atelier avec Tsyganok et ce serait une mauvaise affaire pour tes oncles, tu comprends? »

Elle riait doucement :

« Ils rusent sans cesse, c'est à faire rire le Bon Dieu! Mais le grand-père les voit, ces finasseries, et il prend plaisir à exciter Iakov et Mikhaïl. Il leur dit : " Je vais acheter à Ivan une exemption de recrutement [11] pour qu'on ne le prenne pas comme soldat! " Et ils se fâchent, ils ne veulent pas, ils plaignent leur argent, ça coûte cher! »

Je vivais de nouveau avec grand-mère, comme sur le bateau. Tous les soirs, avant de dormir, elle me disait des contes ou me racontait sa vie qui était aussi un vrai conte. Les affaires de famille, le partage, l'achat par grand-père d'une nouvelle maison, elle en parlait en riant un peu, comme si cela ne la concernait pas, ou très peu. Elle en parlait à la manière d'une voisine et non comme celle qui occupait la deuxième place dans la maison.

Elle m'apprit que Tsyganok était un enfant trouvé. Au début du printemps, par une nuit pluvieuse, on l'avait découvert sur un banc, près du portail.

« Il était là, enveloppé dans un tablier, racontait ma grand-mère d'une voix pensive et mystérieuse. Il vagissait faiblement, déjà engourdi par le froid.

— Pourquoi est-ce qu'on abandonne les enfants?

— Il arrive qu'une mère n'a plus de lait, plus rien pour nourrir son enfant. Si elle apprend qu'un nouveau-né est mort dans une maison, elle apporte le sien en cachette. »

Ma grand-mère se tut et se gratta la tête, puis elle reprit en soupirant, les yeux au plafond :

« Tout ça à cause de la pauvreté, mon petit Alexis. Il y a tant de misères qu'il vaut mieux ne pas en parler! On dit aussi qu'une fille qui n'est pas mariée ne doit pas avoir d'enfant, que c'est une honte!... Grand-père voulait porter le bébé au poste de police mais je l'ai empêché. Je lui ai dit : " Gardons-le, Dieu nous l'envoie à la place des nôtres qui sont morts... " C'est que j'en ai mis dix-huit au monde et si tous avaient vécu, cela ferait dix-huit familles, de quoi peupler toute une rue. Moi, tu vois, je n'avais guère plus de quatorze ans quand j'ai été mariée et à quinze ans, j'avais déjà un enfant. Mais le Seigneur a aimé mon sang, il me reprenait mes petits les uns après les autres pour en faire des anges. J'avais bien de la peine, mais en même temps, j'étais heureuse! »

Assise en chemise au bord du lit, tout enveloppée de ses cheveux noirs, énorme et hirsute, elle ressemblait à l'ourse qu'un bûcheron barbu de la forêt de Sergatch [12] avait naguère amenée dans la cour. Elle fit un signe de croix sur sa poitrine nette et blanche comme neige et rit doucement, en se balançant toute.

« Il m'a pris les meilleurs et m'a laissé les autres. J'ai été heureuse qu'on ait trouvé Tsyganok, je vous aime tant, vous, les petits! Alors on l'a recueilli, on l'a baptisé et c'est devenu un brave garçon. Au début, je l'appelais le " hanneton ", parce que souvent il bourdonnait

comme un vrai hanneton et si fort qu'on l'entendait dans toute la maison. Aime-le bien, c'est une
âme simple. »

Je l'aimais beaucoup, Ivan. Il me rendait
souvent muet d'étonnement. Le samedi surtout,
lorsque grand-père, après avoir fouetté tous les
coupables de la semaine, partait à la messe du
soir, on commençait à s'amuser follement dans la
cuisine. Tsyganok allait chercher des cafards
noirs derrière le poêle. Il fabriquait rapidement
un harnais avec du fil, découpait un traîneau
dans du papier et bientôt, quatre chevaux
moreaux galopaient sur la table jaune et bien
lisse. Ivan dirigeait leur course avec un mince
copeau et glapissait, très excité :

« Ils vont chercher l'évêque! »

Il collait un petit morceau de papier sur le dos
d'un cafard qu'il lançait à la poursuite du
traîneau :

« Ils ont oublié un sac. Le moine court vite le
porter! »

Ou encore il liait les pattes d'un autre cafard
avec un fil. L'insecte se traînait, cognant partout
sa tête, et Ivan criait en battant des mains :

« Le sacristain revient du cabaret, il va à la
messe du soir! »

Il nous montrait des souriceaux qui, à son
commandement, se dressaient et marchaient sur
leurs pattes de derrière, traînant leurs longues
queues, clignant drôlement leurs petits yeux vifs
qui ressemblaient à des perles noires. Il avait
pour ses souris des soins attentifs; il les portait
sur sa poitrine, leur donnait du sucre à grignoter

en le tenant entre ses dents. Il les embrassait et disait d'un ton convaincant :

« Les souris, ce sont des hôtes intelligents et doux. Le domovoï les aime beaucoup et il est reconnaissant à celui qui les nourrit... »

Il savait faire des tours avec les cartes et les pièces de monnaie. Il criait plus fort que tous les enfants dont il ne se distinguait qu'à peine. Un jour qu'il jouait aux cartes avec eux, il perdit plusieurs fois de suite. Il en fut dépité, se mit à bouder et vint se plaindre à moi en reniflant :

« Je sais bien, ils s'étaient donné le mot. Ils échangeaient des clins d'œil, ils se passaient des cartes sous la table. Est-ce qu'on joue comme ça ? Je sais tricher aussi bien qu'eux... »

Il avait dix-neuf ans et il était plus grand que nous quatre réunis.

Je le revois surtout certains soirs de fête. Lorsque le grand-père et l'oncle Mikhaïl étaient partis en visite, l'oncle Iakov, tout ébouriffé, entrait dans la cuisine avec sa guitare. Ma grand-mère servait du thé avec beaucoup de zakouski [13] et de la vodka dans une grande bouteille verte carrée dont le fond était orné de jolies fleurs rouges fondues dans le verre. Tsyganok, en habits du dimanche, tourbillonnait comme une toupie. Le maître compagnon se glissait parmi nous, sans bruit ; les verres de ses lunettes brillaient. Ievguénia, la bonne d'enfants, ronde comme une cruche, avec sa face rouge grêlée, ses yeux rusés et sa voix claironnante, était là, elle aussi. Parfois on voyait arriver le sacristain de l'église de l'Assomption, barbu, en cheveux longs, et d'autres personnages qui me paraissaient noirs et gluants comme des brochets ou des lottes.

Tout ce monde buvait beaucoup et mangeait en poussant de gros soupirs. On donnait aux enfants des friandises et un verre de liqueur douce. Peu à peu s'allumait une ardente et étrange gaieté. L'oncle Iakov accordait amoureusement sa guitare puis prononçait ces paroles, toujours les mêmes :

« Eh bien, je vais commencer! »

Il rejetait ses boucles en arrière et se penchait sur son instrument, tendant le cou comme une oie. Son visage rond et insouciant prenait une expression somnolente; ses yeux vifs, insaisissables, devenaient vitreux. Il pinçait doucement les cordes et l'air qu'il jouait vous empoignait et vous enivrait. Cette musique exigeait un silence parfait. Comme un ruisseau rapide, elle semblait accourir de très loin et sourdre à travers le plancher et les murs. Elle troublait les cœurs et faisait naître un sentiment inexplicable de tristesse et d'inquiétude. En l'écoutant, on avait pitié des autres et de soi-même. Les grandes personnes semblaient redevenues elles aussi des enfants et tout le monde demeurait immobile, plongé dans le silence et la rêverie.

Sacha surtout, le fils de Mikhaïl, écoutait de toutes ses oreilles, tendu vers son oncle. Il regardait la guitare, bouche bée, et à sa lèvre pendait un long filet de salive. Parfois il perdait conscience au point de tomber de sa chaise, les bras en avant; il restait alors assis sur le plancher, les yeux fixes et écarquillés.

Les autres aussi semblaient envoûtés. Seul, le

samovar chantonnait doucement sans couvrir la plainte de la guitare. Les deux petites fenêtres carrées s'ouvraient sur la sombre nuit d'automne. Par instants, on croyait entendre quelqu'un frapper doucement aux vitres. Pointues comme des lances, les flammes jaunes des deux chandelles posées sur la table vacillaient.

L'oncle Iakov s'engourdissait de plus en plus; les dents serrées, il semblait dormir. Seules ses mains vivaient. Les doigts de la main droite, recourbés, frémissaient au-dessus de l'instrument sans qu'on pût suivre leur mouvement; ils étaient pareils à des oiseaux qui battent des ailes et cherchent à s'envoler. Les doigts de la main gauche couraient sur le manche de la guitare avec une incroyable rapidité.

Lorsqu'il avait bu, l'oncle Iakov chantonnait entre ses dents une interminable rengaine, d'une voix sifflante et désagréable.

> *Si Iakov était un chien,*
> *Il hurlerait du matin au soir.*
> *Oh! que je m'ennuie!*
> *Oh! que je suis triste!*
> *Dans la rue, passe une nonne,*
> *Sur la palissade, une corneille est perchée.*
> *Oh! que je m'ennuie!*
> *Derrière le poêle, un grillon chante,*
> *Tandis que les cafards s'agitent.*
> *Oh! que je m'ennuie!*
> *Un mendiant a mis ses bandes* [14] *à sécher,*
> *Un autre mendiant les lui a volées.*
> *Oh! que je m'ennuie!*
> *Oh! que je suis triste!*

Je ne pouvais supporter cette chanson, et quand mon oncle en arrivait aux mendiants, je pleurais à chaudes larmes, saisi d'une tristesse intolérable.

Tsyganok écoutait la musique avec autant d'attention que les autres. Les doigts enfoncés dans ses boucles noires, il fixait un coin de la pièce et reniflait de temps à autre. Parfois, il s'exclamait brusquement d'une voix plaintive :

« Ah! Si j'avais de la voix, comme je chanterais, Seigneur! »

Grand-mère soupirait :

« Arrête, Iakov, tu nous déchires le cœur! Et toi, Ivan, si tu dansais un peu... »

Ils n'accédaient pas toujours immédiatement à cette prière; quelquefois pourtant, le musicien plaquait un instant sa paume sur les cordes; puis, serrant le poing, il rejetait loin de lui avec force quelque chose qu'on ne pouvait ni voir ni entendre et s'exclamait d'un ton crâne :

« Foin de la tristesse et du cafard! Ivan, en place! »

Tsyganok prenait une pose avantageuse, rajustait sa chemise jaune et avançait au milieu de la pièce avec prudence, comme s'il marchait sur des clous. Ses joues basanées rougissaient. Il souriait tout confus et demandait :

« Un peu plus vite, Iakov Vassilitch! »

La guitare résonnait avec furie, les talons tambourinaient sur le plancher. Sur la table et dans l'armoire, la vaisselle tintait. Au milieu de la cuisine, Tsyganok tourbillonnait telle une flamme ou planait comme un milan. Ses bras étendus ressemblaient à des ailes et on voyait à peine ses jambes se déplacer. Soudain, il s'accroupissait en poussant un grand cri et tournoyait comme un martinet doré. Sa blouse éclatante illuminait tout autour de lui et la soie qui frémissait et ruisselait, semblait de l'or en fusion. Tsyganok dansait infatigablement, oubliant tout. Si on avait ouvert la porte toute grande, il serait parti en dansant par les rues, par la ville, Dieu sait où...

« Coupe en travers! » criait l'oncle Iakov qui battait la mesure du pied. Il poussait des sifflements stridents et d'une voix crispante lançait des refrains comiques :

> *Ah! si je n'craignais d'user mes savates,*
> *Je laisserais tomber ma femme et mes gosses!*

Ceux qui étaient à table se sentaient pris de tiraillements dans les jambes. Par moments, ils poussaient eux aussi des cris et des glapissements comme s'ils s'étaient brûlés. Le maître compagnon tapait sur son crâne chauve et bredouillait. Un jour, il se pencha vers moi, couvrant mon épaule de sa barbe soyeuse et me dit à l'oreille en s'adressant à moi comme à une grande personne :

« Alexis, si ton père était là, il y mettrait une autre flamme! C'était un homme joyeux et de bonne compagnie. T'en souviens-tu?

— Non.

— Vraiment? Souvent, avec ta grand-mère... Mais laisse-moi faire, attends un peu! »

Il se leva. Grand, émacié, il ressemblait à une image de saint. Il fit une révérence à grand-mère et lui demanda d'une voix plus grave que d'habitude :

« Akoulina Ivanovna, accorde-nous de grâce un petit tour de danse, comme tu faisais autrefois avec ton gendre Maxime. Fais-nous ce plaisir.

— Qu'est-ce que tu dis là, Grigori Ivanytch, tu n'y penses pas, mon ami! » Et grand-mère se dérobait en riant doucement. « Danser à mon âge, mais ça ferait rire tout le monde... »

On se mit à la supplier. Alors, brusquement, elle se leva, aussi vive qu'une jeune fille, arrangea sa jupe, puis, bien droite, sa lourde tête rejetée en arrière, elle s'avança à travers la cuisine en criant :

« Eh bien, riez si vous voulez, grand bien vous fasse! Allons, Iakov, une autre musique... »

L'oncle se redressa; le corps tendu, les yeux mi-clos, il se mit à jouer plus lentement. Tsyganok s'immobilisa un instant, puis il bondit vers grand-mère et commença à danser autour d'elle, accroupi. Elle voguait à travers la pièce, sans bruit, les bras écartés, les sourcils levés, ses yeux sombres fixés au loin. Elle me parut ridicule et je pouffai de rire. Le maître compagnon me menaça sévèrement du doigt et toutes les grandes personnes se tournèrent vers moi d'un air désapprobateur.

« Arrête, Ivan! » dit le maître compagnon en souriant.

Tsyganok s'écarta docilement et s'assit sur le seuil, tandis que Ievguénia, le cou en avant, se mettait à chanter d'une agréable voix de basse :

> *Tout au long de la semaine,*
> *La dentellière a travaillé,*
> *Elle a pris tant et tant de peine,*
> *Qu'elle en est à demi morte.*

Il semblait que grand-mère ne dansait plus mais racontait une histoire. Pensive, elle marchait doucement et se balançait, regardant par-dessous son bras. Son corps lourd hésitait, indécis, ses pieds s'avançaient avec prudence. Brusquement, elle s'arrêta, comme effrayée. Son visage tressaillit, se contracta, puis s'éclaira aussitôt d'un bon sourire accueillant. Elle repartit de biais, comme si elle cédait le passage à quelqu'un tout en l'écartant de la main. La tête baissée, elle s'immobilisa et prêta l'oreille, avec un sourire toujours plus gai.

Soudain, elle fut arrachée de sa place, entraînée dans un tourbillon. Elle parut grandir; sa beauté et sa grâce devinrent si impétueuses qu'on ne pouvait détacher d'elle le regard en cet instant où elle avait, comme par miracle, retrouvé sa jeunesse.

Ievguénia reprenait à tue-tête :

> *Dimanche après la messe,*
> *J'ai dansé jusqu'à minuit.*
> *Je suis rentrée la dernière;*
> *Dommage, la fête est finie!*

La danse terminée, grand-mère revint s'asseoir à sa place près du samovar. Tous les assistants la complimentèrent. Elle répliqua, en se recoiffant :

« Taisez-vous donc! Vous n'avez jamais vu de vraies danseuses. Chez nous, à Balakhna [15], il y avait une fille — j'ai oublié son nom — quand elle dansait, les gens pleuraient de joie! C'était une vraie fête de la regarder, on ne désirait plus rien d'autre. J'en étais jalouse, je l'avoue!

— Les chanteurs et les danseurs sont les premiers sur terre! » observa Ievguénia d'un ton sans réplique, puis elle entonna une chanson sur le roi David. Pendant ce temps, l'oncle Iakov, qui avait posé son bras sur l'épaule de Tsyganok, lui disait :

« Tu devrais danser dans les cabarets, les gens en perdraient la tête!...

— Ce que je voudrais, c'est pouvoir chanter, répondait plaintivement Tsyganok. Si Dieu m'avait donné de la voix, j'aurais chanté pendant dix ans et, après, je serais parti n'importe où, même dans un monastère! »

Tout le monde buvait de la vodka, Grigori surtout. Ma grand-mère, qui ne cessait de remplir son verre, le mettait en garde :

« Attention, Grigori, tu perdras complètement la vue! »

Il répondait gravement :

« Tant pis, je n'ai plus besoin de mes yeux! J'en ai tant vu! »

Il buvait sans jamais être ivre, mais il devenait de plus en plus bavard et me parlait alors presque toujours de mon père :

« Ah! mon petit ami, c'était un grand cœur, Maxime... »

Ma grand-mère soupirait et approuvait en secouant la tête :

« Oui, c'était un enfant du Seigneur... »

Tout cela m'intéressait prodigieusement, captivait mon attention. Dans mon cœur, s'infiltrait une douce tristesse, légère à supporter. Inséparables, la tristesse et la joie gagnaient aussi ceux qui m'entouraient, et l'on passait de l'une à l'autre sans s'en apercevoir, avec une inconcevable rapidité.

Un jour, l'oncle Iakov, un peu ivre, se mit à déchirer sa chemise et à tirer furieusement ses boucles, ses maigres moustaches blanchâtres, son nez et sa lèvre pendante.

« Qu'est-ce que ça veut dire, tout ça? hurlait-il, le visage inondé de larmes. A quoi bon? »

Il se frappait les joues, le front, la poitrine et sanglotait :

« Je suis un vaurien, un gredin, une âme brisée. »

Grigori rugissait :

« Ah! ah! c'est bien vrai... »

Et grand-mère, qui avait un peu trop bu, elle aussi, essayait de calmer son fils et cherchait à lui saisir les mains :

« Assez, Iakov, le Seigneur sait quelles leçons il veut donner! »

Quand elle avait bu, elle était encore plus belle : ses yeux noirs, souriants, répandaient sur tous une lumière qui réchauffait l'âme. Elle éventait son visage en feu avec son mouchoir et disait d'une voix chantante :

« Seigneur! Seigneur! Comme tout est bien! Mais regardez donc comme tout est bien! »

C'était le cri de son cœur, la devise de toute sa vie.

Les larmes et les cris de mon oncle, d'ordinaire si insouciant, me frappèrent beaucoup. Je demandai à grand-mère pourquoi il pleurait, s'accusait et se donnait des coups.

« Tu voudrais tout savoir, répondit-elle, réticente, contrairement à son habitude. Attends un peu, tu es trop jeune pour te mêler de ces choses-là. »

Ma curiosité s'en trouva aiguisée. J'allai à l'atelier tourmenter Ivan; il ne voulut pas me répondre lui non plus. Riant tout bas, il regardait le maître compagnon du coin de l'œil et essayait de me faire sortir :

« Fiche-moi la paix, va-t'en! Ou bien je vais te mettre dans la marmite pour te teindre! »

Debout devant le fourneau large et bas, Grigori remuait le contenu des trois cuves qui y étaient scellées. Lorsqu'il retirait le noir et long brassoir, il regardait les gouttes colorées qui en retombaient. Le feu brûlait ardemment et se reflétait sur le pan de son tablier de cuir, bariolé comme une chasuble de pope. L'eau colorée sifflait dans les cuves, une vapeur âcre s'échappait par la porte en un nuage épais. Dehors, un vent sec rasait le sol.

Le maître compagnon me regarda par-dessus ses lunettes, de ses yeux rouges et troubles, et commanda brutalement à Ivan :

« Du bois! Où as-tu les yeux? »

Tsyganok se précipita dans la cour. Grigori s'assit sur un sac de santal et me fit signe d'approcher :

« Viens voir ici! »

Il me prit sur ses genoux et appuya sa barbe chaude et douce contre ma joue. Ce qu'il me dit alors, je ne devais jamais l'oublier :

« Ton oncle a tant battu et torturé sa femme qu'elle en est morte, et maintenant sa conscience le tourmente, tu comprends? Prends garde, il faut que tu comprennes tout, sinon tu es perdu. »

Grigori parlait avec la même simplicité que grand-mère, mais on frémissait en l'écoutant et j'avais l'impression qu'à travers ses lunettes, son regard pénétrait jusqu'au fond des choses.

« Comment il l'a tuée? continuait-il sans se hâter, eh bien, voici. Il se couchait auprès d'elle, lui couvrait la tête avec une couverture, la tenait serrée comme dans un étau et la battait. Pourquoi? Il n'en savait rien lui-même, tu peux en être sûr. »

Ivan était revenu avec une brassée de bois et il se chauffait les mains, accroupi devant le feu. Sans prêter attention à lui, le maître compagnon continuait gravement :

« Peut-être qu'il la battait parce qu'elle valait mieux que lui et qu'il était jaloux. Les Kachirine, mon petit, n'aiment pas ce qui est bien, ils en sont jaloux et ils le détruisent car ils ne peuvent pas devenir bons eux-mêmes. Demande donc à ta grand-mère comment ils se sont débarrassés de ton père. Elle te le dira; elle n'aime pas le mensonge, ta grand-mère, elle ne le comprend pas. Elle boit et elle prise, mais c'est quand même une vraie sainte, une bienheureuse pour ainsi dire. Cramponne-toi à elle, bien fort... »

Il me repoussa et je sortis dans la cour, accablé, terrifié. Dans le vestibule de la maison, Ivan me rattrapa. Il me prit la tête dans ses mains et me chuchota tout bas :

« N'aie pas peur de lui, c'est un brave homme. Regarde-le droit dans les yeux, il aime ça. »

Tout cela m'intriguait et me troublait. Je ne connaissais pas d'autre vie que celle qui m'entourait, mais je me souvenais confusément que mon père et ma mère avaient vécu autrement. Ils tenaient d'autres propos, avaient d'autres distractions. A la maison ou en promenade, ils restaient tout près l'un de l'autre. Souvent, le soir, près de la fenêtre, ils riaient longuement ou chantaient à pleine voix. Les gens, dans la rue, s'arrêtaient pour les regarder; je trouvais que ces visages levés en l'air ressemblaient à des assiettes sales à la fin d'un repas et cela m'amusait. Chez grand-père, au contraire, on riait peu, et c'était souvent pour des raisons que je ne comprenais pas. Souvent, on se querellait, on se menaçait; on chuchotait dans les coins. Les enfants étaient silencieux, on ne remarquait pas leur présence, on aurait dit qu'ils restaient collés au sol comme la poussière rabattue par la pluie. Je me sentais un étranger dans la maison, cette vie m'irritait par d'innombrables piqûres, elle me rendait méfiant et me forçait à tout examiner avec une attention toujours accrue.

Mon amitié pour Ivan grandissait sans cesse. Et comme ma grand-mère était absorbée par les soins du ménage du lever du soleil à la nuit noire, je tournais presque toute la journée autour de lui. Il continuait à mettre son bras sous les verges quand mon grand-père me fouettait et, le lendemain, il me montrait ses doigts gonflés, en se plaignant :

« Non, ça ne sert à rien. Tu en prends autant et moi, regarde donc!... C'est la dernière fois, tant pis pour toi! »

Mais, la fois suivante, il endurait de nouveau cette souffrance inutile.

« Je croyais que tu ne voulais plus le faire?

— Je ne voulais plus, mais voilà, j'ai recommencé... Comme ça, je ne sais pas pourquoi, sans le vouloir... »

Ce que j'appris bientôt sur son compte piqua ma curiosité et accrut encore mon affection pour lui.

Tous les vendredis, Tsyganok attelait au large traîneau Charap, le favori de ma grand-mère, un cheval bai capricieux, rusé et gourmand. Tsyganok revêtait une pelisse courte qui lui arrivait aux genoux, mettait sur sa tête un lourd bonnet de fourrure et se serrait la taille avec une ceinture d'étoffe verte. Puis il allait acheter des provisions au marché. Quelquefois, on attendait longuement son retour. Toute la maison s'inquiétait. On s'approchait de la fenêtre, on soufflait sur la vitre pour faire fondre le givre et jeter un coup d'œil dans la rue.

« Il n'arrive pas?

— Non. »

Grand-mère se tourmentait encore plus que les autres.

« Ah! là là! disait-elle à ses fils et au grand-père. Vous les perdrez tous les deux, l'homme et le cheval! Vous devriez avoir honte, vous n'avez pas de conscience! Ce que vous possédez ne vous suffit donc pas, race imbécile et cupide? Le Seigneur vous punira! »

Grand-père, l'air sombre, grognait :

« Bon, ça va, c'est la dernière fois... »

Parfois, Tsyganok ne rentrait que vers midi. Mes oncles et grand-père sortaient en toute hâte; grand-mère, qui prisait avec rage, s'avançait lourdement derrière eux de sa démarche d'ourse.

Je ne comprenais pas pourquoi, dans ces moments-là, elle paraissait toujours mal à l'aise.
Les enfants accouraient aussi et on commençait
avec joie le déchargement du traîneau, plein de
cochons de lait, de volaille, de poisson et de
quartiers de viandes de toutes sortes.

« Tu as tout acheté, comme on t'avait dit?
demandait le grand-père, et ses yeux perçants
fouillaient le chargement d'un regard oblique.

— J'ai tout fait comme il faut », répliquait
Ivan avec gaieté.

Il gambadait dans la cour pour se réchauffer et
faisait claquer ses moufles avec un bruit assourdissant.

« Pas si fort! On les a payées assez cher, tes
moufles! criait sévèrement le grand-père. Il te
reste de l'argent?

— Pas un sou. »

Le grand-père tournait lentement autour du
traîneau et disait à mi-voix :

« Cette fois encore, il me semble que tu as
ramené beaucoup de choses. Tu ne les as pas
achetées sans payer, au moins? Prends garde, je
ne veux pas entendre parler de ça chez moi. »

Et vite, il s'en allait en faisant la grimace.

Les oncles se précipitaient avec joie sur le
traîneau. Ils soupesaient la volaille, le poisson, les
abattis d'oie, les pieds de veau, les énormes
quartiers de viande. Ils sifflotaient et grognaient
d'un air approbateur.

« Eh bien, il a enlevé ce qu'il y avait de
mieux! »

L'oncle Mikhaïl surtout était ravi; il sautait
autour de la voiture [16], comme mû par un ressort,

et flairait tout avec son nez semblable à un bec de pivert. Il claquait les lèvres de satisfaction et plissait voluptueusement ses yeux fureteurs. Sec comme son père, mais plus grand, il était noir comme un tison éteint. Il cachait ses mains dans ses manches pour les protéger du froid et interrogeait Tsyganok :

« Qu'est-ce que mon père t'avait donné?

— Cinq roubles.

— Oh! Il y en a bien là pour quinze roubles! Combien as-tu dépensé?

— Quatre roubles et dix kopecks.

— Alors, il te reste quatre-vingt-dix kopecks en poche. Tu vois, Iakov, comment on se fait des sous? »

L'oncle Iakov, en manches de chemise malgré le froid, ricanait tout bas et clignait de l'œil en regardant le ciel bleu et glacé.

« Paie-nous à chacun une demi-bouteille de vodka », disait-il à Ivan d'une voix indolente.

Grand-mère dételait le cheval.

« Eh bien, mon petit, eh bien, mon chaton? Tu as envie de faire le fou? Alors, amuse-toi, ma beauté, ma joie! »

L'énorme Charap, secouant son épaisse crinière, mordillait avec ses dents blanches l'épaule de grand-mère, lui arrachait son fichu de soie et la dévisageait d'un œil espiègle. Il agitait la tête pour faire tomber le givre collé à ses cils et hennissait doucement.

« Tu veux du pain? »

Elle lui fourrait entre les dents un gros croûton couvert de sel, lui mettait son tablier en dessous de la gueule en guise de sac et le regardait manger, pensive.

Tsyganok, qui folâtrait aussi comme un jeune cheval, s'approchait d'elle :

« Oh! grand-mère, quel bon cheval, qu'il est intelligent...

— Fiche le camp, ne fais pas le beau! criait grand-mère en tapant du pied. Tu sais que je ne t'aime pas, des jours comme aujourd'hui. »

Elle m'expliqua qu'au marché Tsyganok achetait moins qu'il ne volait :

« Quand le grand-père lui donne cinq roubles, il en dépense trois et vole pour dix roubles de marchandises, me racontait-elle d'un air mécontent. Il aime voler, le brigand. Il a essayé une fois et il s'en est tiré à merveille. A la maison, on a ri, on l'a félicité de son habileté; alors, il a continué, c'est devenu une habitude. Grand-père a trop connu la pauvreté et la misère dans sa jeunesse et il est devenu avide sur ses vieux jours. L'argent lui est plus cher que ses propres enfants; il est content d'avoir quelque chose pour rien! Mikhaïl et Iakov, eux... »

Elle eut un geste de lassitude et se tut un instant. Puis, penchée sur sa tabatière ouverte, elle grommela :

« Vois-tu, mon petit, ces affaires-là, c'est comme des dentelles faites par un aveugle, va-t'en suivre le dessin! Si Ivan se fait prendre à voler, on le battra à mort... »

Après un nouveau silence, elle continua doucement :

« Chez nous, il y a beaucoup de principes, mais peu d'honnêteté. »

Le lendemain, je suppliai Tsyganok de ne plus voler.

« Sinon, on te battra à mort...

— Je ne me laisserai pas prendre, je saurai me tirer d'affaire : je suis leste et mon cheval est vif! » me dit-il en souriant.

Mais aussitôt, il se rembrunit :

« Oh! je sais, c'est mal de voler et c'est risqué. Je le fais comme ça, par ennui. Et même l'argent, je ne le garde pas; tes oncles me soutirent tout en une semaine. Bah! je ne le regrette pas. Qu'ils le prennent, je mange à ma faim! »

Brusquement, il me prit dans ses bras et me secoua doucement.

« Tu es frêle et mince, mais tes os sont solides, tu seras un costaud. Tu ne sais pas ce que tu devrais faire? Apprends à jouer de la guitare; tu n'as qu'à demander à oncle Iakov, pardi! Tu es encore petit, voilà l'ennui, mais tu as du caractère! Tu n'aimes pas ton grand-père?

— Je ne sais pas.

— Eh bien, moi, à part la grand-mère, je déteste les Kachirine. Qu'ils se fassent aimer par le diable!

— Et moi?

— Tu n'es pas un Kachirine, tu es un Pechkov, c'est un autre sang, une autre race... »

Et tout à coup, me serrant bien fort, il poussa une sorte de gémissement :

« Ah! si j'avais une belle voix, ah, Seigneur! J'aurais enflammé les gens... Va-t'en, mon petit, il faut que je travaille... »

Il me déposa par terre, se versa dans la bouche une poignée de petits clous et commença à fixer

sur une grande planche carrée un morceau
d'étoffe noire et humide.

Tsyganok devait mourir peu de temps après et
voici dans quelles circonstances.

Dans la cour, près du portail, une grande croix
de chêne au montant énorme et noueux était
appuyée à la palissade. Elle était là depuis
longtemps; je l'avais remarquée dès les premiers
jours de mon arrivée. Elle était alors plus neuve
et plus jaune, mais les pluies d'automne l'avaient
beaucoup noircie. Elle exhalait une odeur amère
de bois enduit de coltar et occupait inutilement
de la place dans cette cour étroite, encombrée de
saletés.

L'oncle Iakov l'avait achetée pour la placer sur
la tombe de sa femme, le jour anniversaire de sa
mort, et il avait fait le vœu de la porter lui-même
sur ses épaules jusqu'au cimetière.

Cet anniversaire tomba un samedi, au début de
l'hiver. Il faisait très froid; chassée par le vent, la
neige des toits retombait en fine poussière. Tout
le monde sortit dans la cour. Grand-père et
grand-mère étaient déjà partis au cimetière avec
trois de leurs petits-enfants pour assister à la
messe des morts. On m'avait laissé à la maison
pour me punir de quelque sottise.

Mes oncles, qui portaient tous deux de courtes
pelisses noires, soulevèrent un peu la croix et se
placèrent sous les bras. Grigori et un homme que
je ne connaissais pas soulevèrent avec peine le
lourd montant. Ils le posèrent sur le dos puissant
de Tsyganok qui chancela et écarta les jambes.

« Est-ce que tu y arriveras? demanda Grigori.

— Je ne sais pas. C'est bien lourd, on dirait... »

L'oncle Mikhaïl cria d'un ton irrité :

« Ouvre le portail, diable aveugle ! »

Et l'oncle Iakov ajouta :

« Tu n'as pas honte, Ivan ! Nous autres, nous sommes moins costauds que toi. »

Mais en ouvrant tout grand le portail, Grigori, d'un ton sévère, mit Tsyganok en garde :

« Fais attention, ne t'éreinte pas et que Dieu t'accompagne !

— Vieille bête chauve ! » lui cria l'oncle Mikhaïl de la rue.

Ceux qui étaient dans la cour sourirent et se mirent à parler fort, comme s'ils étaient tous très heureux de voir emporter la croix.

Grigori me prit par la main et me conduisit dans l'atelier.

« Le grand-père ne te fouettera peut-être pas aujourd'hui, il a l'air bien tourné... »

Il m'installa sur un tas d'étoffes préparées pour la teinture et m'en enveloppa soigneusement jusqu'aux épaules. Flairant la vapeur qui montait au-dessus des cuves, il reprit pensivement :

« Moi, mon petit, je connais ton grand-père depuis trente-sept ans. Je l'ai vu à ses débuts, je le vois maintenant sur ses vieux jours. Autrefois, nous étions de grands amis; ensemble, nous avons eu l'idée de cette entreprise, ensemble, nous l'avons lancée. Il est intelligent, ton grand-père. Il est devenu patron, moi je n'ai pas su. Mais le Seigneur est plus intelligent que nous tous; il lui suffit de sourire et l'homme le plus malin se range parmi les sots. Tu ne sais pas encore à quoi rime ce qu'on dit et ce qu'on fait et pourtant, il te faudrait tout comprendre. La vie est dure pour les orphelins. Ton père, Maxime Savvateïtch, c'était un as, il comprenait même trop de choses. C'est pour ça que ton grand-père ne l'aimait pas; il ne l'a jamais accepté dans la famille... »

J'avais du plaisir à écouter ces bonnes paroles en regardant la flamme rouge et or danser dans le poêle. Au-dessus des cuves, s'élevait un nuage de vapeur laiteuse qui se déposait en givre bleuâtre sur les planches du toit déjeté. Entre ces planches mal équarries, on apercevait des rubans de ciel bleu. Le vent s'était calmé, le soleil brillait par endroits et toute la cour était comme semée d'une poussière de verre. Dans la rue, les patins des traîneaux grinçaient, une fumée bleue s'échappait en volutes des cheminées de la maison. Des ombres légères glissaient sur la neige et semblaient elles aussi raconter une histoire.

Long et osseux, tête nue, avec sa barbe et ses grandes oreilles, Grigori ressemblait à un bon sorcier. Il brassait la teinture bouillante et continuait à me faire la leçon :

« Regarde tout le monde droit dans les yeux; si un chien se jette sur toi, regarde-le aussi bien en face, il s'éloignera... »

Ses lourdes lunettes écrasaient la racine de son nez qui ressemblait, avec son extrémité gonflée de sang bleu, à celui de grand-mère.

« Attends », fit-il tout à coup, en tendant l'oreille. Puis il poussa du pied la porte du poêle, sortit et traversa la cour à grandes enjambées. Je me précipitai derrière lui.

Dans la cuisine, sur le plancher, Tsyganok était étendu sur le dos. De larges rais de lumière pénétraient par les fenêtres; l'un tombait sur sa tête et sa poitrine, l'autre sur ses pieds. Son front luisait étrangement, ses sourcils étaient relevés et ses yeux bigles regardaient fixement le plafond noirci. Ses lèvres sombres frémissaient, laissant échapper des bulles roses et, des coins de sa bouche, du sang coulait sur ses joues, sur son cou et sur le plancher. Le sang coulait aussi de son dos en ruisseaux épais. Ses pantalons mouillés collaient lourdement aux lames du plancher qui avait été soigneusement lavé avec du gros sable et reluisait comme le soleil. Les ruisseaux écarlates traversaient les rais de lumière et s'écoulaient vers le seuil.

Tsyganok restait sans mouvement, les bras étendus le long du corps; seuls ses doigts s'agitaient et grattaient le plancher. Ses ongles colorés par la teinture brillaient au soleil.

Ievguénia, accroupie près de lui, essayait de fixer dans sa main une fine chandelle, mais Ivan ne la tenait pas, elle retombait et son pinceau de feu se noyait dans le sang. Ievguénia la ramassait, l'essuyait avec le pan de son tablier, puis tentait de nouveau de la fixer entre les doigts palpitants. Un murmure berceur emplissait la cuisine; il m'aurait chassé au-dehors, comme un coup de vent, si je ne m'étais agrippé à la poignée de la porte.

« Il a trébuché », racontait l'oncle Iakov d'une voix éteinte.

Devenu tout gris, ratatiné, il frissonnait et secouait la tête. Ses yeux avaient perdu leur couleur et clignotaient sans cesse.

« Il est tombé et la croix l'a écrasé. Il l'a reçue

dans le dos. Elle nous aurait bien estropiés, nous aussi, mais nous l'avons lâchée à temps.

— C'est vous qui l'avez écrasé, dit Grigori d'une voix sourde.

— Allons donc!

— Oui, c'est vous! »

Le sang coulait toujours. Près du seuil, il avait déjà formé une flaque sombre qui grandissait peu à peu. Tsyganok gémissait comme en rêve tandis qu'une écume rose s'échappait de ses lèvres. On croyait le voir fondre; collé au plancher, il semblait s'y enfoncer.

« Mikhaïl est vite parti à cheval prévenir le grand-père à l'église, chuchotait l'oncle Iakov. Lui, je l'ai chargé dans un fiacre et je suis revenu ici en toute hâte... Heureusement que je n'étais pas sous le montant, sans quoi... »

Ievguénia essayait à nouveau de fixer une chandelle dans la main d'Ivan, sur laquelle tombaient goutte à goutte la cire et ses larmes.

Grigori éleva la voix et lui dit brutalememt :

« Colle-la donc au plancher, près de sa tête, idiote!

— Tu as raison!

— Ote-lui son bonnet. »

Ievguénia obéit. La tête d'Ivan retomba avec un bruit sourd. Elle roula sur le côté et le sang se mit à couler encore plus fort, mais par un seul coin de la bouche. Cela dura affreusement longtemps. Au début, j'avais l'impression que Tsyganok se reposait : bientôt, il allait s'asseoir par terre, cracher et s'écrier : « Pfu! quelle chaleur! » comme il le faisait le dimanche après-midi en se réveillant.

Mais il ne se levait pas, il semblait toujours fondre. Le soleil ne venait plus jusqu'à lui, les rais lumineux s'étaient raccourcis et s'arrêtaient sur l'appui des fenêtres. Tout son corps devenait plus sombre, ses doigts ne remuaient plus et l'écume avait disparu de ses lèvres. Son visage était encadré par trois chandelles. Le pinceau de leur flamme dorée vacillait, éclairant les cheveux épais d'un noir bleuté. Des reflets jaunes trem-blaient sur ses joues basanées; le bout de son nez pointu et ses dents roses brillaient.

Ievguénia, à genoux, pleurait et murmurait :

« Mon petit pigeon, mon épervier, ma joie... »

C'était sinistre, mon cœur se glaçait. Je me réfugiai sous la table et m'y cachai.

Bientôt, grand-père, vêtu d'une pelisse de raton, entra lourdement dans la cuisine; grand-mère, qui portait un manteau au col orné de queues de fourrure, le suivait. Puis venait l'oncle Mikhaïl, les enfants et un grand nombre d'inconnus.

Grand-père jeta sa pelisse à terre et cria :

« Canailles! Un garçon pareil, l'avoir fait mourir pour rien! D'ici quelque cinq ans, il n'aurait pas eu de prix... »

Les vêtements accumulés par terre m'empêchaient de voir Ivan et je sortis de ma cachette. Je m'empêtrai dans les jambes de grand-père. Il me repoussa violemment, tout en menaçant les oncles de son petit poing rouge :

« Ah! loups! »

Puis il s'assit sur un banc et s'y appuya des deux mains. Il sanglotait sans larmes et disait d'une voix grinçante :

« Je sais, vous l'aviez en travers de la gorge...
Ah! mon petit Ivan, mon petit imbécile! Qu'est-
ce qu'on peut y faire, hein? On n'y peut rien : les
chevaux ne nous obéissent plus, les rênes sont
pourries. Mère, le Seigneur nous en veut depuis
quelques années, hein? »

Couchée de tout son long sur le plancher à côté
d'Ivan, grand-mère palpait son visage, sa tête, sa
poitrine. Elle lui soufflait dans les yeux, lui
prenait les mains et les pétrissait. Elle avait
renversé toutes les chandelles. Quand elle se
remit lourdement sur ses jambes, toute sombre
dans sa robe noire et brillante, elle écarquilla les
yeux à faire peur et dit à mi-voix :

« Sortez, maudits! »

Tous sortirent précipitamment sauf grand-
père.

On enterra Tsyganok discrètement, sans cérémonie.

CHAPITRE IV

Couché dans un grand lit, enroulé plusieurs fois dans une lourde couverture, j'écoute prier grand-mère. Elle est agenouillée, une main serrée sur la poitrine, de l'autre, elle se signe par moments, sans hâte.

Dehors, il gèle à pierre fendre. La clarté verdâtre de la lune pénètre par les vitres que décorent les broderies du givre. Elle éclaire en plein le bon visage de grand-mère et son grand nez. Elle donne un éclat phosphorescent à ses yeux noirs; le fichu de soie qui recouvre ses cheveux brille comme du métal forgé. Sa robe sombre, qui semble ruisseler de ses épaules, ondoie et s'étale par terre.

Quand elle aura terminé sa prière, grand-mère se déshabillera sans rien dire, rangera soigneusement ses vêtements dans le coin, sur le coffre. Elle s'approchera du lit et je ferai semblant d'être profondément endormi.

« Je vois bien que tu ne dors pas, brigand. Tu ne dors pas, hein? murmure-t-elle. C'est vrai, petite âme bleue? Eh bien, donne la couverture! »

Goûtant à l'avance ce qui va suivre, je ne puis retenir un sourire. Alors, elle gronde :

« Ah! Ah! C'est comme ça, tu veux faire des farces à ta vieille grand-mère! »

Prenant la couverture par un bord, elle la tire avec tant de force et d'adresse que je suis projeté en l'air. Je fais la pirouette et je retombe lourdement sur l'édredon moelleux. Elle éclate d'un rire bruyant :

« Eh bien, fils de radis, tu l'as gobée, la mouche? »

Mais parfois, elle prie très longtemps. Je m'endors pour de bon et je ne l'entends pas se coucher.

Les journées de peines, de disputes et de querelles se terminent toujours par de longues prières. Je les écoute de toutes mes oreilles. Grand-mère raconte à Dieu tout ce qui s'est passé dans la maison. Quand elle est agenouillée, énorme et lourde, elle ressemble à une montagne. D'abord, j'entends un murmure rapide et indistinct, puis sa voix profonde s'élève :

« Tu le sais bien, Seigneur, chacun pense à son avantage. Mikhaïl est l'aîné, c'est lui qui devrait rester en ville. Ça le vexe de partir de l'autre côté du fleuve dans un quartier inconnu : on ne sait pas comment les affaires y marcheront. Le père, lui, il préfère Iakov. Est-ce bien de ne pas aimer également ses enfants?... Le vieux est têtu, tu devrais lui faire entendre raison, Seigneur! »

Regardant les icônes sombres de ses grands yeux lumineux, elle suggère à son Dieu :

« Envoie-lui donc un bon rêve, Seigneur, pour qu'il comprenne comment il faut faire le partage entre les enfants! »

Elle se signe et se prosterne jusqu'à terre,

heurtant le plancher de son grand front. Puis elle se redresse et continue d'un ton persuasif :

« Accorde un peu de joie à Varvara. Est-ce qu'elle t'a offensé, est-ce qu'elle est plus coupable que les autres? C'est une femme jeune, pleine de santé et elle ne connaît que la tristesse. Pense aussi, Seigneur, à Grigori. Sa vue baisse de plus en plus; s'il devient aveugle, il ira mendier, ce n'est pas bien! Il a usé toutes ses forces pour le grand-père et il ne peut même pas compter sur son aide maintenant. Ah! Seigneur, Seigneur!... »

Elle reste longtemps silencieuse, la tête baissée humblement et les bras pendants, comme si elle était profondément endormie ou raidie par le froid.

« Quoi encore? se demande-t-elle tout haut en fronçant les sourcils. Prends en pitié et sauve tous les orthodoxes. Pardonne à la maudite sotte que je suis. Tu le sais, ce n'est pas par méchanceté que je pèche, mais par bêtise. »

Après un profond soupir, elle reprend d'une voix caressante et satisfaite :

« Tu sais tout, mon Dieu, tu connais tout, Père. »

Le Dieu de grand-mère, qui lui était si proche, me plaisait beaucoup et je demandais souvent :

« Parle-moi de Dieu! »

Alors elle se soulevait, s'asseyait, jetait un fichu sur sa tête et se lançait dans un long récit jusqu'à ce que je m'endorme. Elle avait une façon particulière de parler de Dieu, à voix basse, en traînant sur les mots.

« Le Seigneur est au paradis, assis sur une colline, au milieu d'une prairie; des tilleuls d'argent abritent son trône de saphir et ces tilleuls sont en fleur toute l'année, car le paradis ne connaît ni l'automne, ni l'hiver; les fleurs n'y fanent jamais, elles fleurissent sans trêve pour la joie des saints. Autour du Seigneur vole une multitude d'anges. Ils ressemblent à des flocons de neige ou à des essaims d'abeilles. Ils descendent du ciel sur la terre comme des pigeons blancs et ils remontent ensuite raconter à Dieu ce qui se passe chez les hommes. Là-bas, il y a ton ange et le mien et celui du grand-père. Le Seigneur est juste, il a donné un ange à chacun. Le tien raconte au Seigneur : " Alexis a tiré la langue à son grand-père. " Et le Seigneur décide : " Eh bien, que le vieux le fouette! " Et c'est la même chose pour tous. Dieu donne à chacun selon ses mérites, à l'un le chagrin, à l'autre la joie. Il fait si bon là-haut que les anges se réjouissent, battent des ailes et chantent sans trêve : " Gloire à Toi, Seigneur, gloire à Toi! " Et lui, le Bon Dieu, il se contente de sourire comme pour dire : " C'est bien, c'est bien! " »

Elle-même souriait en secouant la tête.

« Tu as vu tout ça?

— Non, mais je le sais », répondait-elle, pensive.

Quand elle parlait de Dieu, du paradis et des anges, grand-mère semblait devenir petite et douce. Son visage rajeunissait, ses yeux embués de larmes rayonnaient d'une douce lumière. Je prenais ses lourdes nattes soyeuses et je les enroulais autour de mon cou. Immobile, j'écoutais avec attention ses récits, sans jamais m'en lasser.

« Il n'est pas donné aux hommes de voir Dieu, ils en perdraient la vue. Seuls, les saints peuvent le contempler. Mais j'ai vu des anges. Ils se montrent à ceux qui ont l'âme pure. Une fois, j'étais dans l'église, à la messe du matin. Il y en avait deux derrière l'iconostase. On aurait dit des nuages, on voyait tout au travers d'eux. Ils étaient lumineux, lumineux, avec des ailes en dentelles et en mousseline qui tombaient jusqu'à terre. Ils tournaient autour de l'autel et ils aidaient le vieux père Ilya qui n'y voyait plus. Quand il levait ses bras fatigués pour prier, ils lui soutenaient les coudes. Il est mort peu de temps après. Moi, ce jour-là, quand je les ai vus, j'ai été paralysée par la joie, mon cœur s'est mis à me faire mal et j'ai pleuré. Oh! c'était beau, Alexis, petite âme bleue. Tout est bien sur terre et dans le ciel, tout est si bien...

— Et chez nous aussi, c'est bien? »

Grand-mère se signa :

« Gloire à la Très Sainte Mère de Dieu, tout est bien ! »

Cette réponse me déconcertait. Il était difficile d'admettre que tout allait bien à la maison. Il me semblait que la vie y était de plus en plus insupportable.

J'étais passé un jour devant la chambre de l'oncle Mikhaïl : j'avais aperçu la tante Nathalie, toute habillée de blanc, les mains serrées sur la poitrine, qui courait à travers la pièce en poussant des cris sourds mais effrayants.

« Seigneur, prends-moi avec toi, emmène-moi... »

Je comprenais sa prière comme je comprenais

Grigori lorsqu'il gémissait : « Quand je serai aveugle, j'irai mendier, mais ce sera tout de même mieux. » J'aurais voulu qu'il devienne bien vite aveugle, je lui aurais demandé de le conduire et nous aurions mendié ensemble. Je lui en avais déjà parlé. Le maître compagnon, souriant dans sa barbe, m'avait répondu :

« Bien, c'est ce que nous ferons ! Et je dirai dans toute la ville : voilà le petit-fils de Vassili Kachirine, le syndic de la corporation des teinturiers. C'est le fils de sa fille ! Ce sera très amusant... »

Plus d'une fois, j'avais remarqué que la tante Nathalie avait les lèvres gonflées et des poches bleues sous ses yeux vides. J'avais demandé à grand-mère :

« L'oncle la bat ? »

Elle m'avait répondu avec un soupir :

« Oui, il la bat en cachette, le maudit, l'anathème ! Le grand-père le lui défend, alors il attend la nuit. Il est méchant, ton oncle, et la tante Nathalie est trop douce. »

Puis, elle m'avait raconté en s'animant :

« Tout de même, maintenant, on ne bat plus comme autrefois ! Oh ! bien sûr, il lui donne des coups sur les dents, sur les oreilles ; il lui tire un peu les nattes. Mais autrefois, cela durait des heures entières. Une fois, pour le premier jour de la Pâque, grand-père m'a battue depuis la messe jusqu'au soir. Quand il était fatigué, il se reposait un peu, puis il recommençait, avec des rênes ou tout ce qui lui tombait sous la main.

— Et qu'est-ce que tu avais fait ?

— Je ne me rappelle pas... Et une autre fois, il

m'a tellement battue que je suis restée à demi morte. Pendant cinq jours, il ne m'a rien donné à manger. C'est tout juste si je m'en suis tirée, cette fois-là. Et une autre fois encore... »

J'en étais resté muet d'étonnement. Grand-mère était deux fois plus grosse que grand-père et j'avais du mal à croire qu'il pût avoir le dessus.

« Il est plus fort que toi, alors?

— Non, mais il est plus âgé! Et puis, c'est mon mari. Il devra répondre de moi devant Dieu. Mon devoir à moi, c'est de supporter... »

J'aimais beaucoup la voir épousseter les icônes et nettoyer leurs garnitures de métal[17]. Elles étaient somptueuses, et les auréoles étaient ornées de perles, d'argent et de pierres chatoyantes. Grand-mère en prenait une de ses mains adroites, la regardait en souriant et disait avec attendrissement :

« Quel doux visage! »

Puis elle se signait et baisait l'icône.

« Elle est recouverte de poussière et la fumée l'a noircie. O toi, Mère toute-puissante, joie éternelle! Regarde, Alexis, petite âme bleue, comme le dessin en est fin. Les figures sont toutes petites, mais chacune se détache bien des autres. Cela s'appelle " Les douze fêtes " et au milieu, il y a la bonne Vierge de Feodorovo. Et voilà " Ne pleure pas, ô mère, en me voyant dans le cercueil "... »

Il me semblait parfois qu'elle jouait avec les icônes comme ma cousine, la craintive Catherine, jouait à la poupée; elle y mettait autant de sincérité et de gravité.

Il arrivait aussi à grand-mère de voir des

diables, tantôt un seul, tantôt plusieurs à la fois.

« Un soir de carême où la lune était laiteuse, je passais à côté de la maison des Rudolph. Brusquement, je vois un diable à cheval sur le toit. Il était tout noir, grand et velu. Sa tête cornue penchée au-dessus de la cheminée, il reniflait et s'ébrouait en remuant la queue. J'ai fait le signe de croix et j'ai dit : " Que Dieu ressuscite et que ses ennemis soient terrassés. " Alors il a poussé un petit glapissement, il a glissé du toit et il a culbuté dans la cour. Il était terrassé! Peut-être que les Rudolph ne faisaient pas maigre ce jour-là et c'est pour ça qu'il reniflait et se réjouissait. »

Je riais en me représentant la culbute du diable. Elle riait aussi :

« Ils aiment bien faire des espiègleries, comme les petits enfants. Une fois, je lavais du linge à l'étuve [18]. Il était près de minuit. Tout à coup, la porte du foyer s'ouvre brutalement. Et voilà des diablotins qui sortent, tous plus petits les uns que les autres; il y en avait des rouges, des verts, d'autres qui étaient noirs comme des blattes. Je me précipite vers la porte. Pas moyen de sortir, me voilà prise au milieu des diables. Toute l'étuve en est pleine, impossible de bouger. Ils rampent sous mes pieds, ils me tiraillent et me pressent si fort que j'en ai le souffle coupé. Ils sont velus, mous et chauds comme des chatons, mais ils se tiennent sur leurs pattes de derrière. Ils tournoient, ils s'amusent. Je vois leurs dents de souris et leurs petits yeux verts qui brillent. Leurs cornes, qui commencent à pousser, leur font des bosses sur le front. Ils ont des queues comme les cochons de lait. Par les saints! J'ai

perdu connaissance, sais-tu? Quand je suis revenue à moi, la chandelle brûlait faiblement, l'eau
du baquet était refroidie et le linge était par
terre. Je me suis dit : " Ah! maudits! Puissiez-
vous crever ! " »

Les yeux fermés, je vois ces créatures velues,
de toutes les couleurs, sortir de la gueule du four,
se déverser en flot continu dans la petite étuve.
Ils soufflent sur la chandelle et tirent leur langue
rose d'un air espiègle. C'est amusant et effrayant
à la fois. Grand-mère hoche la tête et se tait un
instant. Puis elle reprend de plus belle :

« Une autre fois encore, je les ai vus, les
maudits. C'était une nuit d'hiver, il y avait une
tempête de neige. Je traversais le ravin Dukov.
Tu te rappelles, c'est là que Iakov et Mikhaïl
voulaient noyer ton père dans l'étang par le trou
percé dans la glace. Eh bien, à peine arrivée au
bas du sentier, dans le fond du ravin, j'entends
siffler, hurler et je vois une troïka[19] de chevaux
noirs qui se précipite sur moi. C'est un diable
énorme en bonnet rouge qui dirige les chevaux.
Planté sur le siège du cocher, il tient à bras
tendus des chaînes en guise de rênes... Pourtant
on ne pouvait pas passer en voiture dans le
ravin... La troïka allait droit vers l'étang, entourée d'un nuage de neige. Dans le traîneau, il y
avait aussi des diables qui sifflaient, qui criaient
et qui agitaient leur bonnet. Il en est passé sept,
de ces troïkas qui ressemblaient à celles des
pompiers. Les chevaux étaient noirs : ce sont des
hommes maudits par leurs parents; ces gens-là
servent d'amusement aux diables qui les prennent comme chevaux et les font galoper les

nuits de fête. C'est peut-être une noce de diables que j'ai vue là... »

Il était impossible de ne pas croire grand-mère : elle parlait avec tant de simplicité et de conviction! J'aimais surtout l'entendre réciter des vers; elle racontait comment la Sainte Vierge parcourait la terre pour connaître les misères humaines et exhortait la princesse Iengaly-tcheva [20], chef de brigands, à ne pas massacrer les pauvres gens. Elle savait aussi des poèmes sur Alexis [21], le saint homme de Dieu, et sur Ivan le guerrier [22]. Elle connaissait les contes de la très sage Vassilissa [23], du Pope Bouc [24] et du Filleul de Dieu. Il y en avait d'effrayants : ceux de Marfa la « Possadnitsa [25] », de Baba Ousta [26], chef de brigands, de Maria la pécheresse égyptienne... Elle connaissait ainsi une quantité extraordinaire de contes, d'histoires vécues et de vers.

Ma grand-mère, qui ne craignait personne, ni grand-père, ni même les démons et autres forces impures, était terrorisée par les cafards. Elle devinait leur présence même de loin. Il lui arrivait de me réveiller la nuit et de me chuchoter :

« Alexis, mon petit, il y a un cafard qui court, écrase-le, pour l'amour du Christ! »

Encore tout endormi, j'allumais la chandelle et je me traînais sur le plancher à la recherche de l'ennemi. Je restais parfois longtemps sans le trouver.

« Je ne vois rien », disais-je.

Immobile, la tête sous la couverture, grand-mère murmurait d'une voix imperceptible :

« Oh! Il y en a un! Cherche-le encore un peu, je t'en prie! Il est là, j'en suis sûre... »

Elle ne se trompait jamais, je finissais par découvrir le cafard dans quelque coin de la chambre, très loin du lit.

« Tu l'as tué? Eh bien, Dieu soit béni! Je te remercie... »

Rejetant la couverture, elle poussait un soupir de soulagement et souriait. Tant que je n'avais pas découvert l'insecte, elle ne pouvait pas se rendormir. Elle sursautait au moindre frôlement dans le silence profond de la nuit. Je l'entendais chuchoter, retenant son souffle :

« Il est près de la porte, il s'est glissé sous le coffre...

— Pourquoi as-tu peur des cafards? »

Elle répondait gravement :

« Je ne comprends pas à quoi ils peuvent servir. Ils sont tout noirs et ils courent, ils courent. Le Seigneur a donné une tâche à chacun, même au moindre puceron; le cloporte montre que la maison est humide, la punaise que les murs sont sales, le pou annonce une maladie... Tout a un sens. Mais ceux-là, peut-on savoir quelle force les habite, à quoi ils sont destinés? »

Un soir, agenouillée, elle bavardait avec son Dieu. Grand-père ouvrit toute grande la porte et annonça d'une voix rauque :

« Ah! mère, le Seigneur nous punit. Il y a le feu!

— Que dis-tu! » s'écria grand-mère, et elle se releva d'un bond. A pas lourds, ils disparurent dans l'obscurité de la grande salle.

« Ievguénia, enlève les icônes! Nathalie,

habille les enfants! » ordonna grand-mère d'une voix ferme et sévère.

Grand-père geignait doucement :

« Hi, hi, hi... »

Je courus à la cuisine. La fenêtre qui donnait sur la cour luisait comme de l'or. Des reflets jaunes glissaient et dansaient sur le plancher. L'oncle Iakov, qui mettait ses bottes, sautait sur ces reflets comme s'ils lui brûlaient la plante des pieds.

« C'est Mikhaïl qui a mis le feu, il a mis le feu et il est parti, oui!

— Tais-toi, chien! » dit grand-mère, et elle le poussa vers la porte si brutalement qu'il faillit tomber.

A travers le givre qui couvrait les vitres, on voyait flamber le toit de l'atelier. Un tourbillon de feu sortait par la porte ouverte. Il s'épanouissait en fleurs rouges. On ne voyait pas de fumée, mais très haut flottait un nuage sombre à travers lequel on pouvait distinguer le torrent argenté de la Voie lactée. Des reflets empourpraient la neige. Les murs des bâtiments tremblaient, vacillaient, comme attirés vers le coin de la cour où le feu jouait gaiement. Il inondait d'un flot rouge les larges fentes du mur de l'atelier et s'échappait en langues brûlantes. Sur les planches sèches et noires du toit s'enroulaient et tourbillonnaient des rubans jaunes et rouges; la fine cheminée de briques, qui fumait encore, se détachait au milieu des flammes. De légers craquements, des bruissements soyeux venaient frapper les vitres. Le feu s'étendait sans cesse. L'atelier embrasé avait la splendeur d'un iconostase et son attrait devenait irrésistible. Je jetai sur ma tête une lourde pelisse, mis des bottes et m'avançai jusqu'à l'entrée. Sur les marches du perron, je restai stupéfait, aveuglé par la clarté des flammes. Les cris de grand-père, de Grigori, de mon oncle, les craquements de l'incendie m'assourdissaient. Grand-mère, elle aussi, m'effrayait : un sac vide sur la tête, une housse sur le dos, elle s'élançait droit dans le feu, en criant :

« La couperose, imbéciles! La couperose va sauter...

— Grigori, retiens-la! hurlait grand-père. Ah! Elle est perdue... »

Mais grand-mère ressortait déjà, enveloppée par la fumée et secouant la tête; elle portait l'énorme bonbonne de couperose dont le poids la faisait plier.

« Père, fais sortir le cheval! cria-t-elle d'une voix rauque, prise d'un accès de toux. Enlevez-moi ça des épaules, je brûle, vous ne voyez donc pas? »

Grigori arracha la housse qui se consumait sans flamme. Puis, cassé en deux, il se mit à jeter de grosses pelletées de neige par la porte de l'atelier. Mon oncle sautait autour de lui, une hache à la main. Grand-père tournait en rond, jetant des poignées de neige sur grand-mère. Celle-ci enfouit la bouteille dans un tas de neige, puis se précipita vers le portail, l'ouvrit et salua profondément les gens qui étaient accourus :

« Voisins, sauvez la grange! Si le feu la gagne et passe au fenil, nos bâtiments brûleront et les vôtres aussi. Abattez le toit, jetez le foin dans le jardin... Grigori, lance la neige plus haut... Iakov, ne t'agite pas pour rien, donne des haches, des pelles à tout le monde. Mes bons voisins, mettez-vous à l'ouvrage tous ensemble et que Dieu vous aide ! »

Elle me fascinait autant que l'incendie. Toute noire dans l'éblouissante clarté du feu qui semblait vouloir la saisir, elle se précipitait à travers la cour. Elle voyait tout, arrivait partout à temps et dirigeait tout.

Charap sortit en galopant. Le feu alluma une lueur rouge dans ses grands yeux. Il se cabra et faillit renverser mon grand-père, puis il s'ébroua et s'arc-bouta sur ses pattes de devant. Grand-père lâcha la bride et s'écarta d'un saut :

« Mère, retiens-le ! »

Grand-mère se jeta sous les pieds du cheval qui s'était à nouveau cabré et se dressa devant lui, les bras en croix. Le cheval poussa un hennissement plaintif et tendit la tête vers elle, louchant vers les flammes.

« Mais n'aie donc pas peur ! dit grand-mère d'une voix profonde en lui tapotant le cou et en saisissant la bride. Crois-tu donc que je vais te laisser dans cet enfer, mon souriceau?... »

Et le souriceau, trois fois plus gros qu'elle, la suivit docilement jusqu'au portail ; il s'ébrouait en regardant son visage rouge.

Ievguénia fit sortir de la maison les enfants emmitouflés qui poussaient des gémissements sourds.

« Vassili Vassilitch, il manque Alexis, cria-t-elle.

— Va-t'en, va-t'en ! » répondit grand-père avec un geste de la main. Pendant ce temps, je me cachai sous les marches du perron de peur que la bonne ne m'emmenât moi aussi.

Déjà le toit de l'atelier s'était effondré. La fumée montait au-dessus des minces chevrons et leurs braises dorées se détachaient sur le ciel. A l'intérieur, des feux verts, bleus ou rouges fusaient et tourbillonnaient. Des gerbes de flammes retombaient sur les gens qui s'étaient rassemblés dans la cour et jetaient des pelletées de neige dans l'immense brasier. Les cuves bouillonnaient avec fureur. La vapeur et la fumée s'élevaient en nuages épais. Dehors flottaient d'étranges odeurs qui arrachaient des larmes. Je ressortis avec peine de dessous le perron et tombai dans les jambes de grand-mère.

« Va-t'en, me cria-t-elle, tu vas te faire écraser, va-t'en!... »

Monté sur un cheval roux couvert d'écume, un cavalier au casque de cuivre surmonté d'une crête se fraya un passage dans la cour. Brandissant sa cravache, il hurlait d'un air menaçant :

« Place! »

On entendait le tintement rapide et joyeux des clochettes. Tout était beau comme par un jour de fête. Grand-mère me poussa vers le perron :

« Tu n'as pas entendu? Va-t'en! »

Cette fois-ci, il était difficile de ne pas lui obéir; je m'en allai dans la cuisine et me collai de nouveau contre le carreau, mais la masse noire de la foule m'empêchait de voir le feu. Je n'apercevais plus que les casques de cuivre qui étincelaient au milieu des bonnets noirs et des casquettes.

On maîtrisa rapidement le feu qui fut inondé et

piétiné. La police dispersa la foule et grand-mère revint dans la cuisine.

« Qui est là?... Ah! c'est toi! Tu ne dors pas, tu as peur? Ne crains rien, tout est fini maintenant... »

Elle s'assit à côté de moi et se balança sur sa chaise, sans rien dire. J'étais content de retrouver le calme et l'obscurité de la nuit, mais en même temps, je regrettais le feu.

Grand-père parut sur le seuil et demanda :

« Mère?

— Eh bien?

— Tu t'es brûlée?

— Ce n'est rien. »

Il frotta une allumette dont la lueur bleue éclaira son visage de putois, tout barbouillé de suie. Il prit une chandelle sur la table et, sans se hâter, vint s'asseoir à côté de grand-mère.

« Tu devrais te laver », lui dit-elle, mais elle était elle-même couverte de suie et répandait une âcre odeur de fumée.

Grand-père soupira :

« Le Seigneur est plein de bonté pour toi; il te donne parfois beaucoup de sagesse... »

Il lui caressa l'épaule et ajouta avec un sourire qui découvrait ses dents :

« Ça ne dure pas longtemps, bien sûr, mais enfin, ça arrive!... »

Grand-mère sourit elle aussi. Elle voulut dire quelque chose, mais grand-père s'était déjà renfrogné :

« Il faut renvoyer Grigori. Tout cela, c'est arrivé à cause de sa négligence. Il a assez travaillé, cet homme-là; il a fait son temps... Iakov

est assis sur le perron, il pleure, l'imbécile... Tu
devrais aller le trouver... »

Elle se leva et sortit, une main devant son
visage. Sans me regarder, grand-père me demanda à mi-voix :

« Tu as vu tout l'incendie, depuis le début?
Qu'est-ce que tu dis de grand-mère, hein? Et
pourtant, c'est une vieille... cassée, brisée... Tu
vois! Ah! vous autres!... »

Il resta longtemps silencieux, tout voûté, puis
il se leva, moucha la chandelle avec ses doigts et
me demanda encore :

« Tu as eu peur?

— Non.

— En effet, il n'y avait pas de quoi avoir
peur... »

D'un geste irrité, il arracha sa chemise et se
dirigea dans le coin, vers la fontaine. Dans
l'obscurité, il tapa du pied et dit très haut :

« Un incendie, c'est stupide! Celui dont la
maison brûle devrait être fouetté sur la place
publique : c'est un imbécile, ou alors un voleur!
Voilà ce qu'il faudrait faire et il n'y aurait plus
d'incendies!... Mais qu'est-ce que tu fais là? Va-
t'en, va dormir. »

J'obéis, mais je ne pus dormir cette nuit-là : à
peine étais-je couché qu'un hurlement inhumain
me jeta à bas du lit. Je me précipitai de nouveau
à la cuisine. Grand-père était au milieu de la
pièce, torse nu. La chandelle qu'il tenait à la
main tremblait. Il piétinait sur place et répétait
d'une voix rauque :

« Mère... Iakov... Qu'est-ce qu'il y a? »

Je bondis sur le poêle et me dissimulai dans

un coin. Comme pendant l'incendie, l'agitation régnait dans la maison. Un hurlement régulier et douloureux s'enflait et venait se briser par vagues contre le plafond et les murs. Grand-père et l'oncle couraient comme des fous, grand-mère les chassait en criant. Grigori chargeait le poêle à grand bruit, remplissait d'eau les marmites, allait et venait à travers la cuisine en secouant la tête comme un chameau d'Astrakhan.

« Mais allume donc le poêle! » lui ordonna grand-mère.

Il se précipita pour trouver un copeau, rencontra ma jambe et cria d'une voix inquiète :

« Qui est là?... Ah! tu m'as fait peur... Tu es partout où il ne faut pas...

— Qu'est-ce qui se passe?

— La tante Nathalie accouche », répondit-il avec indifférence, en sautant sur le plancher.

Je me rappelai que ma mère n'avait pas crié ainsi quand elle avait accouché.

Après avoir mis les marmites dans le poêle, Grigori grimpa auprès de moi. Il tira de sa poche une pipe en terre et me la montra.

« Je me suis mis à fumer... pour les yeux. Ta grand-mère me conseille de priser, mais je crois qu'il vaut mieux fumer... »

Assis au bord du poêle, les jambes pendantes, il regardait en bas la flamme pâle de la chandelle. Son oreille et sa joue étaient barbouillées de suie. Sa chemise déchirée sur le côté découvrait ses côtes, larges comme des cercles de tonneau. Un des verres de ses lunettes s'était brisé, il en manquait la moitié et, par le trou, on voyait son œil rouge et humide comme une plaie. Tout en bourrant sa pipe de feuilles de tabac, il écoutait les plaintes de la tante Nathalie et murmurait des paroles sans suite, comme un ivrogne :

« La grand-mère s'est tout de même brûlée. Comment va-t-elle s'y prendre pour mettre l'enfant au monde? Tu entends comme elle gémit, ta tante? On l'avait oubliée pendant l'incendie. Dès le début, tu sais, elle a commencé à avoir des douleurs, elle a eu peur... Tu vois, c'est difficile de mettre un enfant au monde et pourtant, on n'a pas de respect pour les femmes! Souviens-toi, il faut respecter les femmes, je veux dire les mères... »

Je m'endormais, mais chaque fois j'étais réveillé par le remue-ménage, le claquement des portes et les cris de l'oncle Mikhaïl qui était ivre. Des paroles étranges parvenaient à mes oreilles :

« Il faut ouvrir les portes saintes... Donnez-lui de l'huile de l'icône avec du rhum et de la suie... Un demi-verre d'huile, un demi-verre de rhum et une cuillère à soupe de suie... »

L'oncle Mikhaïl demandait avec une insistance importune :

« Laissez-moi voir... »

Assis sur le plancher, les jambes écartées, il crachait devant lui et faisait claquer ses paumes sur le parquet. La chaleur devint insupportable sur le poêle et je descendis, mais lorsque j'arrivai à la hauteur de mon oncle, il m'attrapa la jambe et tira brusquement. En tombant, je me cognai la nuque.

« Imbécile! » lui dis-je.

Il sauta sur ses pieds, me rattrapa et me souleva en hurlant :

« Je vais te briser contre le poêle... »

Quand je revins à moi, j'étais dans la grande salle, devant les icônes. Grand-père me berçait sur ses genoux. Les yeux au plafond, il murmurait :

« Nous n'avons pas d'excuse... ni les uns, ni les autres... »

Au-dessus de sa tête, la veilleuse de l'icône brûlait, très claire. Sur la table, au milieu de la pièce, une chandelle était allumée. La clarté trouble d'un matin d'hiver apparaissait déjà à la fenêtre. Grand-père se pencha vers moi :

« Où as-tu mal? »

J'avais mal partout; ma tête était trempée de sueur, mon corps lourd, mais je n'avais pas envie d'en parler. Autour de moi, tout était si étrange! Des inconnus occupaient presque toutes les chaises : un prêtre en violet, un petit vieux en habit militaire, avec des lunettes et des cheveux gris, et beaucoup d'autres personnes encore. Tous, immobiles comme des statues de bois, attendaient, attentifs au bruit de l'eau qui coulait tout près. L'oncle Iakov, nu-pieds, se tenait bien droit contre le montant de la porte, les mains derrière le dos. Grand-père l'interpella :

« Tiens, emmène-le donc au lit... »

Du doigt, mon oncle me fit signe d'approcher et, sur la pointe des pieds, se dirigea vers la chambre de grand-mère. Lorsque j'eus grimpé dans le lit, il chuchota :

« Elle est morte, la tante Nathalie... »

Je ne fus pas étonné, il y avait déjà longtemps qu'on ne la voyait plus, même à table.

« Où est donc grand-mère?

— Là-bas », répondit mon oncle avec un geste vague et il repartit, toujours sur la pointe des pieds.

Étendu sur le lit, je regardais autour de moi. Je croyais voir des visages velus, blancs et aveugles, se presser contre les carreaux de la fenêtre. Dans un coin, au-dessus du coffre, c'était la robe de grand-mère qui était suspendue, je le savais bien; mais, à présent, il me semblait que quelqu'un s'y était caché et me guettait. La tête enfouie sous l'oreiller, je surveillais la porte d'un œil; j'avais envie de sauter à bas du lit et de m'enfuir. Il faisait chaud, l'odeur lourde qui me prenait à la gorge me faisait penser à la mort de Tsyganok, aux ruisseaux de sang qui s'étalaient sur le plancher. Il me semblait qu'une tumeur grossissait dans ma tête et dans mon cœur. Tout ce que j'avais vu dans cette maison défilait devant mes yeux comme un convoi sur la route en hiver. J'étais écrasé. anéanti...

La porte s'ouvrit tout doucement et grand-mère entra dans la chambre avec précaution. De l'épaule elle referma la porte et s'y adossa. Tendant les mains vers la petite flamme bleue de la veilleuse, elle se plaignit tout doucement, comme un enfant :

« Mes pauvres mains, j'ai mal à mes mains... »

CHAPITRE V

Au printemps, mes oncles procédèrent au partage. Iakov resta en ville, Mikhaïl s'installa de l'autre côté du fleuve. Grand-père s'acheta, dans la rue des Champs, une grande maison qui me parut pleine d'attraits. Un cabaret occupait le rez-de-chaussée qui était en pierre. Il y avait tout en haut une agréable petite chambre. Le jardin descendait jusqu'à un ravin hérissé de baguettes d'osier dépouillées de leurs feuilles.

« Il y en a, des verges! me dit grand-père en clignant gaiement de l'œil tandis que nous visitions ce jardin et parcourions côte à côte les allées où nous enfoncions dans la terre dégelée. Bientôt, je vais t'apprendre à lire et à écrire, c'est alors qu'elles seront utiles... »

La maison était pleine à craquer de locataires. Grand-père s'était seulement réservé une grande pièce où il recevait. Grand-mère s'était installée avec moi dans la chambre du haut. Notre fenêtre donnait sur la rue; en se penchant, on pouvait voir, le soir et les jours de fête, les ivrognes qui sortaient du cabaret en titubant, braillaient et tombaient. Parfois, on les jetait dehors comme des sacs. Ils cherchaient à rentrer de force, mais la porte claquait avec un son fêlé, la poulie du contrepoids grinçait, une dispute éclatait. Tout cela était fort intéressant à regarder d'en haut.

Dès le matin, grand-père se rendait aux ateliers de ses fils pour les aider à s'installer. Le soir, il rentrait, fatigué, abattu et de mauvaise humeur.

Grand-mère faisait la cuisine, cousait, s'occupait du jardin et du verger. Toute la journée, elle tournait comme une grosse toupie poussée par un fouet invisible. Elle prisait avec volupté, éternuait et disait en essuyant son visage en sueur :

« Que le monde soit béni dans les siècles des siècles! Eh bien, Alexis, petite âme bleue, nous voilà enfin tranquilles! Gloire à toi, Reine des Cieux, comme tout est bien à présent! »

A mon avis, nous n'étions guère tranquilles. Toute la journée, les locataires couraient et s'agitaient du haut en bas de la maison et dans la cour. A chaque instant, des voisins entraient. Tous ces gens-là se dépêchaient et pourtant se lamentaient d'être toujours en retard; ils semblaient sans cesse se préparer à quelque événement. On appelait grand-mère :

« Akoulina Ivanovna! »

Toujours affable et douce, elle souriait à tous avec la même bonté. Elle bourrait ses narines de tabac, s'essuyait soigneusement le nez et le pouce avec un mouchoir rouge à carreaux et prodiguait ses conseils :

« Contre les poux, ma bonne dame, il faut se laver souvent et prendre des bains à la vapeur de menthe. Si les poux sont sur la peau, prenez une cuillerée à soupe de graisse d'oie très pure, une cuillerée à thé de sublimé et trois bonnes gouttes de vif-argent. Vous brassez bien sept fois sur une soucoupe avec un tesson de faïence et vous appliquez. Surtout, ne mélangez pas avec une cuillère de bois ou d'os, le vif-argent serait perdu. Pas de cuivre ou d'argent, c'est dangereux ! »

Quelquefois, elle disait pensive :

« Ma chère, allez à Petchory[27] voir le père Assaf. Moi, je ne saurais pas vous conseiller. »

Elle faisait office de sage-femme, apaisait les querelles de famille, soignait les enfants. Elle apprenait aux femmes « le Songe de la Sainte Vierge » qui porte bonheur. Elle donnait aussi des recettes de ménage :

« Le concombre vous dira lui-même s'il est temps de le saler. Prenez-le quand il ne sent plus la terre et qu'il n'a plus d'autre odeur que la sienne... Le kvass, il faut le contrarier pour qu'il prenne de la force, pour qu'il ait du mordant : il n'aime pas la douceur, jetez-y des petits raisins secs ou bien du sucre, une cuillerée par seau... On prépare les varentsi[28] de différentes manières, au goût danubien, au goût hichpanique ou encore caucasien... »

Toute la journée, je tournoyais autour d'elle dans le verger ou dans la cour. J'allais avec elle chez les voisines où elle passait des heures à boire du thé et à raconter d'interminables histoires. J'avais poussé sur elle comme un greffon et dans mes souvenirs de cette époque, je ne revois que cette vieille femme remuante, à la bonté inépuisable.

De temps à autre, ma mère faisait une courte apparition. Elle posait sur tout le regard fier et

sévère de ses yeux gris, froids comme le soleil
d'hiver. Puis elle disparaissait rapidement sans
que son passage me laissât le moindre souvenir.

Un jour, je demandai à grand-mère :

« Tu es sorcière?

— Eh bien, tu en as des idées! » s'exclama-
t-elle en riant.

Elle ajouta aussitôt, pensive :

« Comment pourrais-je l'être? La sorcellerie,
c'est un art difficile. Et moi, je ne sais pas lire,
pas une seule lettre. Ton grand-père, lui, c'est un
homme vraiment instruit. Mais moi, la Sainte
Vierge ne m'a pas donné cette sagesse. »

Elle me révélait certains épisodes de sa vie :

« Moi aussi, tu sais, j'étais orpheline. Ma mère
était une pauvre serve, une estropiée. Une nuit,
quand elle était encore jeune fille, son maître lui
a fait peur. Elle s'est jetée par la fenêtre, elle
s'est brisé les côtes et elle s'est meurtri l'épaule.
Son bras droit, le plus nécessaire, s'est desséché.
Ma mère, qui était une habile dentellière, ne
pouvait plus être utile à ses maîtres et ils lui ont
donné la liberté. Ils lui ont dit : " Vis comme il te
plaira. " Mais comment vivre quand on n'a plus
de bras? Alors, elle est partie par les routes en
demandant l'aumône. En ce temps-là, les gens
vivaient mieux, **ils** étaient plus généreux. Quels
braves cœurs c'étaient, les charpentiers et les
dentellières de Balakhna! En automne et en
hiver, nous allions mendier dans la ville mais
quand l'archange Gabriel levait son épée pour
chasser l'hiver et que le printemps embrassait la
terre, nous partions à l'aventure. Nous passions à
Mourom [29], à Iourievetz [30], ou bien nous remon-

tions la Volga puis la calme Oka. Au printemps
et en été, il fait bon parcourir la terre, l'herbe est
douce comme du velours, la Très Sainte Mère de
Dieu couvre les champs de fleurs. C'est une vraie
joie et le cœur se sent à l'aise! Souvent, ma mère
fermait à demi ses yeux bleus et se mettait à
chanter. Sa voix n'était pas très puissante, mais
elle était claire; tout semblait s'apaiser et rester
immobile pour l'écouter. Il faisait bon vivre pour
l'amour du Christ!... Quand j'eus mes neuf ans,
ma mère eut honte de m'emmener ainsi sur les
routes et elle se fixa à Balakhna. Elle allait de
rue en rue, de maison en maison, et, les jours de
fête, elle mendiait sur le parvis des églises. Moi, je
restais à la maison, pour apprendre la dentelle et
je me hâtais parce que je voulais bien vite aider
ma mère. Souvent, quand je n'avais pas réussi
mon ouvrage, je pleurais. En un peu plus de deux
ans, rends-toi compte, j'ai appris le métier et j'ai
été connue dans la ville. Quand on voulait du
travail bien fait, on venait chez nous. On me
disait : " Akoulina, fais danser tes fuseaux! "
J'étais heureuse, c'était une fête pour moi! Bien
sûr, je n'étais pas encore tellement habile, ma
mère me donnait des conseils. Privée de son bras,
elle ne pouvait pas travailler elle-même mais elle
m'expliquait comment il fallait s'y prendre. Et
un bon maître vaut mieux que dix ouvriers...
Alors, je suis devenue trop fière. Je disais à
maman : " Ne va plus mendier, c'est moi qui te
nourrirai. " Elle répondait : " Tais-toi donc,
l'argent que tu gagnes, c'est pour ta dot. "
Bientôt après, ton grand-père est arrivé. C'était
un garçon remarquable : à vingt-deux ans, il était

déjà contremaître. Sa mère m'avait observée, elle
avait vu que j'étais travailleuse et comme j'étais
la fille d'une mendiante, elle pensait que je serais
docile... C'était une marchande de petits pains,
une méchante femme. Que Dieu lui pardonne!...
Mais à quoi bon parler des méchants? Le Seigneur les connaît bien, lui, et ce sont les démons
qui les aiment. »

Elle riait de bon cœur et son nez tremblotait
de manière comique; ses yeux pensifs rayonnaient de tendresse et exprimaient ses pensées
mieux que des paroles.

Je me souviens d'un soir calme où nous
buvions du thé dans la chambre de grand-père. Il
était souffrant et restait étendu sur son lit, torse
nu, les épaules couvertes d'une grande serviette.
Il ruisselait de sueur et s'essuyait à chaque
instant. Il avait la respiration courte et sifflante.
Ses yeux verts se troublaient. Son visage gonflé
et ses petites oreilles pointues surtout devenaient
écarlates. Lorsqu'il tendait le bras pour prendre
sa tasse de thé, sa main tremblait de façon
pitoyable. Il était doux et méconnaissable :

« Pourquoi tu ne me donnes pas de sucre? »
demandait-il à grand-mère du ton capricieux
d'un enfant gâté.

Elle répondait d'une voix caressante mais
ferme :

« Bois-le avec du miel, ça te fera plus de bien. »

Le souffle court, avec de gros soupirs, il avalait
d'un trait le thé brûlant et disait :

« Fais attention que je ne meure pas!

— N'aie pas peur, j'y prends garde.

— Tu fais bien! Si je mourais, à présent, ce

serait comme si je n'avais pas vécu. Tout s'en irait en poussière!

— Ne parle donc pas, reste couché sans rien dire... »

Il se taisait une minute, les yeux fermés, et faisait claquer ses lèvres sombres. Puis brusquement, il tressaillait comme si on l'avait piqué et pensait tout haut :

« Il faut marier Iakov et Mikhaïl le plus vite possible. Une femme et des enfants, ça les calmera peut-être, hein? »

Et il cherchait quelles étaient dans la ville les jeunes filles qui pouvaient convenir. Grand-mère gardait le silence et buvait tasse après tasse. Assis près de la fenêtre, je regardais le crépuscule qui rougeoyait au-dessus de la ville et les carreaux des fenêtres qui flamboyaient. Pour me punir de je ne sais quelle faute, grand-père m'avait interdit de descendre dans la cour et au jardin. Là-bas, autour des bouleaux, des hannetons volaient et bourdonnaient; un tonnelier travaillait dans la cour voisine; tout près, on aiguisait des couteaux. Au-delà du jardin, des gamins s'amusaient bruyamment dans le ravin et disparaissaient au milieu des buissons épais. Je sentais l'appel de la liberté et la tristesse du soir m'envahissait.

Brusquement, grand-père sortit de je ne sais où un petit livre tout neuf, le fit claquer très fort sur sa paume et m'interpella vivement :

« Hé, sauvage, oreilles salées, viens ici! Assieds-toi, pommettes de Kalmouk. Tu vois cette lettre? C'est un a. Dis voir : a, b, c! Qu'est-ce que c'est, celle-là?

— b.

— Tout juste! Et celle-là?

— c.

— Pas vrai, c'est un a! Regarde : d, e, f. Qu'est-ce que c'est, celle-là?

— e.

— Bravo! Et celle-là?

— d.

— Bien! Et celle-là?

— a. »

Grand-mère intervint :

« Père, tu devrais rester tranquille!

— Laisse, tais-toi! Cela vient à point, sans quoi, les pensées m'assaillent. Vas-y, Alexis! »

Tenant le livre sous mon nez, il mettait autour de mon cou son bras fiévreux et moite et pointait son doigt vers les lettres par-dessus mon épaule. Il répandait une forte odeur de vinaigre, de sueur et d'oignon frit et j'étouffais presque. Il s'excitait et vociférait à mon oreille :

« f, g! »

Le nom des lettres m'était connu, mais pas les signes qui leur correspondaient : le S ressemblait à un ver, le G à Grigori tout voûté, le R à grand-mère avec moi... Grand-père, lui, avait quelque chose de commun avec chacune des lettres [31].

Il me fit parcourir longuement l'alphabet, m'interrogeant tantôt dans l'ordre, tantôt au hasard. Il m'avait communiqué son ardeur, j'étais moi aussi en sueur, et je criais à pleine gorge. Cela l'amusait. Il toussait, une main serrée contre sa poitrine, et froissait le livre en criant d'une voix rauque :

« Mère, regarde donc comme il est bien parti.

Ah! fièvre d'Astrakhan, pourquoi brailles-tu, hein?

— C'est vous qui hurlez... »

Je riais de les voir, lui et grand-mère. Accoudée à la table, les joues sur les poings, elle nous regardait et disait en riant doucement :

« Cessez de vous éreinter! »

Grand-père expliquait sur un ton amical :

« Je crie parce que je suis malade, mais toi? »

Et il disait à grand-mère en secouant sa tête trempée de sueur :

« La pauvre Nathalie se trompait; il a, Dieu merci, une mémoire de cheval! Continue, nez plat! »

Il me poussa en bas du lit pour plaisanter.

« C'est assez! Garde le livre. Demain, tu me réciteras tout l'alphabet sans faire de faute. Je te donnerai cinq kopecks... »

Lorsque je tendis la main pour prendre le livre, grand-père m'attira de nouveau vers lui et me dit d'un air sombre :

« Ta mère t'a abandonné sur cette terre, mon petit... »

Grand-mère tressaillit :

« Oh! père! Pourquoi dis-tu cela?

— Je ne devrais pas le dire, mais j'ai trop de chagrin... Ah! quelle fille c'était! Mais elle a mal tourné... »

Il me repoussa d'un geste vif.

« Va te promener mais ne mets pas les pieds dans la rue, va dans la cour ou au jardin... »

J'avais justement envie d'aller dans le jardin. Aussitôt que j'apparaissais au bord du ravin, les gamins me jetaient des pierres et je prenais grand plaisir à leur rendre la pareille.

« Le " belin " est arrivé, criaient-ils dès qu'ils me voyaient et ils s'armaient à la hâte. Tapez-lui dessus! »

Je ne savais pas ce qu'était un « belin », aussi le surnom ne m'offensait-il pas. J'aimais me défendre seul contre tous et j'étais content de voir qu'une pierre adroitement lancée forçait l'adversaire à battre en retraite et à se cacher dans les buissons. Nous ne mettions dans ces combats aucune méchanceté et ils se terminaient presque toujours bien.

J'apprenais à lire avec facilité. Grand-père me considérait avec une attention accrue et ne me fouettait plus que rarement. Pourtant, à mon avis, j'aurais dû être fouetté plus souvent qu'auparavant. En grandissant, je devenais plus hardi et j'enfreignais bien plus souvent les prescriptions et les ordres de grand-père. Il se contentait de m'injurier avec des gestes de menace. Il me semblait que peut-être, auparavant, il me battait injustement. Je le lui dis un jour.

D'une légère tape au menton il me fit relever la tête et, clignant de l'œil, me dit d'une voix traînante :

« Quoi? »

Et son rire s'égrena.

« Ah! hérétique! Est-ce que tu peux savoir combien de fois tu dois être battu? Qui peut le savoir, sinon moi? Disparais, file! »

Mais aussitôt il me prit par l'épaule et, me regardant de nouveau dans les yeux, il me demanda :

« C'est de la ruse ou de l'innocence, hein?

— Je ne sais pas...

— Tu ne sais pas? Eh bien, je vais te dire : sois rusé, ça vaut mieux; l'innocence et la bêtise, c'est tout comme, tu comprends? Le mouton est innocent, souviens-toi de cela! Allons, va t'amuser. »

Bientôt, je sus épeler le Psautier. Le soir, après le thé, je devais lire un psaume :

« b, i, e, n, bien, h, e, u, r, e, u, x, heureux, bienheureux », prononçais-je en suivant sur la page avec la règle. L'ennui me gagnait et je demandais :

« Le bienheureux [32], c'est l'oncle Iakov?

— Je vais te donner une tape, tu comprendras qui c'est, le bienheureux! » grommelait grand-père en colère. Mais je sentais qu'il se fâchait seulement par habitude, pour le principe. Je ne me trompais pas; au bout d'un moment, il ne pensait déjà plus à moi :

« Hum! Oui, pour le jeu et les chants, c'est le roi David, mais pour les œuvres, c'est Absalon le venimeux!... Faiseur de cantiques, assembleur de mots, bouffon... Ah! vous autres! " Ils sautaient, agitant gaiement leurs jambes. " Mais irez-vous loin en sautant? Voilà la question, irez-vous loin? »

Je cessais de lire et je prêtais l'oreille, examinant son visage renfrogné et soucieux. Ses yeux plissés regardaient au loin sans me voir, pleins de chaleur et de tristesse. Je savais alors que grand-père s'adoucissait, qu'il avait perdu sa sévérité habituelle. Il tambourinait sur la table de ses

doigts fins. Ses ongles teintés luisaient et ses
sourcils dorés frémissaient.

« Grand-père?

— Hein?

— Racontez-moi quelque chose.

— Tu ferais mieux de lire, paresseux, grognait-il en se frottant les yeux comme s'il se
réveillait. Tu aimes mieux les histoires que le
Psautier... »

Je le soupçonnais d'avoir la même préférence.
Le Psautier, il le connaissait presque entièrement
par cœur, car il avait fait vœu d'en lire une
strophe à haute voix tous les soirs avant de
s'endormir, comme les sacristains lisent le livre
d'Heures à l'église.

J'insistais et le vieillard, radouci, finissait par
céder.

« Eh bien, soit! Le Psautier, tu l'auras toujours
avec toi, tandis que moi, je devrai bientôt
affronter le jugement de Dieu... »

Il se rejetait en arrière dans son vieux fauteuil,
s'appuyait tout contre le dossier brodé de soie et
s'y enfonçait de plus en plus. La tête relevée, les
yeux au plafond, l'air doux et pensif, il me
racontait des histoires du temps passé. Il me
parlait de son père : un jour, des brigands étaient
venus à Balakhna pour piller le marchand Zaïev.
Mon bisaïeul s'était précipité pour sonner le
tocsin. Les brigands l'avaient rattrapé, mis en
pièces avec leurs sabres et précipité dans le vide
du haut du clocher.

« J'étais tout petit à ce moment-là, je n'ai rien
vu de tout ça et je ne m'en souviens pas. Mes
premiers souvenirs datent de la venue des Fran-

çais, en 1812; j'avais tout juste douze ans. On avait amené à Balakhna une trentaine de prisonniers; ils étaient petits et secs, mal habillés et plus déguenillés qu'une confrérie de mendiants. Ils tremblaient de froid, quelques-uns avaient eu les pieds gelés et ils n'avaient plus la force de se tenir debout. Les moujiks voulaient les rouer de coups, mais les convoyeurs les avaient arrêtés. Les soldats de la garnison s'en étaient mêlés et ils avaient dispersé la foule. Après, tout s'est arrangé; on s'est habitué aux Français. C'étaient des gens adroits, débrouillards et même assez gais : ils chantaient souvent. Des seigneurs venaient de Nijni en troïka pour les voir. Il y en avait qui les injuriaient, qui les menaçaient du poing et qui les battaient même. D'autres au contraire bavardaient amicalement avec eux dans leur langue, leur donnaient de l'argent et toutes sortes de hardes pour qu'ils n'aient pas froid. Un vieux seigneur en les voyant avait même caché son visage dans ses mains et s'était mis à pleurer. Il disait : " Le brigand Bonaparte a mené les Français à leur perte! " Tu vois, c'était un Russe, et même un seigneur, mais il était bon, il avait pitié des étrangers... »

Grand-père se taisait un instant, les yeux fermés, et se lissait les cheveux. Puis il continuait, réveillant avec prudence le passé.

« C'était en hiver, la tempête de neige balayait les rues et le gel serrait les isbas comme dans un étau. Eux, les Français, ils accouraient sous notre fenêtre parce que ma mère cuisait des petits pains et les vendait. Ils frappaient au carreau et tout en criant et en sautant, ils demandaient des

petits pains chauds. Ma mère ne les laissait pas
entrer dans l'isba; elle leur tendait les petits
pains par la fenêtre entrouverte. Les Français
s'en emparaient et les mettaient tout brûlants sur
leur poitrine, à même la peau. Je ne sais pas
comment ils pouvaient supporter ça! Il y en
avait beaucoup qui mouraient : leur pays est plus
chaud, ils n'avaient pas l'habitude du froid. Ils
étaient deux qui logeaient dans notre étuve au
jardin, un officier et son ordonnance, Miron.
L'officier était grand et mince, il n'avait que les
os et la peau. Il portait un manteau de femme
qui lui descendait jusqu'aux genoux. C'était un
homme doux et qui buvait beaucoup. Il achetait
de la bière à ma mère qui en fabriquait en
cachette et quand il était ivre il chantait. Il avait
appris notre langue et souvent il marmottait :
" Votre pays est pas blanc, elle est noire,
méchant! " Il parlait mal mais on pouvait tout
de même le comprendre et ce qu'il disait est
juste. Le nord de notre pays n'est pas accueillant,
il fait plus chaud lorsqu'on descend la Volga et
on dit qu'au sud de la Caspienne il n'y a jamais
de neige. C'est bien possible : dans l'Évangile, il
n'est pas question de neige, ni d'hiver et dans les
Actes et le Psautier non plus. C'est dans ces pays-
là que le Christ vivait... Quand nous aurons fini
le Psautier, nous commencerons l'Évangile. »

Il se taisait de nouveau comme s'il sommeillait
et, pensif, regardait par la fenêtre du coin de
l'œil.

« Racontez encore », lui rappelais-je doucement.

Il sursautait :

« Ah ! oui, c'est vrai... Eh bien, les Français, ils ne sont pas plus mauvais que nous, pauvres pécheurs. Souvent ils appelaient ma mère : " Madama, madama ", c'est-à-dire ma dame, comme une noble. Et la " dame " sortait du dépôt de farine avec un sac de quatre-vingts kilos sur le dos. Elle était aussi forte qu'un homme. Quand j'avais vingt ans, elle me secouait encore lestement par les cheveux et pourtant, j'étais solide à cet âge-là.

« L'ordonnance, Miron, il aimait les chevaux. Il allait de cour en cour et il demandait par gestes qu'on lui confie un cheval à étriller. Au début, on hésitait, on se disait : " C'est un ennemi, il lui fera du mal. " Mais par la suite, c'étaient les moujiks eux-mêmes qui allaient l'appeler : " Hé, Miron ! " Alors, il riait doucement et il venait, la tête baissée, comme un taureau. Il avait des cheveux roux, presque rouges, un grand nez et des lèvres épaisses. Il soignait bien les chevaux et il savait à merveille les guérir. Plus tard, il s'est établi maréchal ici, à Nijni, mais par la suite, il est devenu fou et les pompiers l'ont tellement battu qu'il en est mort... L'officier, lui, il a commencé à dépérir au printemps et le jour de la Saint-Nicolas, il s'est éteint doucement. Il était assis, pensif, dans l'étuve près de la fenêtre et c'est comme ça qu'il est mort, en regardant au-dehors, vers la liberté. Je l'ai regretté, je l'ai même pleuré en cachette. Il était affectueux, il me prenait par les oreilles et il me racontait des histoires d'une voix caressante. Je n'y comprenais rien, mais c'était tout de même agréable de l'entendre. La tendresse d'un homme, ça ne s'achète pas au marché. Il avait commencé à m'apprendre sa langue, mais ma mère le lui avait interdit. Elle m'avait même traîné chez le pope qui avait ordonné de me donner les verges et porté plainte contre l'officier. On était sévère en ce temps-là, mon petit; tu ne connaîtras jamais cela. D'autres ont payé pour toi, ne l'oublie pas! Moi, par exemple, j'en ai tant vu... »

Le soir tombait. Dans la pénombre, grand-père grandissait étrangement. Ses yeux brillaient comme ceux d'un chat. Il racontait ses histoires à mi-voix, d'un ton mesuré et réfléchi, mais dès qu'il s'agissait de lui, il parlait avec ardeur et vivacité et non sans vantardise. Je détestais cela, de même que ses recommandations incessantes : « Rappelle-toi! Retiens bien ça! » Dans ses récits, il y avait bien des choses que j'aurais préféré oublier, mais je n'avais pas besoin de ses recommandations pour que ses paroles se plantent dans ma mémoire comme des échardes douloureuses. Il ne racontait jamais que des histoires vécues. J'avais remarqué qu'il n'aimait pas les questions, aussi je l'interrogeais avec insistance :

« Lesquels valent mieux, les Français ou les Russes?

— Est-ce que je peux savoir? Je n'ai pas vu comment les Français vivent chez eux », grognait-il d'un air maussade.

Et il ajoutait :

« Le putois lui-même est bon quand il est dans son trou.

— Et les Russes, ils sont bons?

— Il y en a des bons et des mauvais. Du temps du servage, les gens étaient meilleurs qu'aujourd'hui, ils étaient enchaînés. Maintenant que tout le monde est libre, on ne peut plus compter sur personne. Les seigneurs sont durs, c'est vrai, mais ils ont plus de raison que nous. Ils ne sont pas tous comme ça, mais lorsqu'on rencontre un bon seigneur, on n'a qu'à s'incliner. Il y en a d'autres, bien sûr, qui sont bêtes, cela arrive même à des seigneurs; ils sont comme des sacs où on peut fourrer n'importe quoi. Chez nous, il y a bien des gens comme ça : on croit avoir affaire à un homme, mais quand on y regarde d'un peu plus près, on s'aperçoit que ce n'est qu'une coquille, l'amande n'est plus là, elle a été mangée. Il faudrait qu'on nous éduque, qu'on aiguise notre esprit, mais où trouver l'affiloir?...

— Les Russes sont forts?

— Il y en a qui le sont, mais ce n'est pas la force qui compte, c'est l'adresse. Si fort que tu sois, un cheval l'est encore plus que toi.

— Et pourquoi les Français nous ont fait la guerre?

— Ah!... la guerre, c'est l'affaire du tsar, ce n'est pas nous qui pouvons comprendre! »

Je me souviens encore de sa réponse lorsque je lui demandai qui était Bonaparte :

« C'était un homme hardi, il voulait conquérir le monde et faire régner l'égalité, il ne voulait plus ni seigneurs, ni fonctionnaires, plus de classes. Les noms seuls seraient différents, les droits seraient les mêmes pour tous, la religion aussi. Bien sûr, ça ne tient pas debout. Seules les écrevisses sont toutes pareilles, même les poissons sont différents : l'esturgeon ne ressemble pas plus au poisson-chat que le sterlet au hareng. Des Bonaparte, il y en a eu aussi chez nous : Stepan Timofeiev Razine [33], Emelian Ivanov Pougatch [34]. Je t'en parlerai une autre fois... »

Parfois, grand-père m'examinait sans mot dire, les yeux ronds, comme s'il me voyait pour la première fois, et cela m'était désagréable. Il ne me parlait jamais de mon père, ni de ma mère.

Assez souvent, grand-mère prenait part à nos conversations. Elle s'asseyait doucement dans un coin et restait là longtemps, silencieuse, sans se faire remarquer. Puis soudain, elle demandait d'une voix insinuante et douce :

« Et tu te souviens, père, comme c'était bien quand nous sommes allés tous les deux à Mourom en pèlerinage? C'était en quelle année, au fait? »

Après un instant de réflexion, grand-père répondait gravement :

« Je ne saurais pas dire exactement, mais c'était avant le choléra, l'année où on pourchassait les olontchanié [35] dans les bois...

— C'est vrai. Nous en avions peur.

— Tu vois! »

Je demandai qui étaient ces olontchanié et pourquoi ils erraient dans les bois. Mon grand-père me l'expliqua, non sans réticence :

« C'étaient tout simplement des paysans qui fuyaient les terres de la couronne et les usines où ils travaillaient.

— Comment est-ce qu'on les attrapait?

— Comment? Comme les enfants quand ils jouent : les uns s'enfuient et les autres les poursuivent... Quand ces olontchanié étaient pris, on les battait à coups de fouet, à coups de knout ou bien on leur arrachait les narines, on leur marquait le front au fer rouge pour que leur châtiment serve d'exemple aux autres.

— Pourquoi?

— C'était une sanction. Ces affaires-là sont compliquées. On ne peut pas savoir qui a tort, celui qui s'enfuit ou celui qui le pourchasse...

— Et tu te souviens, père, continuait grand-mère, après le grand incendie... »

Grand-père, qui aimait la précision en tout, demandait sévèrement :

« Quel grand incendie? »

Tous deux m'oubliaient en s'éloignant dans leur passé. Leurs voix étaient si douces et si harmonieuses que parfois j'avais l'impression qu'ils chantaient. C'était une chanson triste où il était question de maladies, d'incendies, de coups et de morts subites, d'adroites filouteries, de simples d'esprit et de seigneurs cruels.

« On en a vu des choses! murmurait grand-père.

— On ne peut pas dire qu'on a mal vécu, reprenait grand-mère. Rappelle-toi donc comme le printemps a été beau après la naissance de Varvara!

— C'était en 1848, en pleine campagne de Hongrie. Notre compère Tikhon est parti pour la guerre le lendemain du baptême...

— Et il n'est jamais revenu, soupirait grand-mère.

— Eh oui, il n'est pas revenu. A partir de cette année-là, on peut dire que la grâce de Dieu s'est répandue sur notre maison comme l'eau vient au moulin... Ah! Varvara...

— Tais-toi, père. »

Il fronçait le sourcil et se fâchait :

« Me taire? Et pourquoi? Nos enfants, il n'y a pas à en être fiers, à aucun point de vue. Où sont donc passés notre sang, notre force? Nous pensions tous les deux remplir notre panier, mais c'est un panier percé que le Seigneur nous a donné. »

Il courait à travers la pièce et poussait des hurlements comme s'il s'était brûlé, invectivant ses enfants et menaçant grand-mère de son petit poing sec.

« Tu as toujours été trop indulgente pour ces brigands. Tu es leur complice, vieille sorcière! »

Il hurlait et pleurait de colère et de chagrin. Puis il se réfugiait dans le coin des icônes et frappait sa poitrine maigre et sonore :

« Seigneur, ai-je donc péché plus que les autres? Alors, pourquoi tant d'épreuves? »

Il tremblait de tout son corps; dans ses yeux brillaient des larmes de colère et d'humiliation.

Assise dans l'obscurité, grand-mère se signait sans rien dire. Puis elle s'approchait de lui prudemment et essayait de le calmer :

« A quoi bon te désoler? Le Seigneur sait ce qu'il fait. Est-ce que les enfants des autres sont meilleurs que les nôtres? C'est partout la même chose, on se dispute, on se brouille, on se bat. C'est avec des larmes que les parents lavent leurs péchés, tu n'es pas le seul... »

Parfois, ces paroles le calmaient. Fatigué, il se laissait tomber sur le lit, sans un mot. Grand-

mère et moi, nous remontions alors tout doucement dans notre grenier. Mais un jour, comme
elle s'approchait de lui avec de bonnes paroles, il
se retourna vivement et lui donna de toutes ses
forces un coup de poing en plein visage. Grand-
mère recula d'un pas, chancela et porta la main à
sa bouche. Puis elle se ressaisit et dit tranquillement à mi-voix :

« Ah! que tu es bête! »

Elle cracha du sang aux pieds de grand-père
qui, les bras levés, hurla par deux fois :

« Va-t'en, va-t'en ou je te tue!

— Que tu es bête », répéta grand-mère en
s'éloignant dans l'escalier. Grand-père s'élança à
sa poursuite, mais elle avait déjà franchi le seuil
sans se hâter et lui avait claqué la porte au nez.

« Vieille charogne », siffla grand-père, rouge
comme un charbon ardent.

Et il s'agrippa au montant de la porte, la
griffant avec ses ongles.

J'étais assis sur le rebord du poêle[36], plus mort
que vif. Je n'en croyais pas mes yeux : pour la
première fois, il avait frappé grand-mère en ma
présence... Cet acte odieux, qui me faisait apparaître grand-père sous un jour nouveau, me
paraissait intolérable et je restai anéanti.

Grand-père, toujours cramponné au montant
de la porte, se recroquevillait et, peu à peu,
devenait gris, couleur de cendre. Tout à coup, il
revint au milieu de la pièce et s'agenouilla. Mais
il vacilla et tomba en avant; sa main frôla le
plancher. Il se redressa et se frappa la poitrine :

« Ah! Seigneur!... »

Je me laissai glisser sur les carreaux de faïence tout chauds et m'enfuis à toutes jambes.

Dans la mansarde, grand-mère allait et venait en se rinçant la bouche.

« Tu as mal? » lui demandai-je.

Elle alla cracher dans le seau et répondit tranquillement :

« Ce n'est rien, il ne m'a pas cassé les dents, il m'a seulement fendu la lèvre.

— Pourquoi a-t-il fait ça? »

Jetant un coup d'œil dans la rue, elle m'expliqua :

« Il est en colère, le vieux... toujours des échecs, il ne peut pas s'y habituer... N'y pense plus, va te coucher en paix et que Dieu soit avec toi... »

Je voulus lui poser encore une question, mais elle me cria avec une sévérité inaccoutumée :

« Tu m'as entendu? Couche-toi, désobéissant... »

Assise à la fenêtre, elle suçait sa lèvre et crachait souvent dans son mouchoir. Je la regardais tout en me déshabillant : au-dessus de sa tête, dans le carré bleu sombre de la fenêtre, les étoiles scintillaient. Dehors, tout était calme; la pièce était plongée dans l'obscurité.

Lorsque je fus couché, grand-mère s'approcha de moi et me dit, après m'avoir caressé doucement la tête :

« Dors en paix, je vais descendre le voir... Ne me plains pas trop, petite âme bleue, c'est de ma faute aussi, tu sais. Dors! »

Elle m'embrassa et sortit. Ne pouvant surmonter la tristesse qui m'accablait, je sautai à bas du vaste lit, moelleux et chaud. Je m'approchai de la fenêtre et, saisi d'une intolérable angoisse, je contemplai, immobile, la rue déserte.

CHAPITRE VI

Puis ce fut de nouveau une sorte de cauche-
mar. Un soir, après le thé, nous nous étions
installés, grand-père et moi, pour lire le Psautier;
grand-mère lavait la vaisselle. Soudain, l'oncle
Iakov fit irruption dans la pièce, ébouriffé
comme toujours, pareil à un vieux balai. Sans
dire bonjour, il jeta sa casquette dans un coin et,
tout en secouant la tête et en agitant les bras, il
raconta d'une voix précipitée :

« Père, Mikhaïl fait des dégâts épouvantables.
Il a déjeuné chez moi. Il a trop bu et il s'est
conduit d'une manière révoltante. Il a cassé toute
la vaisselle, il a déchiré une commande qui était
prête, une robe de laine, et il a cassé les vitres. Il
m'a insulté et il a insulté Grigori aussi. Et
maintenant, le voilà qui arrive en hurlant : " Je
vais lui arracher la barbe, au vieux, je vais le
tuer ! " Méfiez-vous!... »

Appuyant ses mains sur la table, grand-père se
souleva lentement. Son visage se plissa et se
contracta, devint coupant comme une hache.

« Tu entends, mère? glapit-il. C'est du joli! Il

vient tuer son père... mon propre fils, tu entends?
Allez-y donc, c'est le moment, mes enfants... »

Il allait et venait, en se redressant. Il s'approcha de la porte et mit d'un geste rapide le lourd crochet. Puis il se tourna vers Iakov :

« Alors, vous voulez toujours rafler la dot de Varvara? Eh bien, voilà pour toi! »

Et il lui fit la nique. Mon oncle, vexé, recula d'un bond :

« Mais, papa, je n'y suis pour rien, moi!

— Toi? Ah! je te connais! »

Grand-mère ne soufflait mot, elle rangeait en hâte les tasses dans l'armoire.

« Moi, je suis venu pour vous défendre!

— Vraiment, s'écria grand-père d'un ton moqueur. C'est très bien, merci, mon bon fils! Mère, donnez donc quelque chose à ce renard, ne serait-ce qu'un tisonnier ou un fer à repasser. Et toi, Iakov, lorsque ton frère arrivera, donne-lui un grand coup... tu peux y aller! »

Les mains dans les poches, mon oncle se retira dans un coin.

« Si vous ne me croyez pas...

— Te croire? cria grand-père en tapant du pied. Non, je croirais plutôt un chien, un hérisson, mais toi, jamais! Tu penses que je ne sais pas qui l'a fait boire et l'a poussé? Eh bien, frappe maintenant. Frappe qui tu voudras, lui ou moi, choisis... »

Grand-mère me chuchota :

« Monte vite là-haut. Surveille par la fenêtre. Quand tu verras l'oncle Mikhaïl, descends le dire. Va! Vite! »

Effrayé à l'idée que mon oncle en fureur allait

bientôt faire irruption chez nous, mais fier de la mission qui m'était confiée, je me penchai à la fenêtre et j'observai la rue. Elle était large, recouverte d'une épaisse couche de poussière sous laquelle apparaissaient les pavés comme de grosses bosses. Assez loin vers la gauche, elle coupait le ravin et débouchait sur la place de la Prison. Là se dressait la vieille prison grise; solidement plantée sur la terre argileuse, flanquée de tours aux quatre angles, elle avait une beauté triste et imposante. A droite, trois maisons seulement nous séparaient de la vaste place au Foin, limitée par le bâtiment jaune des compagnies disciplinaires et la tour de veille des pompiers, couleur de plomb. Au sommet de celle-ci, un garde tournait autour de la guérite aux larges ouvertures, comme un chien attaché à sa chaîne. Toute la place était ravinée et l'une des ornières était remplie d'un liquide verdâtre. Plus loin, à droite, on apercevait les eaux croupies de l'étang Dukov où, selon le récit de grand-mère, mes oncles avaient essayé de noyer mon père, un jour d'hiver. Presque en face de la fenêtre s'ouvrait une ruelle, bordée de petites maisons bariolées, au bout de laquelle se trouvait l'église basse et trapue des Trois Évêques. En regardant droit devant moi, je voyais les toits, pareils à des barques, la quille en l'air, sur les vagues vertes des jardins.

Les maisons de notre rue, usées par les tempêtes de neige des longs hivers, délavées par les interminables pluies de l'automne, avaient des couleurs pâlies et elles étaient recouvertes d'une fine couche de poussière. Serrées les unes contre les autres comme les mendiants sur le parvis des églises, elles écarquillaient leurs fenêtres d'un air soupçonneux et semblaient attendre, elles aussi. De rares passants s'avançaient sans hâte comme les cafards pensifs sur la plate-forme [37] du poêle. Une tiédeur suffocante montait vers moi avec l'odeur épaisse des pâtés à l'oignon vert et aux carottes, cette odeur que je détestais et qui me rendait toujours mélancolique.

L'ennui, un ennui particulier, insupportable, pénétrait mon cœur et le remplissait comme une coulée de plomb fondu; il m'oppressait et gonflait ma poitrine. J'avais l'impression d'enfler comme une vessie et je me sentais à l'étroit sous le plafond de la petite chambre pareille à un cercueil.

L'oncle Mikhaïl apparut enfin; il s'arrêta au coin de la ruelle, à l'angle de la maison grise, et inspecta les lieux. Il avait enfoncé sa casquette jusqu'à ses oreilles qui ressortaient de chaque côté. Il portait une veste rousse et ses bottes, qui montaient jusqu'aux genoux, étaient toutes poussiéreuses. Une de ses mains était plongée dans la poche de son pantalon à carreaux et, de l'autre, il tiraillait sa barbe. Je ne distinguais pas son visage, mais son attitude était menaçante et j'avais l'impression qu'il allait bondir sur la maison et y planter les griffes de ses mains noires et velues. J'aurais dû descendre vite pour annoncer son arrivée, mais je ne pouvais m'arracher de la fenêtre. Je le vis traverser prudemment la rue comme s'il avait peur que la poussière salisse ses bottes grises. Je l'entendis entrer au cabaret, la porte grinça, les vitres tintèrent.

Alors je descendis quatre à quatre et je frappai à la porte de la chambre. Sans ouvrir, grand-père demanda d'une voix rude :

« Qui est là?... C'est toi?... Alors, il est entré au cabaret?... Bon, tu peux remonter.

— J'ai peur là-haut...

— Tant pis pour toi! »

Et me voilà de nouveau à la fenêtre. Dans la rue, la poussière paraît plus épaisse et plus noire. Aux fenêtres, les taches jaunes des lumières s'élargissent comme des taches d'huile. En face, on joue de la musique, d'innombrables cordes chantent un air triste et beau.

Au cabaret, on chante aussi et quand la porte s'ouvre, une voix lasse et brisée monte vers moi. C'est celle de Nikitouchka, le vieux mendiant barbu et borgne; son œil gauche est complètement fermé et son œil droit ressemble à un charbon ardent. Quand la porte claque, la chanson est arrêtée net comme par un coup de hache.

Grand-mère envie ce mendiant et lorsqu'elle l'entend chanter, elle soupire :

« Ce Nikitouchka, c'est un bienheureux! Les poésies qu'il connaît, quelle merveille! »

Parfois, elle le fait venir dans la cour. Il s'assied sur le perron et, appuyé sur un bâton, il dévide ses chansons et ses contes. Grand-mère, tout près de lui, l'écoute et l'interroge :

« Attends voir, la Mère de Dieu a donc été à Riazan aussi? »

De sa voix de basse, le mendiant répond avec assurance :

« Elle est allée partout, dans tous les gouvernements [38]... »

Une sorte de torpeur monte de la rue, pèse sur mon cœur et mes yeux. Comme je voudrais que grand-mère vienne ou même grand-père... Je pense à mon père : quel homme était-ce donc? Pourquoi mon grand-père et mes oncles ne l'aimaient-ils pas, alors que grand-mère, Grigori et Ievguénia n'en disent que du bien?... Et ma mère, où est-elle? Je pense à elle de plus en plus souvent, je la vois au centre de tous les contes et de toutes les histoires que raconte grand-mère. Parce qu'elle refuse de vivre dans sa famille, je la place encore plus haut dans mes rêves...

J'imagine qu'elle habite dans une auberge, en bordure d'une grande route, chez des brigands qui pillent les riches voyageurs et partagent leur butin avec les malheureux. Ou bien peut-être vit-elle dans une caverne, au milieu d'une forêt, toujours chez de bons brigands. Elle fait leur cuisine et garde l'or qu'ils ont volé. Peut-être aussi parcourt-elle le monde pour compter les trésors qu'il renferme, comme la « dame-prince » Iengualitcheva qui accompagnait la mère de Dieu. Et la Sainte Vierge exhorte ma mère comme elle exhortait la « dame-prince » :

> *Tu ne pourras réunir, esclave avide,*
> *Ni l'or, ni l'argent de la terre entière;*
> *Tu ne pourras couvrir, âme cupide,*
> *Ta nudité avec les biens de la terre...*

Et ma mère lui répond avec les paroles mêmes de la « dame-prince » :

> *Pardonne-moi, ô Très Sainte Vierge,*
> *Aie pitié de mon âme pécheresse,*

Ce n'est pas pour moi que je pille le monde,
Mais pour l'amour de mon fils unique!...

Alors, la Sainte Vierge, qui est bonne comme grand-mère, lui pardonne et lui dit :

O Varvara, sang de Tatar,
O toi, malheur des chrétiens,
Alors va, continue ton chemin,
Suis-le et garde ta peine,
Mais laisse en paix le peuple russe,
Va par les bois et pille les Mordves [39],
Va par les steppes et pourchasse les Kalmouks!...

Le souvenir de ces contes m'entraîne dans un rêve. Mais soudain, des pas précipités, du tapage, des hurlements montent de l'entrée et de la cour et me ramènent à la réalité... Je me penche à la fenêtre et j'aperçois devant la porte bâtarde grand-père, l'oncle Iakov et Mélian, l'employé du cabaretier, un Tchérémisse [40] cocasse, aux prises avec l'oncle Mikhaïl qu'ils essayent d'expulser. Mais celui-ci résiste et les coups pleuvent sur son dos, ses bras, sa nuque. Enfin, il vole la tête la première dans la poussière. La petite porte claque, le loquet se rabat, le verrou grince; la casquette froissée vole par-dessus le grand portail et le calme revient.

Mon oncle reste étendu un instant, puis il se relève, tout ébouriffé et les vêtements en loques. Il ramasse un pavé et le lance dans le portail : le coup résonne sourdement comme au fond d'un tonneau. Des silhouettes noires sortent du cabaret, hurlent, grognent, gesticulent; des têtes apparaissent aux fenêtres; la rue s'anime, des rires, des exclamations retentissent. Tout cela ressemble à un conte passionnant, mais désagréable et effrayant.

Brusquement, tout s'efface, les gens se taisent et disparaissent.

... Grand-mère est assise près du seuil, sur un coffre, toute courbée, immobile; on ne l'entend pas respirer. Debout devant elle, je caresse ses joues chaudes, douces et humides; mais elle ne le sent pas et marmonne d'un air sombre :

« Seigneur, tu n'as donc pas eu assez de raison à nous donner, à moi et à mes enfants? Seigneur, aie pitié de nous... »

*

Mon grand-père, qui s'était installé au printemps dans la maison de la rue des Champs, n'y resta pas plus d'un an, à ce qu'il me semble. Cette brève période suffit cependant pour que notre maison acquière une célébrité tapageuse. Presque tous les dimanches, des gamins se rassemblaient devant notre portail, annonçant joyeusement à toute la rue :

« On se bat encore chez les Kachirine! »

Généralement, l'oncle Mikhaïl apparaissait vers le soir et, toute la nuit, assiégeait la maison et terrorisait ses occupants. Parfois, deux ou trois complices, des voyous du faubourg de Kounavino, l'accompagnaient. Ils pénétraient par le ravin dans le jardin où ils donnaient libre cours à leur fantaisie d'ivrognes... Ils arrachèrent une fois les framboisiers et les groseilliers. Une autre fois, ils saccagèrent l'étuve, brisant tout ce qu'ils

pouvaient : les rayons, les bancs, les cuves à eau.
Ils défirent le poêle brique par brique, arrachèrent le plancher, la porte et le cadre de la
fenêtre.

Sombre et muet, grand-père se tenait debout
près de la fenêtre, et prêtait l'oreille. Grand-mère
allait et venait précipitamment à travers la cour;
on ne la voyait pas dans l'obscurité, mais sa voix
s'élevait, implorante :

« Mikhaïl, qu'est-ce que tu fais là, Mikhaïl! »

En réponse, des injures parvenaient du jardin,
des injures stupides et ignobles, dont le sens
n'était sans doute pas accessible au cœur et à la
raison des brutes qui les crachaient.

Il m'était impossible de rejoindre grand-mère
dans ces moments-là et j'avais très peur sans elle.
Je tentais de descendre dans la chambre de
grand-père, mais en me voyant arriver, il grognait :

« Fiche le camp, maudit! »

Alors je me réfugiais au grenier et, par la
lucarne, je m'efforçais de suivre grand-mère des
yeux, à travers l'obscurité. J'avais peur qu'on la
tue, je criais et je l'appelais. Elle ne venait pas,
mais mon oncle, en reconnaissant ma voix,
lançait des injures sauvages et ordurières à
l'adresse de ma mère.

Un soir qu'une telle scène se déroulait, grand-père, souffrant, était alité. Il tournait et retournait sur l'oreiller sa tête enveloppée d'une serviette, en poussant des plaintes aiguës :

« Et c'est pour ça que nous avons vécu, péché
et amassé du bien! Si je ne craignais pas le
déshonneur, j'appellerais la police et j'irais

demain chez le gouverneur... Mais quelle honte! Y a-t-il des parents qui font poursuivre leurs enfants par la police? Alors, reste couché, vieille bête! »

Brusquement, il mit les jambes hors du lit et se dirigea en chancelant vers la fenêtre. Grand-mère l'attrapa sous les bras pour essayer de le retenir :

« Où vas-tu, où vas-tu?

— De la lumière », ordonna-t-il d'une voix haletante, en aspirant l'air bruyamment.

Grand-mère alluma une chandelle. Il prit le chandelier, le tint devant lui comme le soldat tient son fusil et cria par la fenêtre d'un air moqueur :

« Hé, Mikhaïl, voleur de nuit, chien enragé, chien galeux! »

La vitre du haut vola aussitôt en éclats et un gros morceau de brique tomba sur la table à côté de grand-mère.

« Manqué! » hurla grand-père, et il eut un rire qui ressemblait à un sanglot.

Grand-mère le prit dans ses bras comme un enfant et le porta sur le lit en murmurant, effrayée :

« Que fais-tu là, que fais-tu donc? Que le Christ te retienne! Tu le sais, il risque la Sibérie. Il est hors de lui, est-ce qu'il se rend compte de ce que ça signifie, la Sibérie... »

Grand-père agitait les jambes et sanglotait, les yeux secs. Il criait d'une voix enrouée :

« Qu'il me tue... »

Par la fenêtre, on entendait l'oncle rugir, piétiner de rage et égratigner le mur. Je pris le morceau de brique qui était sur la table et me précipitai vers la fenêtre. Grand-mère me retint à temps et me repoussa dans un coin en sifflant :

« Ah! maudit! »

Un autre jour, l'oncle Mikhaïl, armé d'un gros pieu, tenta de pénétrer dans le vestibule par la cour. Debout sur les marches du perron, il essayait d'enfoncer la porte. Derrière celle-ci, grand-père attendait, un bâton à la main; deux locataires armés de massues et la cabaretière, une femme de haute taille, qui brandissait un rouleau, lui prêtaient main-forte. Grand-mère essayait de passer et les suppliait :

« Laissez-moi sortir, laissez-moi lui dire un mot... »

Grand-père avait une jambe en avant comme le moujik à l'épieu sur le tableau « La chasse à l'ours ». Lorsque grand-mère s'approchait de lui, il la repoussait du coude ou du pied sans rien dire. Tous les quatre étaient là, immobiles, prêts au combat, dans une attitude menaçante. La lanterne pendue au mur répandait sur leurs têtes une lueur faible et vacillante. Je regardais tout cela du haut de l'escalier et j'aurais voulu emmener grand-mère au grenier.

Mon oncle s'acharnait contre la porte avec succès : toutes les planches tremblaient et le gond supérieur était prêt à céder; le gond inférieur avait déjà sauté et il grinçait avec un bruit désagréable. Grand-père disait à ses compagnons d'armes d'une voix tout aussi grinçante :

« Tapez sur les bras et les jambes, si vous voulez, mais pas sur le crâne. »

A côté de la porte se trouvait une petite lucarne, par laquelle on pouvait juste passer la tête. Mon oncle avait déjà brisé la vitre et l'ouverture, toute noire, hérissée d'éclats de verre, faisait penser à un œil crevé. Grand-mère parvint à s'en approcher, tendit le bras à l'extérieur et l'agita en criant :

« Va-t'en, pour l'amour du Christ! Ils te massacreront, va-t'en! »

Glissant le long de la lucarne, on vit une large ombre noire s'abattre sur le bras de grand-mère : mon oncle lui avait assené un coup de pieu. Elle s'affaissa et tomba à la renverse, mais elle eut encore le temps de crier :

« Mikhaïl, sauve-toi...

— Tu vois, mère », hurla grand-père d'une voix terrible.

La porte s'ouvrit toute grande, l'oncle bondit par le trou béant. Aussitôt, il fut rejeté au bas des marches comme une pelletée de boue.

La cabaretière emmena grand-mère dans la chambre de grand-père qui apparut bientôt et dit d'un air sombre :

« Il t'a cassé le bras?

— Oh! sûrement, répondit grand-mère sans ouvrir les yeux. Mais lui, qu'est-ce que vous en avez fait?

— Ne t'inquiète pas, cria sévèrement grand-père. Suis-je donc une bête féroce? On l'a ligoté, il est dans le hangar. Je l'ai aspergé d'eau. Ah! ce qu'il est mauvais! A qui peut-il bien ressembler? »

Grand-mère se mit à gémir.

« J'ai envoyé chercher la rebouteuse, prends patience! »

Et grand-père s'assit à côté d'elle sur le lit.

« Ils nous feront mourir tous les deux avant notre heure, mère.

— Donne-leur tout...

— Et Varvara? »

Ils parlèrent longuement, elle sur un ton bas et plaintif, lui d'une voix irritée et criarde.

Enfin, une petite vieille toute bossue arriva. Sa mâchoire inférieure tremblait; sa grande bouche, fendue jusqu'aux oreilles, restait ouverte comme celle d'un poisson et son nez crochu se recourbait au-dessus de la lèvre comme pour regarder à l'intérieur. On ne voyait pas ses yeux. Elle avançait les jambes avec peine, en traînant son bâton sur le plancher et quelque chose cliquetait dans son balluchon.

Il me sembla que c'était la mort qui venait chercher grand-mère. Je m'élançai sur elle en criant de toutes mes forces :

« Fiche le camp! »

Mais grand-père me saisit brutalement et m'emmena sans ménagement au grenier.

CHAPITRE VII

Je compris assez vite que le Dieu de grand-père n'était pas le même que celui de grand-mère.

Le matin, quand elle se réveillait, grand-mère s'asseyait sur le lit et peignait longuement ses étonnants cheveux. Elle secouait la tête et, serrant les dents, arrachait des mèches entières de longs fils noirs et soyeux. A voix basse pour ne pas me réveiller, elle maugréait :

« Ah! si vous pouviez avoir la plique, maudits... »

Ses cheveux démêlés tant bien que mal, elle les tressait rapidement en grosses nattes. Puis elle se débarbouillait à la hâte, en s'ébrouant avec colère. Son large visage fripé par le sommeil gardait encore son expression irritée lorsqu'elle s'installait devant les icônes. Alors commençait la véritable ablution matinale qui la rafraîchissait aussitôt tout entière.

Elle redressait son dos voûté, rejetait la tête en arrière et lançait un regard caressant sur le visage rond de Notre-Dame de Kazan. Elle se signait d'un geste large et plein de ferveur et murmurait avec un accent passionné :

« Très Sainte Mère de Dieu, accorde-nous ta grâce pour le jour qui commence. »

Elle se prosternait jusqu'à terre, se relevait lentement et chuchotait d'une voix de plus en plus ardente et attendrie :

« Source de joie, Beauté toute pure, Pommier en fleur... »

Elle trouvait presque chaque jour de nouvelles louanges et j'écoutais toujours sa prière avec une attention soutenue.

« Cœur pur et céleste, ma Défense et mon Soutien, mon Soleil d'or, Mère du Seigneur, garde-moi des tentations mauvaises, ne me laisse offenser personne et ne permets pas qu'on m'offense sans raison ! »

Ses yeux sombres souriaient et, comme rajeunie, elle se signait de nouveau avec des gestes lents de sa main lourde.

« Seigneur Jésus, Fils de Dieu, accorde ta miséricorde à une pauvre pécheresse, pour l'amour de ta Mère... »

Sa prière était toujours une action de grâces, une louange sincère et naïve. Celle du matin était courte, il fallait allumer le samovar [41]. Grand-père n'avait pas de domestique et si le thé n'était pas prêt à l'heure qu'il avait fixée, il jurait longuement, avec rage.

Il lui arrivait de se réveiller avant grand-mère ; il montait alors à notre grenier et la surprenait pendant sa prière. Il l'écoutait chuchoter un moment, puis il tordait ses lèvres minces et sombres en un rictus de mépris. Pendant le déjeuner, il grognait.

« Ne t'ai-je pas assez fait la leçon, tête de bois,

tu ne sauras donc jamais dire ta prière? Tu
continues à marmonner tes histoires, hérétique!
Comment le Seigneur peut-il te supporter?

— Il me comprend, répliquait grand-mère
avec assurance. On peut lui dire n'importe quoi,
il comprend toujours...

— Maudite Tchouvache [42]! Ah! vous autres... »

Le Dieu de grand-mère était avec elle tout le
long du jour; elle parlait de lui même aux
animaux. J'étais persuadé pour ma part que tout
ce qui vit sur terre, les gens, les chiens, les
oiseaux et les plantes obéissaient docilement et
sans peine à ce Dieu. Il était proche de toutes ses
créatures et d'une bonté égale pour chacune
d'elles.

Un jour, le chat préféré de la cabaretière, une
bête rusée, gourmande et hypocrite, gâtée par sa
maîtresse et toute la maisonnée, un chat gris
cendré avec des yeux dorés, ramena du jardin un
sansonnet. Grand-mère lui enleva l'oiseau blessé
et lui adressa des reproches :

« Tu ne crains donc pas Dieu, vilain brigand? »

La cabaretière et le portier se mirent à rire en
l'entendant, mais grand-mère leur cria, irritée :

« Vous n'avez pas de cœur! Vous croyez que
les animaux ignorent Dieu? Toutes les créatures
le connaissent aussi bien que vous... »

Lorsqu'elle attelait Charap, devenu obèse et
mélancolique, elle bavardait avec lui :

« Pourquoi es-tu donc triste, serviteur de
Dieu? Eh oui, tu es bien vieux... »

Le cheval soupirait et hochait la tête.

Bien qu'elle prononçât le nom du Seigneur
moins souvent que grand-père, son Dieu m'était

plus accessible; il ne m'inspirait aucune frayeur mais seulement la honte du mensonge et ce sentiment était si fort en moi que je n'osais jamais mentir à grand-mère. Il était impossible de cacher quelque chose à ce Dieu si bon et le désir de dissimuler ne me venait même pas à l'idée.

Un jour, au cours d'une dispute, la cabaretière injuria grand-père et s'en prit, du même coup, à grand-mère qui n'était pourtant pas intervenue dans la querelle. Elle lui lança même une carotte.

« Eh bien, ma chère, vous êtes une sotte », lui dit tout tranquillement grand-mère.

Je fus cruellement offensé et je décidai de me venger de cette méchante femme, de cette scélérate aux cheveux roux, au double menton, si grasse qu'on n'apercevait pas ses yeux. Je cherchai longtemps le moyen de la mortifier cruellement. J'avais eu maintes fois l'occasion d'observer comment, à la suite de querelles, les locataires se vengeaient les uns des autres. Ils coupaient la queue des chats, empoisonnaient les chiens, tuaient les coqs et les poules; ils s'introduisaient la nuit dans la cave de l'ennemi et versaient du pétrole dans les cuves où l'on conservait les choux et les concombres, ouvraient les robinets des tonneaux de kvass. Mais tout cela ne me suffisait pas, je voulais trouver un châtiment plus impressionnant et plus terrible.

Voici ce que j'inventai : je guettai l'instant favorable et quand la cabaretière descendit à la cave, je rabattis la trappe sur elle et la fermai à clef. Après avoir exécuté la danse de la vengeance, je lançai la clef sur un toit et courus à la

cuisine où grand-mère préparait le repas. La
raison de mon enthousiasme lui échappa tout
d'abord, mais lorsqu'elle eut compris ce que
j'avais fait, elle me donna une bonne fessée, me
traîna dans la cour et m'envoya chercher la clef.
Étonné d'une telle attitude, je rapportai la clef
sans rien dire et me réfugiai dans un coin. Je vis
grand-mère libérer la prisonnière, puis toutes
deux traversèrent la cour en riant comme de
bonnes amies.

« Attends un peu! » lança la cabaretière en me
menaçant de son poing grassouillet, mais son
visage souriait avec bonhomie.

Grand-mère me saisit par le collet, me fit
rentrer dans la cuisine et m'interrogea :

« Pourquoi as-tu fait ça?

— Elle t'avait lancé une carotte...

— Alors, c'est à cause de moi? C'est comme
ça, vaurien! Eh bien, je vais te fourrer dans le
dessous du poêle, avec les souris, tu reviendras à
la raison! En voilà un défenseur! Regardez donc
cette bulle avant qu'elle crève! Je le dirai à
grand-père, il te rabotera les fesses. Va au grenier
apprendre ton livre... »

Elle ne m'adressa plus la parole de toute la
journée, mais le soir, avant de commencer sa
prière, elle s'assit sur le bord du lit et prononça
d'un ton solennel des paroles que je n'ai pas
oubliées :

« Écoute-moi, Alexis, petite âme bleue, retiens
bien ceci : ne te mêle jamais des affaires des
grandes personnes! Elles n'ont pas le cœur pur.
Dieu leur a envoyé des épreuves, mais toi, tu n'en
as pas encore connu, alors garde ton cœur

d'enfant. Attends que le Seigneur touche ton
âme, t'indique ta mission et te montre ta voie.
Tu comprends? Ce n'est pas ton affaire de
chercher qui est le coupable. C'est au Seigneur de
juger et de punir, pas à nous. »

Elle se tut un instant, prisa et ajouta en
fermant à moitié l'œil droit :

« Et puis, tu sais, le Seigneur lui-même ne
distingue pas toujours le coupable...

— Dieu ne sait donc pas tout? » demandai-je
avec étonnement.

Elle répondit doucement avec tristesse :

« S'il savait tout, alors il y a beaucoup de
choses que les gens ne feraient pas, tu peux me
croire. Il nous regarde du haut du ciel, Notre
Père, il voit tout et, par moments, il se met à
sangloter : " Ah! pauvres gens, braves gens, que
vous me faites pitié! " »

Elle se mit elle-même à pleurer et, laissant
couler ses larmes sur ses joues, elle s'approcha des
icônes.

A partir de ce moment-là, le Dieu de grand-
mère me devint encore plus familier et plus
accessible.

Grand-père m'enseignait aussi que Dieu est un
être omniprésent et omniscient, qui voit tout et
peut venir en aide aux hommes dans leurs
entreprises, mais ses prières ne ressemblaient pas
à celles de grand-mère. Le matin, avant de prier,
il se lavait longuement et s'habillait avec soin.
Puis il peignait ses cheveux roux, lissait sa barbe
et se regardait dans le miroir. Après avoir tiré sa
chemise, rajusté son foulard noir sous son gilet, il
se dirigeait vers le coin des icônes avec prudence,

à pas de loup, semblait-il. Il s'installait toujours à la même place, sur un nœud du plancher qui ressemblait à un œil de cheval. Il restait silencieux un instant, la tête baissée, droit et mince, les bras tendus le long du corps comme un soldat, puis il disait d'une voix imposante :

« Au nom du Père et du Fils et du Saint-Esprit... »

Il me semblait qu'après ces mots, un silence particulier s'établissait dans la pièce et que les mouches elles-mêmes bourdonnaient avec plus de discrétion.

La tête rejetée en arrière, ses sourcils en broussaille relevés, sa barbe dorée tendue en avant, grand-père récitait les prières avec assurance, comme une leçon bien sue et sa voix résonnait, nette et impérieuse :

« — Le Juge viendra et les actions de chacun seront relevées. »

Avec le poing, il se frappait la poitrine, mais mollement, et demandait avec insistance :

« — Détourne ta face de mes péchés, c'est envers Toi seul que je suis coupable. »

Il récitait le « Notre Père » en martelant les mots. Sa jambe droite tressaillait comme si elle battait silencieusement la mesure; tout son corps se tendait vers les icônes, grandissait et semblait devenir plus mince encore, plus sec, tandis qu'il continuait de sa voix exigeante :

« — Toi qui as mis au monde le Guérisseur, apaise les douleurs incessantes de mon âme! Je t'apporte sans trêve les gémissements de mon cœur, intercède en ma faveur, ô Reine des Cieux! »

Et il implorait, avec des larmes dans ses yeux verts :

« — Que ma foi me soit comptée, ô mon Dieu, et non mes œuvres qui ne me justifient pas! »

Puis il faisait des signes de croix répétés, secouait convulsivement la tête comme s'il voulait donner des coups de cornes. Il glapissait et sanglotait. Plus tard, lorsque j'eus l'occasion de pénétrer dans les synagogues, je compris que grand-père priait à la manière des Juifs.

Depuis longtemps, le samovar ronflait sur la table. Dans la pièce flottait le parfum brûlant des galettes de seigle et de fromage blanc. Nous avions faim. Grand-mère, renfrognée, s'appuyait contre le montant de la porte et soupirait, les yeux baissés. Par la fenêtre du jardin, le soleil luisait gaiement; sur les arbres, les gouttes de rosée brillaient comme des perles; l'air du matin avait une odeur savoureuse de fenouil, de groseilles et de pommes mûrissantes. Mais grand-père priait toujours, en se balançant et en criant de sa voix aiguë :

« — Éteins la flamme de mes passions, car je suis misérable et maudit! »

Je savais par cœur toutes les prières du matin et toutes celles du soir et je les suivais avec attention pour voir si grand-père ne se tromperait pas, s'il n'oublierait pas ne serait-ce qu'un mot. Cela n'arrivait que très rarement mais j'en éprouvais chaque fois une joie maligne.

Lorsqu'il avait terminé sa prière, grand-père nous souhaitait à tous deux le bonjour. Nous répondions en nous inclinant légèrement et nous

nous installions enfin à table. C'est à ce moment-là que je disais à grand-père :

« Aujourd'hui, tu as oublié de dire " me soit comptée " !

— Pas possible? demandait-il, inquiet mais incrédule.

— Tu as bel et bien oublié! Il faut dire : " mais que ma foi me soit comptée et non mes œuvres " et tu as oublié de dire " me soit comptée ".

— Ah! par exemple! » s'exclamait-il tout confus, en clignant des yeux.

Je savais bien qu'à la première occasion, il se vengerait méchamment, mais en attendant, je triomphais de voir sa confusion.

Un jour, grand-mère lui dit en plaisantant :

« Il doit s'ennuyer, tu sais, le Seigneur, à entendre tes prières. Tu répètes toujours et toujours la même chose.

— Quoi donc? répondit-il d'une voix traînante qui n'augurait rien de bon. Qu'est-ce que tu racontes?

— Je dis que tu n'as jamais pour le Seigneur le moindre petit mot qui parte du cœur, depuis si longtemps que je t'écoute! »

Grand-père devint cramoisi, il fut pris d'un tremblement, sursauta sur sa chaise et jeta une soucoupe à la tête de grand-mère. Sa voix grinça comme une scie qui rencontre un nœud :

« Dehors, vieille sorcière! »

Quand il me parlait de la force invincible de Dieu, grand-père en soulignait toujours et avant tout la cruauté :

« Les hommes ont péché et ils ont péri noyés;

ils ont encore péché, ils ont été brûlés et leurs villes ont été détruites; Dieu a puni les hommes en leur envoyant la peste et la famine. Il est le glaive suspendu au-dessus de la terre, il est le fléau de ceux qui succombent au péché. '' Celui qui transgresse les lois divines connaîtra le malheur et la ruine '' », énonçait-il en faisant claquer ses doigts osseux sur la table.

J'avais peine à croire à la cruauté de Dieu. Je soupçonnais grand-père d'inventer tout cela pour m'inspirer non pas tant la crainte du Seigneur que le respect de lui-même. Et je lui demandais sans me gêner :

« Tu dis ça pour que je t'obéisse? »

Il me répondait tout aussi franchement :

« Eh! Bien sûr! Il ferait beau voir que tu n'obéisses pas!

— Et grand-mère?

— Surtout ne va pas la croire, cette vieille sotte! m'ordonnait-il sévèrement. Elle a toujours été stupide, elle ne sait ni lire ni écrire, elle divague. Je vais lui défendre de te parler de ces choses-là!... Dis-moi : combien y a-t-il de catégories chez les anges et quelles sont leurs fonctions? »

Après avoir donné la réponse qui convenait, je demandais à mon tour :

« Et les fonctionnaires, qu'est-ce que c'est?

— Tu en fais une salade! » me disait-il d'un ton moqueur, en plissant les paupières. Puis il m'expliquait en se mordant les lèvres et comme à contrecœur :

« Cela n'a rien à voir avec Dieu, les fonctionnaires, c'est quelque chose d'humain! Un fonctionnaire, c'est un légivore, il dévore les lois.

— Et les lois, qu'est-ce que c'est?

— Les lois, ce sont des coutumes, expliquait le vieillard d'une voix plus joyeuse et plus affable, et ses yeux perçants brillaient malicieusement. Les gens vivent ensemble et un beau jour, ils se disent : voilà ce qui est le mieux et c'est cela que nous prendrons comme habitude, nous le poserons comme règle, comme loi! C'est ce que font les enfants lorsqu'ils jouent. Ils décident la manière dont sera mené le jeu et les règles à observer; cette décision, c'est une loi!

— Et les fonctionnaires?

— Le fonctionnaire arrive là comme un polisson et enfreint toutes les lois.

— Pour quoi faire?

— Ce sont des choses que tu ne comprendrais pas! » répondait-il sur un ton sévère en se renfrognant.

Puis, de nouveau, il me faisait la leçon :

« Le Seigneur est au-dessus des entreprises humaines. Les hommes ont un but et Lui un autre, mais tout ce qui est humain est fragile. Que le Seigneur souffle et tout est réduit en cendres et en poussière. »

J'avais de nombreuses raisons de m'intéresser aux fonctionnaires et je poursuivais mon enquête ·

« Mais l'oncle Iakov chante :

Clairs sont les anges, serviteurs de Dieu,
Mais les fonctionnaires sont les esclaves de Satan! »

Grand-père relevait sa barbiche et la mordillait en fermant les yeux, ses joues tressautaient. Je voyais bien qu'il riait intérieurement.

« Il faudrait vous attacher ensemble par la jambe, Iakov et toi, et vous jeter à l'eau. Il ne devrait pas chanter ces chansons et toi, tu ne devrais pas les écouter. Ce sont des plaisanteries de " vieux-croyants ", des inventions d'hérétiques, de raskolniks [43]. »

Pensif, son regard se dirigeait au loin sans me voir. Et il murmurait en traînant les syllabes :

« Ah! vous autres... »

Bien qu'il plaçât ce Dieu menaçant très haut au-dessus des hommes, il le faisait cependant participer à ses affaires, ainsi qu'une quantité de saints. Grand-mère en usait de même, mais semblait ignorer la plupart des saints; elle ne connaissait que Nicolas, Iouri, Frol et Lavr. Ils étaient, disait-elle, très bons et très familiers. Errant de village en village et de ville en ville, ils se mêlaient à la vie des hommes et leur ressemblaient beaucoup. Les saints de grand-père, eux, étaient tous des martyrs. Ils avaient abattu des idoles, tenu tête aux empereurs romains et on les avait mis à la torture, brûlés ou écorchés vifs.

Parfois, grand-père se laissait aller à rêver :

« Si le Seigneur m'aidait à vendre cette baraque, ne serait-ce qu'avec cinq cents roubles de bénéfice, je ferais dire une messe à saint Nicolas. »

Grand-mère disait en riant :

« C'est ça, saint Nicolas va lui vendre sa

maison, à ce vieil imbécile! Il n'a rien de mieux à
faire, ce bon saint Nicolas! »

J'ai longtemps conservé les almanachs religieux de grand-père qui portaient diverses annota-
tions de sa main. En face de la Saint-Joachim et
de la Sainte-Anne, il était inscrit à l'encre brune,
en lettres bien droites : « Ces saints miséricordieux m'ont sauvé du malheur. » Je me souviens
de ce « malheur ». Pour aider ses enfants dont
les affaires marchaient mal, grand-père s'était mis
à pratiquer l'usure et recevait des gages en
cachette. On le dénonça et la police fit irruption
une nuit pour opérer une perquisition. Il y eut un
beau remue-ménage, mais tout se termina bien.
Grand-père resta en prière jusqu'au lever du
soleil et, le matin, il écrivit en ma présence ces
mots dans l'almanach.

Avant le repas du soir, il lisait avec moi le
Psautier, le livre d'Heures ou le gros livre
d'Efrem Sirine [44]. Le repas terminé, il se remettait à prier et, dans le calme du soir, ses paroles
mélancoliques de pénitence et de repentir résonnaient longuement :

« Que t'apporterai-je, que t'offrirai-je, ô Maître
des Cieux, Toi qui es immortel et possèdes tous
les dons... Garde-nous des tentations... Protège-
moi de certaines gens... Donne-moi des larmes et
rappelle-moi que je suis mortel. »

Grand-mère, au contraire, disait souvent :

« Oh! comme je suis fatiguée aujourd'hui! Je
crois que je vais aller me coucher sans prier... »

Grand-mère m'emmenait à l'église le samedi et
les jours de fête pour les messes du soir. Là aussi,
je croyais reconnaître à chaque instant quel Dieu

l'on priait : toutes les paroles du prêtre et du sacristain étaient destinées au Dieu de grand-père, mais le chœur, lui, célébrait toujours le Dieu de grand-mère.

J'exprime sans doute de manière imparfaite ces pensées enfantines, mais cette distinction entre les Dieux, je m'en souviens, écartelait douloureusement mon âme. Le Dieu de grand-père m'inspirait un sentiment de crainte et d'hostilité. Il n'aimait personne, surveillait tout le monde d'un œil sévère, cherchait et voyait en chacun d'abord le mal et le péché. Il était évident qu'il ne faisait pas confiance aux hommes, il attendait constamment le repentir et se plaisait à punir.

A cette époque-là, mes pensées sur Dieu et les sentiments qu'il m'inspirait étaient la seule nourriture de mon âme, ce qu'il y avait de plus beau dans ma vie. Toutes les autres impressions ne faisaient que me blesser par leur cruauté et leur bassesse, m'inspirant du dégoût et de la tristesse. Dieu était ce qu'il y avait de meilleur et de plus radieux dans le monde qui m'entourait. Je parle bien sûr du Dieu de grand-mère, l'ami bienveillant de toutes les créatures. Je me demandais comment grand-père pouvait ignorer ce Dieu si bon.

On m'interdisait de sortir dans la rue, d'où je revenais trop excité. Non seulement les impressions de la rue me grisaient, mais je provoquais aussi du scandale. Je n'avais pas de camarades, les gamins du voisinage me considéraient avec hostilité. Je n'aimais pas qu'ils m'appellent

Kachirine, ils le savaient et criaient avec d'autant plus d'insistance :

« Voilà le petit-fils de Kastcheï [45], Kachirine, regardez-le! Tombons sur lui! »

Et la bataille s'engageait. J'étais adroit au combat et plus fort que les garçons de mon âge, mes adversaires eux-mêmes le reconnaissaient puisqu'ils m'attaquaient toujours en groupe. Mais j'avais tout de même le dessous et, le plus souvent, je rentrais couvert de poussière, les vêtements en lambeaux, le nez en marmelade, les lèvres fendues et le visage marqué de bleus.

Grand-mère, effrayée, compatissait à mon malheur :

« Eh bien, fils de navet, tu t'es encore battu? Mais qu'est-ce que ça veut dire, hein? Tu verras, si je m'en mêle moi aussi... »

Elle me débarbouillait, appliquait sur mes bleus une spongille, des pièces de bronze ou de l'extrait de Saturne, et me sermonnait :

« Pourquoi donc te bats-tu tout le temps? A la maison, tu es tranquille, mais dans la rue, on ne te reconnaît plus. Tu n'as pas honte? Je dirai à grand-père qu'il te défende de sortir... »

Grand-père voyait bien mes bleus, mais il ne se mettait pas en colère, il se contentait de grogner :

« Te voilà encore décoré, batailleur! Bon, mais ne t'avise pas de sortir encore, tu entends! »

Je n'étais pas attiré par la rue lorsqu'elle était calme, mais dès que j'entendais le joyeux vacarme des gamins, je désertais la cour, sans plus tenir compte de l'interdiction qui m'avait été faite. Je ne craignais pas les bleus ni les écorchures; ce qui m'indignait et me mettait hors de moi, c'était la cruauté des jeux de la rue, cruauté que je connaissais trop bien. Je ne pouvais supporter de voir les gamins exciter l'un contre l'autre des chiens ou des coqs, torturer des chats, poursuivre les chèvres des juifs ou se moquer des mendiants ivres et de l'innocent Igocha, surnommé « Mort-en-poche ».

Igocha était un homme de haute taille, sec comme un hareng saur et vêtu d'un lourd habit de peau de mouton. Son visage osseux, comme rouillé, était hérissé de poils raides. Il allait par les rues, le dos voûté, en chancelant, les yeux obstinément fixés sur le sol à ses pieds. Son visage de fonte et ses petits yeux tristes m'inspiraient un respect mêlé de crainte. Il me semblait qu'une pensée grave le préoccupait, qu'il cherchait quelque chose et qu'il ne fallait pas le déranger.

Les gamins le poursuivaient et lui lançaient des pierres dans le dos. D'abord, il semblait ne rien remarquer et ne pas sentir les coups. Mais soudain, il s'arrêtait, redressait la tête et, d'un geste convulsif, remettait en place son bonnet poilu ; puis il regardait autour de lui comme s'il se réveillait.

« Igocha, Mort-en-poche ! Igocha, où vas-tu ? Regarde, il y a la mort dans ta poche ! » criaient les gamins.

Igocha mettait la main à sa poche, puis il ramassait d'un geste vif une pierre, un morceau de bois ou une motte de terre séchée. Agitant maladroitement son long bras, il bredouillait une injure, trois mots obscènes, toujours les mêmes (le vocabulaire des gamins dans ce domaine était

beaucoup plus riche). Parfois, il les poursuivait
en boitant, mais il s'empêtrait dans son long
vêtement et tombait sur les genoux, tendant en
avant ses bras noirs, pareils à des branches
mortes. Les gamins lui lançaient des pierres; les
plus audacieux s'approchaient tout près et, après
avoir versé une poignée de poussière sur sa tête,
s'enfuyaient à toutes jambes.

Cependant, c'était le maître compagnon Grigori qui produisait sur moi l'impression la plus
pénible. Complètement aveugle à présent, il
demandait l'aumône. Grand, digne et muet, il
était conduit par une petite vieille toute grise qui
s'arrêtait sous les fenêtres et piaillait d'une voix
traînante sans jamais regarder en face :

« Donnez à un pauvre aveugle, pour l'amour
du Christ... »

Grigori restait silencieux. Ses lunettes noires
semblaient fixer les murs des maisons, les
fenêtres, les visages de ceux qu'il rencontrait. Il
caressait doucement sa large barbe de sa main
rongée par la teinture, mais ses lèvres restaient
obstinément serrées. Je le voyais souvent sans
jamais entendre un son sortir de ses lèvres et ce
silence m'oppressait douloureusement. Jamais je
ne m'approchais de lui, une force irrésistible m'en
empêchait. Au contraire, dès que je l'apercevais,
je rentrais à la maison en courant et j'annonçais
à grand-mère :

« Voilà Grigori !

— Vraiment? s'écriait-elle d'une voix compa-
tissante et inquiète. Tiens, cours vite lui porter
ça ! »

Je refusais brutalement, avec colère. Elle

sortait alors elle-même devant le portail et parlait longuement à Grigori sur le trottoir. Avec un doux sourire, il secouait sa barbe, mais ne répondait que par monosyllabes.

Parfois, grand-mère le faisait entrer dans la cuisine, lui offrait du thé ou lui donnait à manger. Une fois, il demanda où j'étais; grand-mère m'appela, mais j'allai vite me cacher derrière le tas de bois. J'avais trop honte en sa présence et je sentais bien que grand-mère éprouvait le même sentiment. Une fois seulement, il nous arriva de parler de Grigori. Elle l'avait raccompagné jusqu'au portail et elle revenait dans la cour à pas lents, tête baissée, en pleurant doucement. Je m'approchai d'elle et la pris par la main.

« Pourquoi te sauves-tu? demanda-t-elle tout bas. Il t'aime bien, c'est un brave homme, tu sais...

— Et pourquoi donc grand-père ne lui donne-t-il pas à manger? demandai-je à mon tour.

— Grand-père? »

Elle s'arrêta, me serra contre elle et murmura d'une voix prophétique :

« Souviens-toi de mes paroles : le Seigneur nous punira sévèrement de ce que nous avons fait à cet homme! Il nous punira... »

Sa prophétie devait se réaliser. Dix ans plus tard, alors qu'elle dormait du sommeil éternel, grand-père, qui avait perdu la tête, parcourait à son tour les rues de la ville en mendiant et demandait d'une voix plaintive sous les fenêtres :

« Braves cuisiniers, donnez-moi un morceau de

gâteau, c'est du gâteau que j'aimerais. Ah! vous autres... »

Ce « Ah! vous autres » plein d'amertume, dont le son traînant vous déchirait le cœur, était tout ce qui restait du passé.

Il y avait aussi un autre personnage qui m'obligeait à fuir la rue, c'était une femme de mauvaise vie, la Voronikha [46], qui apparaissait les jours de fête, énorme, échevelée et ivre. Sa démarche était singulière, on aurait dit qu'elle ne remuait pas les jambes et ne touchait pas terre; elle avançait comme une nuée, en hurlant des chansons obscènes. Tous les passants la fuyaient, se réfugiaient dans les cours, se cachaient dans les recoins, dans les boutiques. Comme d'un coup de balai, elle semblait faire le vide dans la rue. Son visage bleuâtre était gonflé comme une vessie et ses grands yeux gris écarquillés avaient une expression ironique et effrayante à la fois. Parfois elle sanglotait :

« Oh! mes petits enfants, où êtes-vous donc? »

Je demandai à grand-mère ce que cela signifiait.

« Ce sont des choses que je ne peux pas t'expliquer! » me répondit-elle d'un air sombre.

Cependant, elle me raconta brièvement l'histoire de cette femme. Son mari, Voronov, était fonctionnaire : pour obtenir de l'avancement, il avait vendu sa femme à son chef qui l'avait emmenée dans une autre ville. Pendant deux ans, elle vécut loin des siens. Lorsqu'elle revint, ses deux enfants, un garçon et une fille, étaient morts, son mari avait perdu au jeu des fonds appartenant à l'administration et on l'avait mis en prison. De chagrin, cette femme s'était mise à boire et à mener une vie de débauche et de scandale. Les soirs de fête, la police la ramassait...

Vraiment, on était mieux à la maison. Les premières heures de l'après-midi surtout étaient agréables, lorsque grand-père était parti à l'atelier de l'oncle Iakov. Grand-mère, assise près de la fenêtre, me racontait des légendes et des histoires intéressantes ou encore me parlait de mon père.

Il y avait aussi le sansonnet arraché aux griffes du chat ; grand-mère avait rogné en partie son aile brisée et fixé adroitement une béquille à la place de la patte cassée. Maintenant que l'oiseau était guéri, elle lui apprenait à parler. Semblable à un bon gros animal, elle restait souvent des heures entières devant la cage, appuyée au montant de la fenêtre. D'une voix grave, elle répétait à l'oiseau noir pour qu'il montre ses talents d'imitateur :

« Allons, dis : " Donne-moi de la bouillie ". »

L'oiseau la lorgnait de ses yeux ronds et vifs d'humoriste, sautillait avec sa béquille sur le mince plancher de la cage et, tendant le cou, sifflait comme un loriot, imitait le geai, le coucou, essayait de miauler, d'aboyer, mais n'arrivait pas à parler.

« Ne fais donc pas le polisson ! lui disait sérieusement grand-mère. Dis : " Donne-moi de la bouillie. " »

Le petit singe aux plumes noires hurlait de manière assourdissante quelque chose qui ressemblait vaguement aux paroles de grand-mère. Elle riait de joie et donnait à l'oiseau de la bouillie de millet sur le bout du doigt.

« Ah! Je te connais, fripon, tu es un simulateur. Tu pourrais tout faire, tu es malin! »

Elle parvint à lui apprendre ce qu'elle voulait. Au bout de quelque temps, l'oiseau demandait assez clairement de la bouillie et dès qu'il apercevait grand-mère, proférait un son traînant qui ressemblait à   :

« On-jour! »

Au début, on avait suspendu sa cage dans la chambre du premier, mais bientôt grand-père exila chez nous au grenier le sansonnet qui s'était mis à le singer. Lorsque grand-père prononçait à voix haute les paroles des prières, l'oiseau passait son bec de cire jaune entre les barreaux et sifflait :

« Tiou, tiou-tiou, irr, tiou irr, ti irr, tiou irr, tiou-ou ou! »

Grand-père s'en offensa. Un jour, hors de lui, il interrompit brusquement sa prière et tapa du pied en criant d'une voix terrible :

« Emmène-le, ce démon, ou je le tue! »

Il y avait dans la maison bien des distractions, mais parfois une angoisse insupportable m'étreignait. Il me semblait que quelque chose de lourd pesait sur moi, que je vivais dans une fosse obscure et profonde; j'étais comme insensible et aveugle, à demi mort.

CHAPITRE VIII

Un beau jour, grand-père vendit sa maison au cabaretier et en acheta une autre dans la rue des Cordiers. Cette rue n'était pas pavée; envahie par l'herbe, propre et tranquille, elle donnait directement dans un champ; une enfilade de petites maisons aux couleurs vives la bordait.

Notre nouvelle demeure était plus attrayante et plus agréable que l'ancienne. Sur la façade d'un ton rouge foncé, chaud et reposant, se détachaient vivement les volets bleu ciel des trois fenêtres et le treillis qui fermait la lucarne du grenier; à gauche, le toit disparaissait de façon pittoresque sous les épaisses frondaisons d'un orme et d'un tilleul. Dans la cour et dans le jardin, il y avait une quantité de recoins charmants qui semblaient faits exprès pour jouer à cache-cache. Le petit jardin, touffu et enchevêtré à souhait, me plaisait particulièrement. Dans un coin se trouvait l'étuve, si petite qu'elle semblait un jouet; ailleurs, dans une fosse assez profonde, apparaissaient parmi les mauvaises herbes des poutres à demi consumées, vestiges d'une ancienne étuve qui avait brûlé. Le jardin était borné à gauche par les écuries du colonel Ovsiannikov, à droite par les bâtiments de notre voisin Betleng. Au fond, il était attenant à la propriété de la laitière Petrovna, grosse paysanne rougeaude et bruyante qui ressemblait à une cloche; sa vieille maison, affaissée et sombre, toute couverte de mousse, avait un air bonhomme; elle regardait de ses deux fenêtres le champ sillonné de profonds ravins et, dans le lointain, la lourde nuée bleue de la forêt. Toute la journée, des soldats faisaient l'exercice dans le champ; sous les rayons obliques du soleil d'automne, on voyait luire les blancs éclairs de leurs baïonnettes.

La maison était remplie de gens comme je n'en avais jamais vu. Sur le devant, vivait un militaire d'origine tatare avec sa femme; petite et toute ronde, celle-ci criait et riait du matin au soir. Elle chantait aussi d'une voix aiguë et sonore, en s'accompagnant sur une guitare richement ornée.

Elle affectionnait particulièrement cette chanson provocante :

> *N'aimer qu'une femme, ce n'est pas gai!*
> *Il t'en faut chercher une autre!*
> *Essaie donc de la trouver!*
> *Si tu sais t'y prendre*
> *Tu auras ta récompense!*
> *U-ne dou-ou-ce récompen-en-se!*

Installé à sa fenêtre, le militaire, rond comme une boule lui aussi, gonflait ses joues bleuâtres et roulait gaiement ses yeux presque roux. Il fumait la pipe sans arrêt et toussait d'une façon étrange, comme font les chiens :

« Voukh, voukh, voukh... »

Dans un logement aménagé au-dessus du cellier et de l'écurie vivaient deux charretiers : un petit homme aux cheveux gris, qu'on appelait Piotr, et son neveu Stiopa, un muet dont le visage semblait en métal fondu et luisait comme un plateau de cuivre rouge. Valeï, un grand Tatar mélancolique qui était ordonnance, habitait là également. Tous ces gens, nouveaux pour moi, me paraissaient riches de mystère.

Mais ce fut surtout notre pensionnaire « Bonne-Affaire » qui m'attira et me captiva. Il occupait sur le derrière de la maison, près de la cuisine, une chambre tout en longueur dont une fenêtre donnait sur le jardin, l'autre sur la cour. C'était un homme maigre et voûté, au teint blanc; sa barbiche noire se partageait en deux; derrière ses lunettes, ses yeux étaient pleins de bonté. Il était silencieux et effacé. Quand on l'appelait pour déjeuner ou prendre le thé, il répondait invariablement :

« Bonne affaire! »

Ce fut le surnom que lui donna grand-mère.

« Alexis, va chercher " Bonne-Affaire " pour le thé! Pourquoi mangez-vous si peu, " Bonne-Affaire "? »

Sa chambre était encombrée de caisses et de gros livres dont je ne pouvais déchiffrer les caractères [47]. Partout, il y avait des bouteilles remplies de liquides de différentes couleurs, des morceaux de cuivre et de fer, des barres de plomb. Vêtu d'une veste de cuir roux et d'un pantalon gris à carreaux, il restait là du matin au soir, tout barbouillé de peinture, malodorant, ébouriffé et l'air gauche. Il fondait du plomb, soudait des morceaux de cuivre, opérait des pesées sur sa petite balance, en grommelant. Quand il se brûlait, vite il soufflait sur ses doigts. Parfois il s'approchait en trébuchant des schémas pendus au mur et, après avoir nettoyé ses lunettes, il semblait flairer les dessins, touchant presque le papier de son nez droit et mince, d'une blancheur étrange. Il lui arrivait de s'arrêter soudain au milieu de la pièce ou près de la fenêtre et il restait longtemps immobile et muet, les yeux fermés, le visage levé; il semblait frappé de stupeur.

Pour l'observer, je grimpais sur le toit de la remise. De l'autre extrémité de la cour, par la fenêtre ouverte, j'apercevais sa silhouette sombre et la flamme bleue de la lampe à alcool posée sur la table. Je le voyais écrire sur un cahier chiffonné; ses lunettes avaient l'éclat froid et bleuté de la glace. Les activités de ce sorcier attisaient ma brûlante curiosité et je restais pendant des heures sur mon toit à l'épier.

Parfois, debout dans le cadre de la fenêtre, les mains derrière le dos, il fixait le toit mais sans paraître me voir; cela me vexait beaucoup. Puis brusquement, il bondissait vers sa table et, plié en deux, fouillait dans ses papiers.

Je pense que j'aurais eu peur de lui s'il avait été plus riche et mieux habillé. Mais il était pauvre : du col de sa veste dépassait une chemise sale et froissée; ses pantalons étaient tachés et rapiécés; il était pieds nus dans des pantoufles éculées. Les pauvres ne sont ni effrayants ni dangereux; je m'en étais convaincu peu à peu, en voyant la pitié qu'ils inspiraient à grand-mère et le mépris que leur témoignait grand-père.

Personne dans la maison n'aimait Bonne-Affaire; on se moquait de lui. La joyeuse épouse du militaire l'appelait « nez de craie »; l'oncle Piotr le traitait d' « apothicaire » et de « sorcier » et grand-père de « nécromancien » et de « farma-çon [48] ».

« Que fait-il? » avais-je demandé à grand-mère.

Elle m'avait répondu sévèrement :

« Ça ne te regarde pas; tais-toi donc! »

Un jour, je pris mon courage à deux mains, je m'approchai de la fenêtre de Bonne-Affaire et demandai, cachant mal mon émotion :

« Qu'est-ce que tu fais? »

Il sursauta, me regarda longuement par-dessus ses lunettes et me tendit une main couverte de plaies, de brûlures et de cicatrices, en disant :

« Grimpe par là... »

Qu'il m'ait proposé d'entrer chez lui par la fenêtre et non par la porte augmenta encore son prestige à mes yeux. Il s'assit sur une caisse, me plaça devant lui, m'écarta, me rapprocha de nouveau et, enfin, demanda à mi-voix :

« D'où sors-tu, toi? »

Cette question m'étonna : quatre fois par jour, nous nous retrouvions l'un à côté de l'autre, à table, dans la cuisine! Je répondis :

« Je suis le petit-fils de la maison.

— Ah! oui », fit-il en examinant son doigt, et il se tut.

Alors je crus nécessaire de préciser :

« Je ne suis pas un Kachirine, mais un Pechkov...

— Un Pechkov, répéta-t-il en accentuant mon nom de travers. Bonne affaire. »

Il me repoussa, se leva et se dirigea vers sa table, en disant :

« Eh bien, reste tranquille... »

Je restai assis très longtemps et je le regardai râper un morceau de cuivre qu'il tenait serré dans un étau : la limaille dorée tombait sur un carton. Il en ramassa une poignée et la versa dans une tasse à bords épais. Il y ajouta de la poudre blanche comme du sel qu'il fit tomber d'un petit bocal et arrosa le tout d'un liquide contenu dans une bouteille noire. Aussitôt des sifflements se firent entendre, une fumée s'éleva, une âcre odeur me prit à la gorge ; je me mis à tousser, à secouer la tête, et le sorcier, content de lui, me demanda :

« Ça sent mauvais, hein ?

— Oui.

— Tu vois ! C'est très bien ! »

« Il n'y a pas de quoi être fier », pensai-je et je lui dis d'un ton sévère :

« Ce n'est pas bien puisque ça sent mauvais.

— Ah ? s'écria-t-il en clignant de l'œil. Ce n'est pas toujours vrai, mon garçon ! Dis-moi, est-ce que tu joues aux osselets ?

— Oui, bien sûr.

— Veux-tu que je te fabrique un osselet de plomb ?

— Je veux bien.

— Alors, apporte-moi un osselet. »

Il s'était rapproché, tenant à la main la tasse fumante qu'il surveillait d'un œil :

« Je te fabriquerai un osselet de plomb, mais il ne faudra plus venir chez moi. C'est d'accord? »

Cette proposition m'offensa cruellement.

« De toute façon, je ne viendrai plus jamais. »

Vexé, je regagnai le jardin. J'y trouvai grand-père occupé à garnir de fumier les racines des pommiers. C'était l'automne et depuis longtemps les feuilles tombaient.

« Va donc tailler les framboisiers », me dit-il en me tendant un sécateur.

Je lui demandai :

« Qu'est-ce qu'il fabrique, Bonne-Affaire?

— Il abîme la chambre, répondit grand-père avec colère. Il a brûlé le plancher, il a sali et déchiré la tapisserie. Je vais lui dire de s'en aller.

— Tu feras bien », approuvai-je et je me mis à couper les branches sèches des framboisiers.

Mais j'avais parlé trop vite.

Par les soirs de pluie, lorsque grand-père était sorti, grand-mère invitait tous les locataires à prendre le thé dans la cuisine. Ces réunions étaient fort intéressantes. On y voyait les charretiers et l'ordonnance, la Petrovna toujours pleine d'entrain, et même parfois la joyeuse femme du militaire. Quant à Bonne-Affaire, il se tenait invariablement dans un coin, près du poêle, immobile et silencieux. Stiopa le muet faisait une partie avec Valeï; quand le Tatar gagnait, il tapait avec ses cartes sur le large nez de son adversaire, en disant :

« Ach chaïtane [49]! »

Piotr apportait un énorme morceau de pain

blanc et de la confiture de graines de tournesol
dans un grand pot de terre. Il coupait des
tranches de pain, les recouvrait généreusement de
confiture et distribuait à la ronde ces bonnes
tartines rouges qu'il présentait sur la paume de
sa main en s'inclinant profondément.

« Prenez donc et mangez, je vous en prie »,
disait-il à chacun, d'un ton aimable.

Quand on avait pris la tartine, il examinait
soigneusement sa paume noire et s'il y voyait une
goutte de confiture, il s'empressait de la lécher.

Petrovna, elle, apportait de la liqueur de
cerises, et la femme du militaire, des noix et des
bonbons. Un vrai festin commençait; rien ne
plaisait davantage à grand-mère.

Quelque temps après que Bonne-Affaire m'eut
proposé son marché pour éviter mes visites,
grand-mère organisa une soirée de ce genre. On
entendait au-dehors la pluie d'automne se déverser sans relâche; le vent gémissait, les arbres
bruissaient et leurs branches venaient griffer le
mur. Il faisait chaud dans la cuisine, on y était
bien. Nous étions assis, serrés les uns contre les
autres, dans une agréable quiétude. Grand-mère,
ce jour-là, ne se lassait pas de raconter des
histoires, plus belles les unes que les autres. Elle
était assise sur le bord du poêle, les pieds posés
sur une marche, et elle se penchait vers ses
invités qu'éclairait une petite lampe en fer-blanc.
Lorsqu'elle était en verve, elle grimpait toujours
sur le poêle.

« Il faut que je parle d'en haut. C'est mieux! »,
disait-elle.

Je m'étais installé sur une marche, à ses pieds,

Ses beaux vêtements ne sont que pourriture.
Hiver comme été, Ivan reste là, nu.
La chaleur le brûle sans le consumer,
La vermine ronge sa chair encore vivante,
Les loups et les ours ne le dévorent pas,
Les tempêtes de neige et les gelées l'épargnent.
Lui n'a pas la force de quitter cet endroit,
Ni de lever le bras, ni de dire un mot.
C'est là son châtiment.
Il ne devait pas obéir à l'ordre scélérat,
Ni se mettre à l'abri de la conscience d'autrui!
Et la prière du moine pour nous autres, pécheurs,
A cette heure-ci encore, coule vers le Seigneur,
Comme la claire rivière coule vers l'Océan!

Dès le commencement du récit, j'avais remarqué que Bonne-Affaire paraissait inquiet : il agitait ses mains d'une façon étrange, convulsivement ; il enlevait ses lunettes, les remettait, les balançait au rythme des paroles chantantes. Il secouait la tête, touchait ses yeux, les pressait du doigt et, d'un mouvement rapide, se passait la main sur le front et les joues, comme pour essuyer la sueur. Quand un des auditeurs remuait, toussait ou frottait ses pieds sur le plancher, notre pensionnaire prenait un air sévère :

« Chut ! »

Lorsque grand-mère se tut, il se leva impétueusement et se mit à faire de grands gestes et des pirouettes extravagantes en marmottant :

« Vous savez, c'est étonnant... Il faut noter cela par écrit, sans faute. C'est terriblement vrai... et tellement russe. »

On voyait maintenant qu'il pleurait ; ses yeux

étaient noyés de larmes. C'était étrange et pitoyable. Il allait et venait à travers la cuisine en faisant de petits sauts maladroits et ridicules. Il agitait ses lunettes devant son nez, essayant en vain d'accrocher derrière ses oreilles les branches en fil de fer. Piotr le regardait avec un sourire moqueur; tous se taisaient, l'air gêné, tandis que grand-mère disait précipitamment :

« Notez-le par écrit si vous voulez. Il n'y a pas de mal à cela. J'en connais d'ailleurs bien d'autres, des histoires...

— Non, non, c'est celle-là qui m'intéresse. Elle est terriblement russe! » criait Bonne-Affaire très excité.

Brusquement, il s'arrêta au milieu de la pièce et se mit à parler très fort; son bras droit fendait l'air, ses lunettes tremblaient dans sa main gauche. Il parla longtemps, avec véhémence, d'une voix suraiguë. Il tapait du pied en répétant :

« On ne peut pas vivre selon la conscience d'autrui, non, non! »

Puis soudain sa voix se brisa, il se tut, nous regarda tous et s'en alla sans bruit, la tête baissée, d'un air fautif. On se mit à ricaner en échangeant des regards embarrassés. Grand-mère s'était reculée dans l'ombre et poussait de profonds soupirs.

Essuyant de la main ses grosses lèvres rouges, Petrovna remarqua :

« Il s'est mis en colère, on dirait.

— Non, répondit Piotr, il est comme ça... »

Grand-mère descendit du poêle et, sans rien

dire, fit chauffer le samovar. Piotr reprit d'un ton posé :

« Ces gens-là ont tous leur lubie! »

Valeï grommela d'un air maussade :

« Un célibataire, ça n'en fait jamais d'autres! »

Tous se mirent à rire, mais Piotr continuait :

« Il a été jusqu'à en pleurer. On voit bien qu'autrefois c'était un brochet; maintenant, ce n'est plus qu'un goujon, et encore... »

Je sentis l'ennui me gagner; je ne sais quelle mélancolie me serra le cœur. Bonne-Affaire m'avait beaucoup étonné; je revoyais ses yeux noyés de larmes et j'avais pitié de lui.

Il passa la nuit dehors et ne revint que le lendemain après déjeuner. Ses vêtements étaient tout froissés; il était calmé et visiblement confus.

« Hier, j'ai fait du scandale, dit-il à grand-mère d'un air contrit, comme un enfant coupable. Vous n'êtes pas fâchée?

— Et pourquoi donc?

— Je me suis mêlé de ce qui ne me regardait pas; j'ai trop parlé.

— Vous n'avez fait de tort à personne. »

Je sentais que grand-mère avait peur de lui; elle ne le regardait pas en face et parlait à voix basse, d'une façon qui ne lui était pas habituelle.

Il s'approcha d'elle et dit avec une étonnante simplicité :

« Voyez-vous, je suis terriblement seul; je n'ai personne au monde! On se tait, on se tait, et puis un beau jour, ce qui bouillonne dans l'âme déborde... A ce moment-là, on serait prêt à parler à une pierre, à un arbre... »

Grand-mère s'écarta.

« Il faut vous marier !

— Oh ! » s'écria-t-il avec une grimace douloureuse. Il eut un geste découragé et sortit.

Grand-mère le suivit des yeux, les sourcils
froncés. Elle s'offrit une prise, puis me recom-
manda d'un ton sévère :

« Ne tourne pas trop autour de lui, tu entends !
Dieu sait comment il est, cet homme... »

Mais j'étais de nouveau attiré par lui. J'avais
remarqué l'expression bouleversée de son visage
quand il avait dit : « Je suis terriblement seul. »
Ces mots trouvaient un écho en moi, me touchaient au cœur. Je partis à la recherche de
Bonne-Affaire.

De la cour, je jetai par la fenêtre un regard
dans sa chambre : elle était vide et ressemblait à
un débarras où l'on aurait entassé à la hâte, en
désordre, toutes sortes d'objets inutiles, aussi
inutiles et bizarres que leur propriétaire. J'allai
dans le jardin et là, j'aperçus Bonne-Affaire. Plié
en deux, les coudes sur les genoux et les mains à
la nuque, il était assis inconfortablement au bout
d'une poutre à demi consumée. Cette poutre était
enfoncée dans la terre et seule son extrémité
calcinée et luisante se dressait au-dessus des
absinthes desséchées, des orties et des bardanes.
De le voir dans une position aussi incommode me
le rendit plus sympathique encore.

Il fut long à me remarquer ; ses yeux de hibou
fixaient quelque chose au loin. Soudain il me
demanda d'un air contrarié :

« Tu viens me chercher ?

— Non.

— Alors ?

— Je viens comme ça... »

Il enleva ses lunettes, les essuya avec son mouchoir couvert de taches rouges et noires, et me dit :

« Eh bien, viens ici. »

Quand je fus installé à côté de lui, il me prit par les épaules et me serra contre lui.

« Ne bouge pas. Nous allons rester assis sans parler. Tu veux bien? Voilà. Tu es têtu, hein?

— Oui.

— Bonne affaire! »

Nous restâmes longtemps silencieux. La soirée était calme et douce. C'était une de ces mélancoliques soirées de l'été de la Saint-Martin où l'on voit la nature s'appauvrir d'heure en heure et se faner en prenant mille teintes différentes; la terre a fini d'exhaler les parfums capiteux de l'été et ne respire plus qu'une froide humidité; l'air est étrangement transparent et, dans le ciel rougeâtre, le vol rapide des choucas affairés inspire des pensées tristes. Tout se tait. Le plus léger bruit, le frôlement d'un oiseau ou d'une feuille qui tombe, résonne étrangement et vous fait tressaillir; puis c'est à nouveau l'immobilité; le silence qui étreint toute la terre emplit aussi la poitrine.

En ces instants naissent les pensées les plus pures, les plus délicates, mais elles sont ténues, transparentes comme des fils de la Vierge, et les mots ne sauraient les exprimer. Elles brillent un instant et disparaissent aussitôt comme des étoiles filantes; à la fois douces et troublantes, elles emplissent l'âme d'une tristesse indéfinissable qui la brûle. Alors l'âme bouillonne et, pareille à un métal en fusion, prend peu à peu sa forme définitive; ainsi se façonne son véritable visage.

J'étais serré contre le flanc tiède de Bonne-Affaire et nous regardions le ciel rouge à travers les branches noires des pommiers; je suivais des yeux le vol animé des linottes, je voyais les chardonnerets déchiqueter les têtes des bardanes sèches pour en extraire les graines âcres. Venus des champs, des nuages bleus, duveteux, bordés de pourpre, s'approchaient; au-dessous, des corbeaux volaient lourdement vers le cimetière où se trouvaient leurs nids. C'était beau, et, je ne sais pourquoi, tout me paraissait plus compréhensible et plus proche qu'à l'ordinaire.

Parfois mon compagnon soupirait profondément et me demandait :

« C'est magnifique, n'est-ce pas, mon petit? Tu vois... Tu ne sens pas l'humidité, tu n'as pas froid? »

Le ciel devint sombre; autour de nous, tout parut s'épaissir, se gorger de ténèbres humides. Bonne-Affaire me dit :

« Allons, c'est assez! Il faut rentrer... »

Près de la grille du jardin, il s'arrêta et murmura :

« C'est une femme admirable, ta grand-mère. Quel pays étonnant que le nôtre! »

Les yeux fermés, en souriant, il récita à voix basse mais très distinctement :

> *C'est là son châtiment.*
> *Il ne devait pas obéir à l'ordre scélérat,*
> *Ni se mettre à l'abri de la conscience d'autrui!*

« Souviens-toi bien de cela, mon petit! »

Et, me poussant doucement devant lui, il me demanda :

« Sais-tu écrire?

— Non.

— Il faut apprendre. Quand tu sauras, note ce que ta grand-mère te raconte; cela te servira beaucoup... »

Bonne-Affaire devint mon ami. A partir de ce jour, j'entrai chez lui à ma guise. Je m'asseyais sur une caisse remplie de chiffons et je pouvais le regarder travailler. Il fondait du plomb, chauffait du cuivre; il forgeait des lames de fer sur une petite enclume à l'aide d'un léger marteau dont le manche me plaisait; il utilisait aussi une râpe, plusieurs limes, de l'émeri, une scie dont la lame était fine comme un fil; il faisait sans cesse des pesées sur une balance de cuivre, très sensible. Il versait dans d'épaisses tasses blanches différents liquides et les regardait fumer tandis que la chambre s'emplissait d'une odeur âcre... Les sourcils froncés, il feuilletait un gros livre, marmonnait quelque chose en mordillant ses lèvres rouges ou fredonnait d'une voix traînante, un peu enrouée :

O, rose de Saron...

« Qu'est-ce que tu fabriques?

— Quelque chose, mon garçon.

— Mais quoi?

— Ah! vois-tu, c'est bien difficile de t'expliquer...

— Grand-père dit que tu fabriques peut-être de la fausse monnaie.

— Ton grand-père?... Hum! Eh bien, il dit des bêtises! L'argent, mon petit, ça n'a pas d'importance...

— Mais pour payer le pain?

— C'est vrai, il faut payer le pain, tu as raison...

— Tu vois bien! Et la viande aussi...

— La viande aussi... »

Il se mit à rire tout bas avec tant de gentillesse que j'en fus surpris; puis il me chatouilla derrière l'oreille comme si j'étais un petit chat :

« Impossible de discuter avec toi, mon ami. A chaque fois, tu me rives le clou... Nous ferions mieux de nous taire! »

Parfois, il interrompait son travail et venait s'asseoir à côté de moi. Nous regardions longtemps par la fenêtre la pluie fine tomber sur les toits et dans la cour envahie par l'herbe; les pommiers se dépouillaient de leurs feuilles.

Bonne-Affaire était avare de paroles, mais celles qu'il prononçait n'étaient jamais indifférentes. Le plus souvent, pour attirer mon attention, il me poussait légèrement du coude et me désignait d'un clin d'œil ce qu'il fallait regarder.

Seul, je n'aurais rien remarqué de particulier dans la cour, mais grâce aux coups de coude et aux brèves paroles de Bonne-Affaire, tout ce que je voyais revêtait une importance singulière et se fixait dans ma mémoire. Un chat qui passait s'arrêtait devant une flaque d'eau claire et, apercevant son image, levait sa patte veloutée comme pour donner un coup. Bonne-Affaire disait doucement :

« Les chats sont fiers et méfiants... »

Mamaï, le coq au plumage d'or roux, s'était perché sur la haie du jardin et battait des ailes; il manquait de tomber et, vexé, se mettait à caqueter avec colère, le cou tendu.

« Il fait l'important, le général, mais il n'est pas très malin... »

Valeï s'avançait maladroitement dans la boue, à pas lourds comme un vieux cheval. Son visage aux pommettes saillantes paraissait enflé. Les yeux mi-clos, il regardait le ciel; les rayons pâles du soleil d'automne, tombant droit sur sa poitrine, faisaient étinceler un des boutons de cuivre de sa veste. Le Tatar s'arrêtait et le palpait de ses doigts tordus.

« On dirait qu'il vient de recevoir une médaille. Il l'admire... »

Bien vite, je m'attachai profondément à Bonne-Affaire. Je ne pouvais plus me passer de lui, ni dans les moments d'amertume, quand on m'avait offensé, ni aux heures de joie. Il était taciturne, mais il ne m'interdisait pas de dire tout ce qui me passait par la tête, tandis que grand-père m'arrêtait tout de suite en criant sévèrement :

« Tais-toi donc, maudite crécelle! »

Quant à grand-mère, elle avait un monde intérieur si riche qu'elle était insensible et imperméable aux impressions d'autrui.

Bonne-Affaire, lui, écoutait toujours mon bavardage avec attention et parfois, il me reprenait en souriant :

« Ah! non, mon garçon, ce n'est pas vrai. Tu l'as inventé... »

Ses remarques tombaient toujours à propos, il

ne parlait pas en vain. Il semblait voir clairement tout ce qui se passait dans mon cœur et dans ma tête; il devinait les paroles inutiles ou les mensonges que j'allais dire, et avant que j'aie eu le temps de les proférer, il tranchait d'un ton affectueux :

« Ce sont des histoires, mon garçon! »

Il m'arrivait de mettre à l'épreuve son pouvoir de devinement : j'imaginais quelque aventure et la racontais comme si elle m'était arrivée. Mais lui, après m'avoir écouté quelques instants, hochait la tête d'un air incrédule :

« Ah! tu mens...

— Comment le sais-tu?

— Je le vois bien. »

Souvent, lorsque grand-mère allait chercher de l'eau sur la place au Foin, elle m'emmenait. Une fois, nous vîmes cinq habitants de la ville en train de rosser un paysan : ils l'avaient jeté par terre et s'acharnaient sur lui comme des chiens dépeçant un des leurs. Grand-mère laissa tomber ses seaux et, brandissant sa palanche, s'élança vers les agresseurs en me criant :

« Toi, file! »

Mais, pris de peur, je la suivis en courant et commençai à jeter des cailloux à ces individus; grand-mère, elle, leur piquait les côtes avec sa palanche, leur assenait des coups sur les épaules et sur le crâne. Des gens intervinrent et mirent nos adversaires en fuite; alors grand-mère lava les plaies du paysan dont le visage avait été piétiné.

Je revois encore avec dégoût cet homme qui hurlait et toussait, pressant d'un doigt sale sa

narine arrachée d'où le sang jaillissait jusque
sur le visage et la poitrine de grand-mère. Elle
criait, elle aussi, et un tremblement l'agitait tout
entière.

De retour à la maison, j'accourus chez Bonne-
Affaire pour lui raconter la scène. Il abandonna
son travail et vint se planter devant moi; il
brandissait sa grande lime comme un sabre et
me considérait attentivement par-dessous ses
lunettes, d'un air sévère. Soudain il m'interrompit avec beaucoup de gravité :

« Oui, c'est bien ainsi que les choses se sont
passées! »

Bouleversé par ce que je venais de voir, sans
m'étonner de ces paroles, je continuai mon récit;
mais il m'embrassa et se mit à parcourir la pièce,
en trébuchant par moments :

« Inutile de continuer! Tu as déjà dit tout ce
qu'il fallait, mon petit. Tu comprends? Tout! »

Je me tus, vexé. Mais, à la réflexion, je
m'aperçus avec un étonnement dont je me
souviens encore que Bonne-Affaire m'avait arrêté
juste à temps : je n'avais plus rien à dire.

« Ne pense pas trop à ces choses-là. Il vaut
mieux ne pas s'en souvenir! » ajouta-t-il.

Certaines de ses paroles devaient me marquer
pour toute ma vie. Ainsi, un jour, je lui parlai de
mon ennemi Kliouchnikov, un garçon corpulent,
à grosse tête, bagarreur réputé de la rue Neuve;
lorsque nous nous battions, aucun de nous deux
ne parvenait à prendre le dessus. Bonne-Affaire
écouta attentivement le récit de mes malheurs et
m'expliqua :

« Tu te trompes! Ce n'est pas ça, être fort; la

vraie force, c'est la rapidité des mouvements.
Plus on est rapide, plus on est fort, tu comprends? »

Le dimanche suivant, je m'efforçai de jouer des
poings avec plus de célérité et je vins facilement
à bout de Kliouchnikov. Cet événement m'incita
à écouter encore plus attentivement les paroles
de Bonne-Affaire.

« Il faut savoir prendre les choses, comprends-
tu? C'est cela qui est difficile. »

Sans les comprendre, je retins inconsciemment
ces paroles, comme d'autres du même genre. Je
les retins parce que, dans leur simplicité même,
elles renfermaient un mystère irritant : quel
savoir faut-il donc, me disais-je, pour prendre
une pierre, un morceau de pain, une tasse, un
marteau?

Dans la maison, on aimait de moins en moins
Bonne-Affaire. Même le chat de notre joyeuse
locataire, qui était très affectueux et se laissait
caresser par tout le monde, ne grimpait jamais
sur les genoux de Bonne-Affaire et ne venait pas
lorsque celui-ci l'appelait de sa voix la plus
douce. Je battais l'animal, lui tirais les oreilles
pour le punir de son attitude et, en pleurant
presque, je le suppliais de ne pas avoir peur de
mon ami.

« Mes vêtements sentent l'acide, c'est pour ça
que le chat me fuit », disait Bonne-Affaire. Mais
je savais que tout le monde, et même grand-
mère, trouvait à ce fait d'autres explications,
injustes et désobligeantes.

« Pourquoi es-tu toujours fourré chez lui? me

demandait grand-mère avec colère. Prends garde!
Dieu sait ce qu'il peut t'apprendre... »

Et chaque fois que grand-père, ce vieux
renard, apprenait que j'avais rendu visite à notre
pensionnaire, il me corrigeait sévèrement.

Bien entendu, je ne disais pas à Bonne-Affaire
qu'on m'interdisait de le fréquenter, mais je lui
racontais franchement ce qu'on pensait de lui
dans la maison :

« Grand-mère a peur de toi; elle dit que tu es
un sorcier. Grand-père aussi croit que tu es un
ennemi de Dieu et un danger public... »

Il secouait la tête comme pour chasser des
mouches; un sourire éclairait son visage crayeux
qui rosissait légèrement. J'en avais le cœur serré
et les larmes troublaient ma vue.

« Je m'en rends bien compte, disait-il doucement. C'est triste, hein?

— Oui.

— C'est triste, mon petit... »

Enfin, on réussit à se débarrasser de lui.

Un jour, lorsque j'arrivai chez lui après le petit
déjeuner, je le trouvai assis par terre en train de
ranger ses affaires dans des caisses en fredonnant
l'air de la Rose de Saron.

« Il faut nous dire adieu, mon petit; je m'en
vais...

— Pourquoi? »

Il me regarda fixement :

« Tu ne sais pas? On a besoin de la chambre
pour ta mère...

— Qui t'a dit ça?

— Ton grand-père...

— C'est un menteur! »

Bonne-Affaire me prit par la main et m'attira vers lui. Quand je fus assis par terre, il me parla doucement :

« Ne te fâche pas! J'ai cru que tu étais au courant et que tu ne m'avais rien dit; je trouvais que ce n'était pas bien... »

J'étais triste et je lui en voulais sans savoir pourquoi.

« Écoute, murmura-t-il en souriant. Tu te souviens, je t'avais dit de ne plus venir chez moi? »

J'approuvai de la tête.

« Cela t'avait vexé, hein?

— Oui...

— Mais moi, mon petit, je ne voulais pas te vexer. Vois-tu, je savais bien que si nous devenions amis, on te gronderait. N'avais-je pas raison? Tu comprends maintenant pourquoi je t'avais dit cela. »

Il parlait comme un enfant, comme s'il avait eu le même âge que moi, et ses paroles me remplissaient d'une joie immense. Il me sembla que depuis longtemps, dès le début, j'avais tout compris et je le lui dis :

« Il y a longtemps que j'ai compris.

— Eh bien, voilà, mon petit, c'est comme ça! Comme ça même, mon cher petit... »

Une tristesse insoutenable m'étreignit le cœur :

« Pourquoi personne ne t'aime ici? »

Il m'embrassa, me serra contre lui et me répondit en clignant des yeux :

« Je suis un étranger dans cette maison, tu comprends? C'est pour ça. Je ne suis pas comme eux... »

Je le secouais par la manche, ne sachant que répondre ni comment exprimer ce que je ressentais.

« Ne te fâche pas », répéta-t-il, et il ajouta tout bas, à mon oreille : « Il ne faut pas pleurer non plus... »

Mais les larmes coulaient sous ses lunettes aux verres embués.

Puis, comme d'habitude, nous restâmes longtemps assis en silence; de temps à autre seulement, nous échangions quelques paroles brèves.

Le soir, il fit finalement ses adieux à tout le monde, me serra très fort dans ses bras et partit. Je sortis dans la rue et le regardai s'éloigner, secoué dans la télègue dont les roues écrasaient les mottes de boue durcies par la gelée. Aussitôt après son départ, grand-mère entreprit de laver et de nettoyer la chambre qu'il avait laissée sale. Je parcourais exprès la pièce en tous sens pour gêner grand-mère dans son travail.

« Va-t'en, criait-elle, quand elle se cognait contre moi.

— Pourquoi l'avez-vous mis à la porte?

— Tais-toi, sinon...

— Vous êtes tous des imbéciles », m'écriai-je.

Alors, elle me frappa de son torchon mouillé :

« Tu es devenu fou, garnement! »

Je me repris :

« Pas toi, mais les autres. »

Mais elle ne se calma pas pour autant.

Au souper, grand-père déclara :

« Il est parti, Dieu merci! Chaque fois que je le voyais, cela me donnait un coup au cœur et je me disais : " Il faut s'en débarrasser! " »

De rage, je cassai ma cuillère et, une fois de plus, je reçus une correction.

C'est ainsi que prit fin mon amitié avec Bonne-Affaire. Il fut le premier que je rencontrai parmi ces hommes innombrables qui se sentent étrangers dans leur propre pays et sont pourtant les meilleurs d'entre nous.

CHAPITRE IX

J'ai l'impression d'avoir été dans mon enfance comme une ruche où des gens divers, simples et obscurs, apportaient, telles des abeilles, le miel de leur expérience et de leurs idées sur la vie; chacun d'eux, à sa manière, enrichissait généreusement mon âme. Souvent ce miel était impur et amer, mais qu'importe, toute connaissance est un précieux butin.

Après le départ de Bonne-Affaire, je me liai d'amitié avec le père Piotr. Sec, propre et soigneux de sa personne, il ressemblait à grand-père, mais il était plus petit et plus mince encore; on aurait dit un adolescent qui, pour s'amuser, se serait déguisé en vieillard. Son visage où s'entre-croisaient les rides me faisait penser à un tamis; entre les minces replis de chair, ses yeux vifs et amusants, à la cornée jaunâtre, semblaient sautiller comme des serins en cage. Ses cheveux gris frisaient, sa barbiche était bouclée. Lorsqu'il fumait sa pipe, la fumée, grise comme ses cheveux, montait en volutes. Son langage aussi était entortillé, émaillé de dictons. Bien que sa voix bourdonnante parût amicale, j'avais toujours l'impression qu'il se moquait de tout le monde.

« J'étais encore tout jeune, racontait-il, lorsque ma bonne maîtresse, la comtesse Tatian Lexevna décida que je serais forgeron. Quelque temps après, elle changea d'avis : " Aide le jardinier ! " Bon, qu'importe ! Mais quoi qu'il fasse, on n'est jamais content du moujik ! Et voilà qu'un jour elle déclare : " Piotr, tu iras à la pêche ! " Moi, ça m'est égal, je veux bien... Mais à peine avais-je pris goût à ce travail qu'il me fallut dire au revoir aux poissons ; je dus partir pour la ville, comme cocher, et payer une redevance[51]. Cocher ? Soit ! Et qu'y aura-t-il ensuite ? Mais il n'y eut pas de suite : nous n'eûmes plus le temps de changer, ma maîtresse et moi, car l'émancipation arriva. Je suis resté avec mon cheval ; maintenant, il me tient lieu de comtesse... »

Ce cheval était très vieux ; on aurait dit que, blanc à l'origine, il avait un jour été barbouillé de couleurs par un ouvrier ivre qui n'avait pas eu le temps d'achever sa besogne. Il avait les genoux cagneux et semblait fait de chiffons ; sa tête osseuse, aux yeux troubles, pendait tristement, rattachée au tronc par des veines saillantes et un bout de vieille peau râpée. Le père Piotr traitait son cheval avec égards, ne le battait jamais et l'appelait Tanka[52].

Grand-père lui demanda un jour :

« Tu donnes à cette bête un nom chrétien ?

— Moi, Vassil Vassiliev ? Pas du tout, pas du tout, mon cher monsieur ! C'est Tatiana qui est un nom chrétien, pas Tanka ! »

Le père Piotr avait quelque instruction ; il était

très ferré sur les Écritures et en discutait sans cesse avec grand-père : il s'agissait de savoir quel est le plus saint de tous les saints. Tous deux rivalisaient de sévérité pour condamner les pécheurs de l'Ancien Testament et s'en prenaient particulièrement à Absalon. Parfois leur discussion portait sur la grammaire : ils se demandaient quelles formes du slavon d'église devaient être employées dans certaines prières.

« Tu as ta façon de dire, et moi la mienne ! » s'exclamait grand-père, rouge de colère, et il répétait d'un air moqueur les formules du père Piotr.

Mais celui-ci, dans un nuage de fumée, répondait malicieusement :

« Je ne vois pas en quoi ta manière de prier est plus agréable à Dieu ! En t'écoutant, il pense peut-être : " Tu peux prier comme tu veux, de toute façon, tu ne vaux pas cher ! "

— Va-t'en, Alexis » me criait grand-père furieux, et ses yeux verts écincelaient.

Piotr aimait beaucoup la propreté et l'ordre. Lorsqu'il traversait la cour, il repoussait toujours du pied les copeaux, les tessons, les os qui se trouvaient sur son chemin, et lançait à leur adresse d'un ton de reproche :

« Ça ne sert à rien et ça embarrasse ! »

Il était loquace, semblait bon et gai ; mais parfois, ses yeux s'injectaient de sang, devenaient troubles et fixes comme ceux d'un mort. Alors il s'asseyait dans un coin obscur, tout recroquevillé sur lui-même, sombre et muet comme son neveu.

« Qu'est-ce qu'il y a, père Piotr ?

— N'approche pas ! » répondait-il d'une voix sourde et sévère.

Dans une des maisonnettes de notre rue s'était installé un seigneur qui avait une loupe sur le front. Cet homme avait une étrange manie : les jours de fête, il s'asseyait à sa fenêtre et, avec son fusil chargé de plomb, tirait sur les chiens, les chats, les poules, les corneilles et même sur les passants qui ne lui plaisaient pas. Un jour, Bonne-Affaire reçut dans la hanche une charge de cendrées; le menu plomb ne traversa pas sa veste de cuir mais quelques grains pénétrèrent dans sa poche et je revois notre pensionnaire examinant avec beaucoup d'attention à travers ses lunettes la grenaille bleuâtre. Grand-père lui conseilla de porter plainte, mais Bonne-Affaire jeta les grains de plomb dans un coin de la cuisine et répondit :

« Ça n'en vaut pas la peine. »

Une autre fois, le tireur envoya du plomb dans la jambe de grand-père; celui-ci se fâcha, présenta une requête au juge de paix et entreprit de réunir les autres victimes du voisinage ainsi que des témoins. Mais le seigneur disparut subitement.

Chaque fois que des coups de fusil retentissaient dans la rue, le père Piotr, s'il se trouvait à la maison, coiffait en toute hâte une casquette grise déteinte, à large visière, qu'il mettait le dimanche, et sortait précipitamment. Les mains cachées derrière le dos, sous son cafetan[53] qu'il relevait comme une queue de coq, le ventre en avant, il s'avançait dignement sur le trottoir. Il passait devant le tireur, revenait sur ses pas, puis

recommençait sa promenade. Toute notre maisonnée se tenait devant le portail; à la fenêtre
apparaissait la face bleue du militaire et, au-
dessus, la tête blonde de sa femme; de la cour des
Betleng, les gens sortaient aussi. Seule, la maison
grise des Ovsiannikov restait morte, personne ne
s'y montrait.

Parfois, le père Piotr se promenait sans succès :
le chasseur considérait sans doute que ce gibier
ne valait pas un coup de feu. Mais, d'autres jours,
deux détonations retentissaient coup sur coup :

« Pan, pan! »

Sans hâter le pas, le père Piotr revenait alors
vers nous et déclarait d'un air très satisfait :

« C'est le pan de ma veste qui a pris! »

Une fois, le plomb l'atteignit à l'épaule et au
cou. Tout en extrayant la grenaille à l'aide d'une
aiguille, grand-mère le chapitrait :

« Pourquoi l'exciter, ce sauvage? Et s'il te
crevait un œil?...

— Pas de danger, Akoulina Ivanovna, répondit Piotr d'une voix traînante, l'air dédaigneux.
Ce n'est pas un tireur, ça...

— Mais pourquoi l'encourages-tu?

— L'encourager, moi? C'est seulement pour le
taquiner, ce monsieur... »

Et, en examinant dans le creux de sa main les
grains de plomb que grand-mère venait d'extraire, il répéta :

« Ce n'est pas un tireur! Tenez, ma maîtresse,
la comtesse Tatian Lexevna, choisit pendant
quelque temps pour remplir les fonctions de mari
— car elle changeait de mari comme de valet de
chambre —, elle choisit, donc, un militaire,

Mamont Ilitch de son nom. Ah! celui-là, il savait
tirer! Et toujours à balle, grand-mère, pas autrement! Il plaçait Ignachka l'Idiot à quarante pas
au moins et lui attachait à la ceinture une bouteille qui pendait entre ses jambes écartées;
Ignachka, lui, ça le faisait rire, l'idiot. Mamont
Ilitch braquait son pistolet et pan! la bouteille
volait en éclats. Seulement, une fois, Ignachka a
fait un mouvement, peut-être qu'un œstre l'avait
piqué, et il a reçu la balle au genou, en plein
dans la rotule! On a fait venir le docteur; il lui a
coupé la patte, on l'a enterrée... Et voilà!

— Et Ignachka?

— Lui, ça ne lui faisait rien. Un idiot n'a
besoin ni de jambes, ni de bras, sa bêtise le
nourrit. Tout le monde aime les sots, car ils ne
font de mal à personne. On dit bien : le clerc et le
greffier ne sont pas dangereux quand ils sont
bêtes... »

Les récits de ce genre n'étonnaient pas grand-
mère; elle en connaissait elle-même des dizaines.
Mais moi, j'en avais le frisson et je demandais à
Piotr :

« Un seigneur peut-il vraiment tuer quelqu'un?

— Pourquoi pas? Il peut très bien. Les seigneurs se tuent même entre eux. Un jour, un
uhlan qui était venu chez Tatian Lexevna se prit
de querelle avec Mamont. Aussitôt ils saisissent
leurs pistolets, ils vont dans le parc et là, dans
l'allée près de l'étang, le uhlan tire sur Mamont et
lui loge une balle en plein foie! Et voilà Mamont
au cimetière et le uhlan au Caucase, ça n'a pas
traîné! Ça, c'est entre eux! Mais comment ils
traitent les paysans et les autres, inutile d'en

parler! Tu sais, ils ne ménagent pas beaucoup les gens, maintenant que ce n'est plus leur bien[54]; dans le temps, ils y regardaient tout de même à deux fois!

— Autrefois non plus, ils ne les ménageaient guère », remarquait grand-mère.

Le père Piotr en convenait :

« C'est vrai. C'était leur bien, mais ils n'en faisaient pas grand cas... »

Quelque chose me déplaisait chez le père Piotr. Pourtant il était gentil avec moi; il me témoignait plus de bienveillance qu'aux grandes personnes et n'évitait pas mon regard. Quand il régalait tout le monde de sa confiture préférée, il en mettait une couche plus épaisse sur ma tartine. Il me rapportait de la ville du pain d'épice au sucre de malt et des tourteaux de graines de pavot. Il me parlait toujours avec sérieux et d'une voix douce :

« Qu'est-ce que nous ferons plus tard, mon petit bonhomme? Soldat ou fonctionnaire?

— Soldat!

— Ça, c'est bien. Maintenant les soldats aussi ont la vie facile. Pope, ce n'est pas mal non plus : il n'y a qu'à crier de temps à autre : " Seigneur, aie pitié de nous! ", et voilà tout! C'est même plus facile que d'être soldat. Mais le mieux, c'est encore la pêche, il n'y a rien à savoir, pourvu qu'on ait un peu d'habitude... »

Il mimait avec des gestes amusants le manège des poissons autour de l'appât, les soubresauts des perches, des chevesnes et des brèmes qui avaient mordu à l'hameçon.

Il me disait parfois, en guise de consolation :

« Tu n'es pas content quand le grand-père te fouette. Eh bien, tu as tort, mon bonhomme, c'est pour t'apprendre à vivre. D'ailleurs, les coups qu'il te donne, ça ne compte pas! Ma maîtresse Tatian Lexevna, elle, pour vous faire fouetter, elle s'y connaissait! Elle avait même un homme exprès pour ça, Christophore qu'on l'appelait. Il s'y entendait si bien que souvent les propriétaires du voisinage demandaient à ma comtesse : " Envoyez-nous donc votre Christophore pour fouetter nos gens. Tatian Lexevna! " Et elle acceptait. »

Il racontait comment sa maîtresse, vêtue d'une robe de mousseline blanche et la tête couverte d'un léger fichu bleu ciel, s'installait dans un fauteuil rouge sur le petit perron à colonnes pour regarder Christophore fouetter paysannes et paysans. Il évoquait cette scène sans ressentiment et n'omettait aucun détail.

« Ce Christophore, mon petit ami, il était de la région de Riazan, mais on aurait dit un Tzigane ou un Ukrainien : des moustaches jusqu'aux oreilles et une trogne bleue, car il se rasait la barbe. Je ne sais pas si c'était un imbécile, ou s'il faisait semblant pour qu'on le laisse tranquille. Souvent, à la cuisine, il versait de l'eau dans une tasse, il attrapait une mouche, un cafard ou un scarabée et il les noyait lentement avec une brindille. Ou bien il noyait les poux qu'il prenait dans son cou. »

Je connaissais quantité d'histoires du même genre que m'avaient racontées mes grands-parents. Toutes ces histoires avaient quelque chose de commun : dans chacune d'elles, on

tourmentait un homme, on le bafouait, on le
traquait. J'en avais assez à la fin et je demandais
au cocher :

« Raconte-moi donc autre chose! »

Ses rides convergeaient vers la bouche, puis
remontaient vers les yeux, mais il acceptait :

« Bon! Puisque tu n'es jamais satisfait, en voici
une autre. Nous avions un cuisinier...

— Qui, nous? Où était-ce?

— Chez la comtesse Tatian Lexevna.

— Pourquoi tu l'appelles Tatian? C'était un
homme [55]? »

Il avait un petit rire.

« Non! Une dame, bien sûr, mais elle avait des
petites moustaches, des moustaches noires :
c'était une Allemande, très brune; ces gens-là
ressemblent à des Nègres... Mais revenons au
cuisinier. C'est une histoire amusante, celle-là... »

Dans cette « histoire amusante », il était question d'un cuisinier qui avait mal réussi un pâté.
Pour le punir, on l'avait forcé à manger son pâté
tout entier, d'un seul coup; il en était tombé
malade.

Je me mettais en colère :

« Ce n'est pas drôle du tout!

— Qu'est-ce qui est drôle alors? Dis!

— Je ne sais pas...

— Alors, tais-toi! »

Et il continuait à rabâcher ses histoires,
comme une araignée tisse interminablement sa
toile.

Parfois, les jours de fête, nous avions la visite
de mes deux cousins Sacha, le fils de Mikhaïl et
celui de Iakov; l'un toujours triste et indolent,

l'autre soigné de sa personne, au courant de tout. Un jour que, tous les trois, nous nous promenions sur les toits des remises, nous aperçûmes, dans la cour des Betleng, un monsieur en redingote verte doublée de fourrure. Assis sur un tas de bois, près du mur, il jouait avec des jeunes chiens; il était nu-tête et on voyait son crâne chauve, jaunâtre. L'un de mes cousins proposa de voler un des chiens et aussitôt nous mîmes au point un plan très ingénieux : mes cousins devaient gagner immédiatement par la rue le portail des Betleng; moi, je ferais peur au monsieur et, quand il aurait pris la fuite, les deux Sacha se précipiteraient dans la cour et s'empareraient du chiot.

« Mais comment lui faire peur? »

L'un de mes cousins suggéra :

« Crache-lui sur la tête! »

Était-ce un si grand péché que de cracher sur la tête de quelqu'un? J'avais moi-même constaté maintes fois qu'on pouvait commettre de plus graves méfaits; c'est pourquoi j'exécutai honnêtement la tâche dont je m'étais chargé.

Il s'ensuivit un beau vacarme; ce fut un vrai scandale. Toute une armée d'hommes et de femmes, conduite par un jeune et bel officier, sortit de la maison des Betleng et envahit notre cour. Au moment du crime, mes cousins se promenaient tranquillement dans la rue, ignorant tout, à les en croire, de mon épouvantable forfait; aussi, je fus seul à être fouetté par grand-père. Entière satisfaction fut ainsi donnée à tous les locataires de la maison Betleng.

Après la correction, j'étais couché dans la soupente de la cuisine, quand le père Piotr

grimpa me voir. Il avait ses habits du dimanche
et semblait tout joyeux.

« C'était bien trouvé, mon ami, chuchota-t-il.
Bien fait pour ce vieux bouc, il a ce qu'il mérite!
Il faudrait cracher sur tous les gens de son
espèce! Ou même jeter des pierres sur leurs
caboches pourries! »

Je revoyais le visage rond, glabre et enfantin
du monsieur. Il avait glapi doucement et plaintivement, comme un jeune chien, en essuyant son
crâne chauve de ses mains fines. A ce souvenir, je
ressentais une honte insupportable et je me
prenais à détester mes cousins. Mais j'oubliai tout
cela lorsque je vis de près le visage ridé et
frémissant du charretier : il avait une expression
effrayante et répugnante comme celle de grand-
père quand il me fouettait.

« Va-t'en! » criai-je, en repoussant Piotr des
pieds et des mains.

Il se mit à ricaner, cligna de l'œil et descendit
de la soupente.

Dès lors, je n'eus plus envie de lui parler. Je
l'évitais et, en même temps, je le surveillais.
J'étais sur mes gardes : on aurait dit que je
m'attendais confusément à quelque chose.

Peu de temps après, il m'arriva encore une
autre aventure. Depuis longtemps, la paisible
demeure des Ovsiannikov excitait ma curiosité; il
me semblait que cette maison grise cachait une vie
étrange, pleine de mystère, comme celle des
contes de fées.

Chez les Betleng, on menait une existence
bruyante et joyeuse; il y avait là quantité de
jolies dames qui recevaient des officiers, des

étudiants; on riait toujours, on criait, on chantait, on faisait de la musique. La façade même de la maison était gaie, les vitres des fenêtres étincelaient et laissaient apercevoir à l'intérieur des plantes vertes et des fleurs aux couleurs vives et variées. Grand-père n'aimait pas cette maison. Il traitait tous ceux qui l'habitaient d'« hérétiques et impies »; quant aux dames, il leur donnait un vilain nom, dont le père Piotr m'avait un jour expliqué le sens de façon grossière, avec une joie maligne.

Par contre, grand-père avait du respect pour la demeure sévère et silencieuse des Ovsiannikov.

Cette maison était assez haute bien qu'elle ne comportât qu'un rez-de-chaussée. Elle s'étendait le long d'une cour propre et nette, entièrement couverte de gazon; au milieu, se trouvait un puits surmonté d'un petit toit que soutenaient deux minces piliers. L'habitation semblait s'être écartée de la rue pour se dérober aux regards. Ses trois fenêtres, étroites et cintrées, s'ouvraient très haut au-dessus du sol et leurs vitres troubles prenaient au soleil toutes les teintes de l'arc-en-ciel. En face, de l'autre côté du portail, s'élevait une dépendance dont la façade ressemblait tout à fait à celle de la maison, mais ses trois fenêtres étaient fausses : sur le mur gris, on avait fixé des cadres dont on avait peint en blanc les croisillons; ces fenêtres aveugles étaient désagréables à voir et le bâtiment tout entier accentuait encore l'impression de secret et de réserve donnée par la maison. Il y avait quelque chose d'humilié ou de fier dans le silence de cette propriété, de ses écuries vides, de ses remises aux grandes portes, vides elles aussi.

Parfois, on voyait un grand vieillard se promener dans la cour en boitillant; il avait le menton rasé mais portait des moustaches blanches aux poils raides comme des aiguilles. De temps en temps, un autre vieillard, qui avait des favoris et un nez recourbé, faisait sortir de l'écurie un cheval gris au poitrail étroit et aux pattes fines. Arrivée dans la cour, la bête inclinait sa tête allongée pour saluer à la ronde, comme une humble nonne. Le boiteux lui donnait des tapes sonores, sifflait, soupirait bruyamment, puis on rentrait le cheval dans la sombre écurie. J'avais l'impression que le vieillard aurait voulu quitter la maison mais ne pouvait pas parce qu'il était ensorcelé.

Presque tous les après-midi, trois garçons jouaient dans la cour jusqu'à la tombée de la nuit. Ils étaient vêtus tous trois de vestes et de culottes grises et portaient les mêmes bonnets; ils avaient des visages ronds, des yeux gris et se ressemblaient à tel point que je ne les distinguais que par leur taille.

Je les observais par une fente de la palissade, mais eux ne me remarquaient pas; j'aurais pourtant bien voulu qu'ils me voient. J'aimais les regarder jouer avec entrain et gaieté, sans jamais se disputer, à des jeux que je ne connaissais pas. J'aimais la façon dont ils étaient habillés et la sollicitude qu'ils se témoignaient; les aînés prenaient particulièrement soin du cadet, un petit bonhomme vif et amusant. Quand il tombait, les autres riaient, car c'est toujours drôle de voir

tomber quelqu'un, mais leurs rires n'avaient rien
de méchant. Ils aidaient aussitôt leur frère à se
relever et, s'il s'était sali, ils lui frottaient les
mains et les genoux avec des feuilles de bardane
ou avec leurs mouchoirs.

« Que tu es maladroit! » disait gentiment le
second des garçons.

Ils ne se querellaient pas, ne trichaient jamais.
Tous trois étaient très adroits, vigoureux et
infatigables.

Un jour, je grimpai sur un arbre et sifflai pour
attirer leur attention; ils s'arrêtèrent net, puis se
réunirent sans hâte et se concertèrent à voix
basse en jetant des coups d'œil vers moi. Je
pensais qu'ils allaient me lancer des pierres, je
descendis pour mettre des cailloux dans mes
poches et sous ma chemise, et je regagnai mon
poste d'observation. Mais les enfants étaient déjà
loin; ils jouaient à l'autre bout de la cour et
m'avaient sans doute oublié. J'en fus attristé;
pourtant je n'avais pas envie d'engager moi-
même les hostilités. Bientôt quelqu'un cria par
un vasistas :

« En avant, marche, les enfants. A la maison! »

Ils rentrèrent docilement, sans se presser, à la
queue leu leu comme des oies.

Bien des fois, je restai perché sur l'arbre, au-
dessus de la palissade, espérant qu'ils m'invite-
raient à jouer avec eux. Mais ils n'en faisaient
rien. En pensée, je prenais déjà part à leurs jeux
avec tant de passion qu'il m'arrivait de pousser
des cris ou de rire aux éclats. Alors, ils se
regardaient tous les trois, se parlaient à voix
basse, et moi, je redescendais tout confus.

Un jour, ils commencèrent une partie de cache-cache; c'était au second de chercher les autres; il se plaça dans un coin, derrière la dépendance, et resta là, les mains devant les yeux, sans essayer de voir où ses frères se cachaient. L'aîné grimpa d'un mouvement vif et adroit dans un large traîneau placé sous un auvent; le petit, tout désorienté, ne sachant où aller, courait d'une façon comique autour du puits.

« Un, cria l'aîné, deux... »

L'enfant sauta sur la margelle, saisit la corde et mit vivement les pieds dans le seau vide qui disparut en heurtant avec un bruit sourd les parois du puits.

Je restai un instant médusé, regardant tourner sans bruit, à toute vitesse, la poulie bien graissée. Mais je compris vite ce qui pouvait arriver et je sautai dans la cour en criant :

« Il est tombé dans le puits! »

Le second des garçons atteignit le puits en même temps que moi, s'agrippa à la corde qui le souleva et lui brûla les mains. Heureusement, j'avais déjà réussi à saisir la corde à mon tour. L'aîné arriva à ce moment-là et m'aida à remonter le seau.

« Doucement, s'il te plaît », disait-il.

Nous eûmes bientôt sorti l'enfant qui avait eu très peur, lui aussi. Le sang coulait de sa main droite, sa joue était écorchée; il était trempé jusqu'à la ceinture et livide. Tout frissonnant encore et les yeux écarquillés, il souriait pourtant et disait d'une voix traînante :

« Comme je suis tombé!...

— Tu es fou, ma parole », dit le second en

l'étreignant et il essuya avec son mouchoir le visage ensanglanté de son petit frère. L'aîné, d'un air sombre, déclara :

« Rentrons. De toute façon, il faudra bien le dire...

— On va vous battre? » demandai-je.

Il acquiesça d'un signe de tête et me tendit la main :

« Comme tu es arrivé vite! »

Cet éloge me flatta mais je n'eus pas le temps de lui prendre la main; déjà, il s'adressait de nouveau à son frère :

« Rentrons, il va prendre froid! Nous dirons qu'il est tombé mais il ne faut pas parler du puits!

— Non, non, n'en parlons pas, approuva le cadet qui frissonnait encore. Je suis tombé dans une flaque d'eau, hein? »

Ils s'en allèrent.

Tout cela n'avait duré que quelques instants : la branche que je venais de quitter pour sauter dans la cour se balançait encore et une feuille jaunie s'en détachait.

Pendant près d'une semaine, les trois frères ne parurent pas dans la cour; enfin, ils revinrent, plus bruyants qu'auparavant. L'aîné m'aperçut sur l'arbre et me cria d'un ton amical :

« Viens avec nous! »

Nous montâmes dans le vieux traîneau sous l'auvent et, tout en nous observant les uns les autres, nous bavardâmes longtemps.

« On vous a battus? demandai-je.

— Oui, qu'est-ce qu'on a pris! » répondit l'aîné.

J'avais du mal à croire qu'on battait ces garçons, tout comme moi; j'en étais vexé pour eux.

« Pourquoi attrapes-tu des oiseaux? s'enquit le plus jeune.

— Parce qu'ils chantent bien.

— Il ne faut pas les prendre, laisse-les voler.

— Bon, je ne le ferai plus.

— Mais avant, attrapes-en un pour me le donner.

— Lequel veux-tu?

— Un qui soit gai. Pour mettre dans une cage.

— Un serin alors, tu veux dire?

— Le çat le manzera, zézaya le second. Et puis papa ne voudra pas. »

L'aîné approuva :

« C'est vrai, il ne voudra pas.

— Vous avez une mère?

— Non », répondit l'aîné. Mais le second rectifia :

« On en a une, mais c'est une autre, pas la vraie. La vraie, on ne l'a plus, elle est morte.

— L'autre, ça s'appelle une marâtre », dis-je.

L'aîné acquiesça de la tête :

« Oui. »

Et tous trois restèrent pensifs et sombres.

D'après les récits de grand-mère, je savais ce qu'était une marâtre et je comprenais le silence pensif des enfants. Serrés l'un contre l'autre, ils se ressemblaient comme des poussins. Je me souvins de l'histoire de la marâtre sorcière qui avait pris par ruse la place de la vraie mère et je leur promis :

« Elle reviendra, votre vraie mère, vous verrez ! »

L'aîné haussa les épaules :

« C'est impossible, puisqu'elle est morte... »

Impossible? Pourtant, mon Dieu, que de fois les morts, même coupés en morceaux, avaient ressuscité lorsqu'on les avait aspergés d'eau vive; que de fois la mort n'avait été qu'une apparence due aux maléfices des sorciers !

Je commençai à raconter avec enthousiasme les histoires de grand-mère. Au début, l'aîné souriait et disait doucement :

« Nous connaissons tout cela. Ce sont des contes... »

Ses frères m'écoutaient en silence. Le plus jeune serrait les lèvres et gonflait les joues; l'autre, un coude appuyé sur le genou, se penchait vers moi; il avait passé l'autre bras autour du cou de son frère qui ployait sous ce poids.

Le soir tombait; au-dessus des toits, les nuages devenaient rouges. Soudain, le vieillard aux moustaches blanches surgit près de nous. Dans son long habit brun, il ressemblait à un pope; il était coiffé d'un bonnet de fourrure à longs poils.

« Qui c'est, celui-là? » demanda-t-il en me désignant du doigt.

L'aîné des garçons se leva et, d'un mouvement de la tête, montra la maison de grand-père :

« Il vient de là-bas...

— Qui l'a appelé? »

Sans mot dire, les trois enfants descendirent ensemble du traîneau et se dirigèrent vers la maison. Ils me firent penser de nouveau à des oies dociles.

Le vieillard me saisit par l'épaule et me conduisit jusqu'au portail. Il me faisait peur et j'avais envie de pleurer, mais il marchait à si grands pas et si vite que je me retrouvai dans la rue avant d'avoir eu le temps de fondre en larmes. Le vieux s'arrêta devant la porte et me menaça du doigt :

« Ne t'avise pas de revenir ici! »

Cela me mit en colère :

« Ce n'est pas pour toi que je viens, vieux diable! »

Sa grande main retomba sur mon épaule; il m'entraîna le long du trottoir.

« Ton grand-père est-il à la maison? » me demanda-t-il, et ses paroles résonnèrent dans ma tête comme des coups de marteau.

Pour mon malheur, grand-père était là; à la vue du vieillard menaçant, il se leva. La tête rejetée en arrière, la barbiche pointée en avant, il fixait les yeux du visiteur, ternes et ronds comme des pièces de monnaie, et s'excusait précipitamment :

« Sa mère est absente; je suis très occupé et il n'y a personne pour le surveiller... Pardon, mon colonel! »

Le colonel gronda si fort qu'on dut l'entendre dans toute la maison, puis, raide comme un piquet, il pivota sur ses talons et partit. Quant à moi, quelques instants plus tard, j'étais jeté dehors et j'allais atterrir dans la charrette du père Piotr.

« Tu t'es encore fait pincer, mon bonhomme? me demanda-t-il tout en dételant. Pourquoi t'a-t-on battu? »

Quand j'eus raconté mon histoire, il se fâcha tout rouge et dit d'une voix sifflante :

« Et toi, pourquoi les fréquentes-tu, ces fils de nobles, ces petits serpents? Tu vois ce que tu as reçu à cause d'eux! Tu n'as qu'à leur flanquer une volée à ton tour maintenant, tu peux y aller! »

Il parla longtemps ainsi. Rendu furieux par les coups que j'avais reçus, je l'écoutai d'abord avec complaisance, mais le tremblement de son visage ridé me devenait de plus en plus odieux. Je pensai que les garçons seraient battus eux aussi et qu'ils ne m'avaient rien fait.

« Pourquoi est-ce que je les battrais? Ils sont gentils. Et toi, tu dis tout le temps des bêtises. »

Il me regarda et soudain se mit à hurler :

« Va-t'en! Descends de ma charrette!

— Tu es un imbécile », criai-je à mon tour, en sautant à terre.

Il s'élança à ma poursuite dans la cour, sans réussir à m'attraper, et, tout en courant, il criait d'un ton théâtral :

« Moi, un imbécile? Moi, je dis des bêtises? Eh bien, tu vas voir... »

Grand-mère apparut sur le seuil de la cuisine. Je me réfugiai auprès d'elle, tandis que Piotr exposait ses griefs :

« Il me rend la vie impossible, votre gamin! Je suis cinq fois plus vieux que lui et il me dit des infamies, il m'injurie, me traite de menteur... »

Comme chaque fois qu'on mentait effrontément devant moi, je restai tout décontenancé et stupide d'étonnement. Mais grand-mère répondit avec fermeté :

« Allons, Piotr, c'est bien toi qui mens : il ne
t'a pas dit de grossièretés ! »

Grand-père, lui, aurait cru le charretier.

A partir de ce jour, une guerre sourde et
acharnée commença entre le père Piotr et moi : il
me bousculait comme par mégarde, essayait de
m'atteindre avec ses rênes. Il lâchait mes oiseaux ; une fois, il les mit aux prises avec le
chat. A tout propos, il se plaignait de moi à
grand-père en exagérant les choses. De plus en
plus, il me donnait l'impression d'être un gamin
de mon âge, déguisé en vieillard. De mon côté, je
défaisais ses sandales de tille[56] ; je détortillais et
j'entaillais discrètement les cordons qui craquaient lorsqu'il voulait se chausser. Un jour, je
mis du poivre dans son bonnet, ce qui le fit
éternuer pendant une heure entière. Ainsi j'es-
sayais, dans la mesure de mes moyens, de ne pas
demeurer en reste. Les jours de fête, du matin au
soir, il me surveillait d'un œil vigilant. Plus d'une
fois, il me prit en faute : je parlais avec les fils du
colonel ; alors, il allait me dénoncer à grand-père.

Mes relations avec les trois enfants n'avaient
pas cessé et devenaient toujours plus agréables.
Dans un passage étroit, entre le mur de notre
maison et la clôture des Ovsiannikov, poussaient un orme, un tilleul et un épais buisson de
sureau. A l'abri de ce buisson, j'avais pratiqué
dans la clôture une ouverture en demi-cercle ;
chacun à leur tour, ou par deux, les frères s'en
approchaient et nous bavardions ainsi, à voix
basse, accroupis ou agenouillés. L'un d'eux faisait
toujours le guet pour que le colonel ne vînt pas
nous surprendre.

Ils me racontaient leur morne existence et ces récits m'attristaient. Ils me parlaient des oiseaux que j'avais capturés, de mille autres choses qui occupaient leurs esprits d'enfants, mais, autant que je m'en souvienne, ils ne disaient jamais mot de leur belle-mère ni de leur père. Le plus souvent, ils me demandaient simplement de leur raconter une histoire; je leur répétais scrupuleusement les contes de grand-mère et, quand j'avais oublié un détail, je les priais d'attendre un instant et je courais me renseigner auprès d'elle, ce qui lui faisait toujours plaisir.

Je parlais beaucoup de grand-mère à mes amis. L'aîné dit un jour, avec un profond soupir :

« Toutes les grand-mères sont sûrement très bonnes; la nôtre l'était aussi... »

Il parlait si souvent du passé et avec tant de mélancolie, qu'on l'aurait cru centenaire, lui qui avait onze ans. Je me rappelle qu'il avait des mains étroites, des doigts fins, qu'il était mince et fragile; ses yeux étaient très clairs mais doux comme la lumière des veilleuses dans les églises. Ses frères étaient gentils eux aussi et m'inspiraient le même sentiment de pleine confiance; j'avais toujours envie de leur faire plaisir. Pourtant, c'était l'aîné que je préférais.

Souvent, dans le feu de la conversation, je ne voyais pas venir le père Piotr qui nous dispersait en jetant d'une voix traînante :

« Enco-ore? »

Je remarquais que ses accès de morne torpeur devenaient de plus en plus fréquents. J'avais même appris à reconnaître d'emblée quelle était son humeur quand il rentrait du travail : en général, il ouvrait sans hâte le portail et les gonds faisaient entendre un long grincement; mais si le charretier était mal disposé, les gonds poussaient un bref gémissement de douleur.

Depuis que son neveu, le muet, était parti se marier à la campagne, Piotr vivait seul au-dessus de l'écurie. Dans son réduit éclairé par une fenêtre minuscule et très bas de plafond, régnait une odeur lourde de cuir moisi, de goudron, de sueur et de tabac; aussi n'allais-je jamais chez lui. Il dormait en laissant sa lampe allumée, ce qui déplaisait beaucoup à grand-père.

« Prends garde, Piotr, tu mettras le feu!

— Pas du tout, sois tranquille! La nuit, je place toujours la veilleuse dans un bol plein d'eau », répondait-il en détournant les yeux.

Maintenant, il ne regardait plus les gens en face. Depuis longtemps, il avait cessé de venir aux soirées de grand-mère et il ne nous offrait plus de confiture. Son visage s'était desséché, ses rides étaient devenues plus profondes; il marchait en titubant et en traînant les jambes comme un malade.

Un matin, nous étions en train, grand-père et moi, de déblayer la cour, car la neige était tombée en abondance pendant la nuit. Soudain, nous entendîmes le loquet de la petite porte claquer avec force, d'une manière insolite, et un agent de police entra dans la cour. Il referma la porte avec son dos et, de son gros doigt gris, fit signe à grand-père. Quand celui-ci se fut approché, l'agent de police se pencha vers lui; on aurait dit que son nez proéminent martelait le front de grand-père, tandis qu'il lui parlait tout bas.

Grand-père répondait précipitamment :

« Oui, ici !... Quand ?... Mon Dieu, que je me rappelle... »

Soudain il sursauta d'une façon comique et s'écria :

« Miséricorde ! Est-ce possible ?

— Plus bas ! » fit l'agent de police d'un air sévère.

Grand-père se retourna et m'aperçut :

« Range les pelles et rentre ! »

Je me dissimulai derrière un angle de la maison et je les vis se diriger vers le réduit du charretier. L'agent de police avait enlevé son gant droit et en frappait la paume de sa main gauche, en disant :

« Il sait à quoi s'en tenir ; il a abandonné son cheval et il a disparu... »

Je courus à la cuisine raconter à grand-mère ce que j'avais vu et entendu. Elle pétrissait la pâte pour faire le pain, en dodelinant sa tête couverte de farine. Elle m'écouta et dit tranquillement :

« Il a dû voler quelque chose... Va te promener, ça ne te regarde pas ! »

Je me précipitai à nouveau dans la cour et je vis grand-père debout près de la petite porte. Il avait enlevé sa casquette et se signait, les yeux au ciel. Il était hérissé de colère et l'une de ses jambes tremblait.

« Je t'ai dit de rentrer », me cria-t-il en tapant du pied.

Il me suivit, entra dans la cuisine et appela grand-mère :

« Viens donc ici, mère! »

Ils passèrent tous deux dans la pièce voisine où ils chuchotèrent longtemps. Lorsque grand-mère revint dans la cuisine, je fus certain qu'il s'était passé quelque chose de terrible.

« Tu as peur?

— Tais-toi, entends-tu! » répondit-elle à voix basse.

Toute la journée, dans la maison, on se sentit mal à l'aise, l'inquiétude régnait. Mes grands-parents échangeaient des regards anxieux et se parlaient tout bas; leurs brèves paroles, dont le sens m'échappait, augmentaient encore mon angoisse.

« Allume donc partout les veilleuses devant les icônes, mère! » ordonnait grand-père en toussotant.

On dîna sans appétit, hâtivement, comme si on attendait quelqu'un. Grand-père gonflait ses joues d'un air las et grommelait :

« Le diable est puissant en face de l'homme!... Il avait l'air pieux, il allait à l'église, et pourtant voilà... Hein? »

Grand-mère soupirait.

Cette accablante journée d'hiver, que noyait une brume opaque et argentée, n'en finissait plus. A la maison, l'atmosphère devenait toujours plus lourde et plus angoissante.

Dans la soirée arriva un autre agent de police, roux et corpulent. Installé sur un banc, dans la cuisine, il somnolait en reniflant et en balançant la tête. Lorsque grand-mère lui demanda : « Comment a-t-on su la chose? », il prit son temps pour répondre et dit d'une voix profonde :

« Chez nous, on finit par tout savoir, ne t'inquiète pas! »

J'étais, je m'en souviens, assis près de la fenêtre; je chauffais dans ma bouche une vieille pièce d'un demi-kopeck pour essayer d'imprimer sur la vitre gelée l'effigie de saint Georges terrassant le dragon.

Soudain, on entendit du tapage dans le vestibule, la porte s'ouvrit toute grande et la Petrovna apparut sur le seuil en criant d'une voix assourdissante :

« Allez voir ce qu'il y a derrière chez vous! »

A la vue du policier, elle chercha à s'enfuir, mais il la rattrapa par sa jupe et, affolé lui aussi, brailla :

« Arrête! Qui es-tu? Qu'est-ce qu'il faut aller voir? »

Petrovna trébucha sur le seuil, tomba à genoux et commença à crier d'une voix entrecoupée, étouffée par les larmes :

« J'allais traire les vaches quand j'ai aperçu quelque chose dans le jardin des Kachirine; je me suis dit : " Qu'est-ce que c'est, on dirait une botte? " »

Grand-père se mit à hurler à son tour, en tapant des pieds, comme un fou :

« Tu mens, idiote! Tu n'as rien pu voir dans mon jardin : la clôture est trop haute et il n'y a pas de fentes! Tu mens! Il n'y a rien chez nous!

— C'est vrai! sanglotait Petrovna en tendant une main vers lui, tandis que de l'autre elle se prenait la tête, c'est vrai, j'ai menti! Je passais et j'ai vu des traces de pas qui allaient vers la clôture de votre jardin. A un endroit, la neige était toute piétinée; alors, j'ai regardé par-dessus la clôture et je l'ai vu, étendu...

— Qui-i? »

Les cris confus des uns et des autres me parurent sans fin. Mais soudain, tous, comme pris de folie, se précipitèrent dehors en se bousculant et coururent au jardin. Là, dans la fosse garnie d'une moelleuse couche de neige, gisait le père Piotr, adossé à une poutre calcinée, la tête pendante sur la poitrine. Sous l'oreille droite, il avait une entaille profonde, rouge comme une bouche, d'où sortaient, telles des dents, de petits lambeaux de chair bleuâtres. Pris de peur, je fermai à demi les yeux et, à travers mes cils, j'aperçus sur les genoux de Piotr son couteau de bourrelier que je connaissais bien, à peine échappé des doigts sombres et crispés de sa main droite. Son bras gauche, rejeté de côté, disparaissait dans la neige. Elle avait fondu sous le cadavre qui s'était enfoncé profondément et le corps menu du charretier, sur sa couche de duvet blanc et moelleux, ressemblait encore davantage à celui d'un enfant. A sa droite, s'étalait un étrange dessin rouge qui faisait penser à un oiseau; à sa gauche, la neige était intacte, lisse et d'une blancheur aveuglante. La tête était docilement inclinée; le menton reposait sur la poitrine nue, écrasant la barbe épaisse et bouclée; en dessous, entre des ruisseaux de sang coagulé, apparaissait une grande croix de cuivre. J'avais la tête lourde; le brouhaha des voix me donnait le vertige. Petrovna criait sans arrêt; l'agent de police criait, lui aussi, ordonnant à Valeï d'aller je ne sais où. Quant à grand-père, il hurlait :

« Ne piétinez pas les traces! »

Mais soudain, l'air sombre et les yeux fixés à terre, il dit d'une voix forte et autoritaire, en s'adressant au policier :

« Tu brailles à tort et à travers, mon brave! C'est là le châtiment du Ciel, c'est la main de Dieu! Et toi, tu es là, avec tes bêtises... Ah! vous autres! »

Le silence se fit aussitôt et tous regardèrent le mort, en poussant des soupirs et en se signant.

Des gens pénétraient dans le jardin par la cour, d'autres arrivaient de chez la Petrovna, escaladaient la clôture et tombaient en grommelant. Tout cela se passait en silence, jusqu'au moment où grand-père, regardant autour de lui, cria d'une voix désespérée :

« Holà, vous n'avez pas honte de casser mes framboisiers! »

Grand-mère me prit par la main et, sanglotant doucement, me ramena à la maison.

« Qu'est-ce qu'il a fait? » demandai-je.

Elle répondit :

« Tu n'as donc pas vu? »

Toute la soirée et tard dans la nuit, il y eut, dans la cuisine et dans la pièce à côté, des étrangers qui se pressaient en foule et criaient. Les policiers donnaient des ordres; un homme qui ressemblait à un diacre, écrivait après avoir interrogé les gens et répétait : « Quoi-oi? Quoi-oi? », comme un corbeau.

Dans la cuisine, grand-mère offrait du thé à tout le monde. Un homme tout rond, au visage grêlé, aux longues moustaches, était attablé et racontait d'une voix grinçante :

« Son vrai nom, on ne le connaît pas. On sait seulement qu'il est originaire d'Elatma [57]. Le Muet, lui, il n'est pas muet du tout et il a tout avoué. Le troisième aussi a avoué, car ils étaient trois. Il y a très longtemps qu'ils pillaient les églises, c'était leur spécialité...

— Oh! Seigneur! » soupirait Petrovna, toute rouge et en nage.

Couché dans la soupente, je regardais les gens d'en haut; ils me paraissaient courts, gros et effrayants...

CHAPITRE X

Un samedi, de bonne heure, j'allai dans le potager de Petrovna pour attraper des bouvreuils ; je fis le guet longtemps, mais les petits oiseaux, qui montraient fièrement leur gorge rouge, ne se laissaient pas prendre au piège. Comme pour me taquiner, ils se pavanaient d'une façon comique sur la croûte dure et argentée de la neige ; ils se perchaient sur les rameaux des arbustes recouverts d'une épaisse couche de givre et s'y balançaient comme des fleurs vivantes, éparpillant la neige en une pluie d'étincelles bleuâtres. Ce spectacle était si beau que je n'éprouvais aucun dépit de mon insuccès. Je n'étais pas un chasseur passionné ; ou plutôt, la chasse en elle-même m'intéressait plus que son résultat. J'aimais observer la vie des petits oiseaux ; je pensais souvent à eux.

Comme il est bon d'être assis, seul, au bord d'un champ couvert de neige et d'écouter les oiseaux qui gazouillent dans le silence cristallin d'une journée d'hiver, tandis qu'au loin tinte en s'enfuyant la clochette d'une troïka, mélancolique alouette de l'hiver russe...

Transi, les oreilles gelées, je rassemblai enfin
mes pièges et mes cages; j'escaladai la clôture
pour regagner le jardin de grand-père et je me
dirigeai vers la maison. La porte cochère était
ouverte; un moujik d'une taille peu commune
faisait sortir de la cour trois chevaux attelés à
un grand traîneau couvert. Une épaisse vapeur
montait des bêtes, l'homme sifflotait gaiement...
Mon cœur tressaillit.

« Qui as-tu amené? »

Il se retourna, mit la main au-dessus de ses
yeux pour me regarder, puis il sauta sur son siège
en disant :

« Le pope! »

Cela ne me concernait pas; si c'était le pope, il
venait sûrement chez un de nos locataires.

« Allons, mes poulettes! » cria le moujik et il se
mit à siffler, emplissant l'air silencieux des échos
de sa gaieté. Il toucha les chevaux de ses rênes et
ceux-ci, d'un même élan, emportèrent le traîneau
vers la campagne. Je les suivis du regard, puis je
refermai le portail. En entrant dans la cuisine
déserte, j'entendis dans la chambre voisine la
voix sonore de ma mère et je distinguai nette-
ment ces mots :

« Qu'allez-vous faire maintenant? Me tuer? »

Je jetai mes cages et, sans prendre le temps
d'enlever mon manteau, je bondis dans le
vestibule où je me heurtai à grand-père. Il me
saisit à l'épaule, me dévisagea d'un air furieux et,
après avoir avalé sa salive avec effort, dit d'une
voix rauque :

« Ta mère est là. Va la voir! Non, attends... »

Il me secoua si fort qu'il faillit me faire

tomber, puis il me poussa vers la porte de la chambre :

« Va donc, va... »

Je me cognai contre la porte garnie de feutre et de toile cirée. Mes mains tremblaient de froid et d'émotion et je ne parvenais pas à trouver la poignée; enfin j'ouvris doucement la porte et je m'arrêtai sur le seuil, ébloui.

« Le voilà! dit ma mère. Seigneur, qu'il est grand! Alors, tu ne me reconnais pas? Comme il est fagoté! Vous, alors... Mais il a les oreilles toutes blanches! Maman, donnez-moi vite de la graisse d'oie... »

Debout au milieu de la chambre, elle se penchait vers moi et me déshabillait rapidement en me faisant tourner comme une balle. Elle portait une robe rouge, chaude et douce au toucher, large comme une cape de paysan et fermée par de gros boutons noirs disposés en biais depuis l'épaule jusqu'au bas de la jupe. Je n'en avais jamais vu de pareille.

Le visage de ma mère me parut plus petit et plus blanc qu'autrefois; mais ses yeux s'étaient agrandis, ils semblaient plus profonds, plus dorés.

Tandis qu'elle jetait un à un mes vêtements vers la porte, ses lèvres framboise faisaient une moue de dédain et sa voix impérieuse résonnait :

« Pourquoi ne dis-tu rien? Tu es content? Fi, comme ta chemise est sale... »

Puis elle me frictionna les oreilles avec de la graisse d'oie. Cela me faisait mal, mais le parfum frais et agréable qui se dégageait de sa personne atténuait ma douleur. Muet d'émotion, je me serrais contre elle et la regardais dans les yeux.

Grand-mère, elle, disait à mi-voix, d'un air triste :

« Il n'en fait qu'à sa tête, il n'obéit plus. Il ne craint même pas son grand-père... Ah! Varvara, Varvara...

— Allons, ne vous lamentez pas, maman, cela passera! »

A côté de ma mère, tout paraissait petit, pitoyable, vieux. Moi aussi, je me sentais vieux, comme grand-père. Elle me tenait serré entre ses genoux vigoureux et, lissant mes cheveux de sa main lourde et chaude, elle disait :

« Il faut les couper. Il est temps aussi qu'il aille à l'école. Est-ce que tu voudrais étudier?

— Je sais déjà beaucoup de choses.

— Il faut encore étudier un peu. Mais comme tu es fort! »

Elle riait d'un rire velouté et chaud, en jouant avec moi. Les yeux rougis, le poil hérissé, le teint terreux, grand-père entra. Ma mère m'écarta d'un geste et demanda d'une voix forte :

« Eh bien, papa? Je m'en vais? »

Il s'arrêta devant la fenêtre; il grattait avec son ongle le givre de la vitre et restait silencieux. L'atmosphère s'était soudain tendue et je fus pris de peur. Comme toujours dans ces moments de tension extrême, j'avais l'impression que des yeux et des oreilles me poussaient sur tout le corps, ma poitrine se gonflait étrangement et j'avais envie de crier.

« Va-t'en, Alexis! dit enfin grand-père d'une voix sourde.

— Pourquoi donc? demanda ma mère en m'attirant de nouveau vers elle.

— Tu ne partiras pas, Varvara, je te l'inter-
dis... », reprit grand-père.

Ma mère se leva, passa à travers la chambre
comme un nuage empourpré par le soleil cou-
chant et s'arrêta derrière grand-père.

« Papa, écoutez-moi... »

Il se retourna et glapit :

« Tais-toi!

— Je ne vous permettrai pas de me parler sur
ce ton », dit ma mère sans élever la voix.

Grand-mère quitta le divan et la menaça du
doigt :

« Varvara! »

Grand-père, lui, s'était laissé tomber sur une
chaise en balbutiant :

« Voyons, à qui parles-tu? Hein? Comment
oses-tu? »

Et soudain, il rugit d'une voix méconnaissable :

« Tu m'as déshonoré, Varvara!...

— Va-t'en! » m'ordonna grand-mère.

Accablé, je m'en allai dans la cuisine. Je grimpai
sur le poêle et me mis à écouter ce qui se passait
derrière la cloison : tantôt ils parlaient tous à la
fois, s'interrompant les uns les autres; tantôt ils
se taisaient comme si brusquement ils s'étaient
tous endormis. Il était question d'un enfant que
ma mère avait eu et qu'elle avait confié à
quelqu'un. Mais je n'arrivais pas à comprendre
pourquoi grand-père était en colère : était-ce
parce que ma mère avait eu cet enfant sans sa
permission, ou parce qu'elle ne lui avait pas
apporté le bébé?

Au bout d'un moment, il entra dans la cuisine,

échevelé, tout rouge, à bout de forces; grand-
mère le suivait, essuyant avec un coin de sa
blouse les larmes qui coulaient sur ses joues.
Grand-père s'assit, les deux mains appuyées sur
le banc, le dos voûté; il tressaillait et mordillait
ses lèvres grises. Grand-mère s'était agenouillée
devant lui et disait d'une voix basse et ardente :

« Père, pardonne-lui, pour l'amour du Christ,
pardonne-lui! Il n'est si bon cheval qui ne
bronche! Est-ce que ces choses-là n'arrivent pas
aussi chez les nobles et chez les riches? Regarde
la femme que c'est! Allons, pardonne-lui. Personne n'est sans péché... »

Grand-père se rejeta en arrière et la regarda en
face, en grimaçant un sourire. Il grogna, avec des
sanglots dans la voix :

« Mais oui, bien sûr! Comment donc! A qui ne
pardonnerais-tu pas? Tu es prête à tout pardon-
ner, toi. Ah! vous autres... »

Il se pencha vers elle, la saisit par les épaules et
se mit à la secouer en murmurant précipitamment :

« Et le Seigneur, Lui, est-ce qu'Il pardonne?
Nous voilà au bord de la tombe et Il nous châtie.
Dans nos derniers jours, nous n'avons ni repos, ni
joie et nous n'en aurons plus! Souviens-toi de ce
que je dis : nous crèverons comme des mendiants,
oui, comme des mendiants! »

Grand-mère lui prit les mains, s'assit à ses
côtés et se mit à rire doucement, avec insouciance :

« Le beau malheur! Comme des mendiants, et
puis après? C'est cela qui te fait peur? Tu n'auras
qu'à rester tranquillement à la maison et c'est

moi qui irai quêter l'aumône... Ne t'inquiète pas, on me donnera ce qu'il faut, nous aurons de quoi manger! Ne pense donc plus à tout ça! »

Grand-père eut un petit rire, et tournant la tête comme un bouc, il saisit grand-mère par le cou. Serré contre elle, tout ratatiné, il sanglotait :

« Ah! sotte que tu es, ma bonne sotte innocente, je n'ai plus que toi au monde. Tu ne regrettes rien, toi, tu ne comprends rien! Rappelle-toi : n'est-ce pas pour eux que nous avons travaillé, que j'ai péché? Si seulement maintenant, ils nous le rendaient un peu... »

Les sanglots m'étouffaient, moi aussi; n'y tenant plus, je sautai à bas du poêle et je courus vers mes grands-parents; je pleurais de joie parce que je ne les avais jamais entendu prononcer d'aussi belles paroles, et de chagrin car je partageais leur peine; je pleurais aussi parce que ma mère était revenue... Ils me laissaient pleurer avec eux, comme si j'étais leur égal, ils m'embrassaient, me serraient dans leurs bras en m'arrosant de larmes. Grand-père, son visage contre le mien, me murmurait à l'oreille :

« Ah! petit démon, tu es là toi aussi! Maintenant que ta mère est revenue, tu vas rester avec elle, hein? Il ne sera plus bon à rien, ton vieux diable de grand-père! Et la grand-mère qui te gâtait et te passait tout, oubliée aussi, hein? Ah! vous autres... »

Il nous repoussa et se leva en disant à haute voix, d'un ton irrité :

« Ils nous quittent tous, chacun s'en va de son côté; c'est chacun pour soi... Allons, appelle-la donc! Qu'on en finisse... »

Grand-mère sortit de la cuisine ; il baissa la tête et, se tournant vers les icônes :

« Seigneur miséricordieux, Tu vois comment c'est ! »

Et il se frappa la poitrine si fort que cela me déplut ; en général, je n'aimais pas sa façon de s'adresser à Dieu, il avait toujours l'air de se vanter devant lui.

Ma mère entra et sa robe rouge fit paraître la cuisine plus claire. Elle s'assit sur le banc près de la table, entre grand-père et grand-mère, et les larges manches de sa robe s'étalaient sur leurs épaules. Elle leur parlait tout doucement, d'un air grave, et ils l'écoutaient en silence, sans l'interrompre. Ils paraissaient tout petits à côté d'elle et on aurait dit qu'elle était leur mère.

Épuisé par ces émotions, je m'endormis profondément dans la soupente.

Le soir, mes grands-parents revêtirent leurs habits de fête et partirent aux vêpres. Grand-père portait son uniforme de syndic de la corporation, une pelisse de raton et un pantalon flottant. Grand-mère, le désignant d'un clin d'œil malicieux, dit à ma mère :

« Regarde donc ton père ! Un vrai chevreau ! »

Ma mère se mit à rire gaiement.

Restée seule avec moi dans sa chambre, elle s'installa sur le canapé, les jambes repliées, et me fit signe de venir m'asseoir à côté d'elle :

« Viens donc ! Dis-moi un peu comment tu vis. Tu es malheureux ici, hein ? »

Comment je vivais ?

« Je ne sais pas, répondis-je.

— Grand-père te bat ?

— Pas trop, maintenant.

— Ah! oui? Eh bien, raconte-moi quelque chose... »

Je n'avais pas envie de parler de grand-père. Je commençai à raconter que dans cette chambre avait habité un homme très gentil; mais personne ne l'aimait et grand-père avait fini par le mettre à la porte. Cette histoire déplut visiblement à ma mère.

« Tu n'as rien d'autre à me raconter? » dit-elle.

Je lui parlai alors des trois petits garçons et du colonel qui m'avait chassé. Elle me serra dans ses bras :

« Quelle canaille! »

Elle se tut, fixant le plancher de ses yeux mi-clos et hochant la tête.

A mon tour, je lui demandai :

« Pourquoi grand-père est-il fâché contre toi?

— Parce que je suis coupable envers lui.

— Tu aurais dû le lui amener, ton bébé... »

Elle s'écarta brusquement, fronça les sourcils et se mordit les lèvres. Puis elle éclata de rire, en me serrant dans ses bras.

« Ah! petit monstre! Veux-tu te taire! Je te défends d'en parler et même d'y penser, tu entends! »

Elle parla longtemps à mi-voix, d'un air sévère, mais je ne comprenais pas bien ce qu'elle me disait. Puis elle se leva et se mit à arpenter la chambre; elle tapotait son menton avec ses doigts et remuait ses épais sourcils.

Sur la table brûlait une chandelle de suif qui coulait, se reflétant dans le miroir vide. Des ombres sales rampaient sur le plancher. Dans le coin, devant l'icône, vacillait la petite flamme de la veilleuse. La clarté de la lune argentait la vitre couverte de givre. Ma mère promenait ses regards sur les murs nus et sur le plafond; elle semblait y chercher quelque chose.

« Quand te couches-tu?

— Un peu plus tard.

— D'ailleurs, tu as dormi dans l'après-midi », remarqua-t-elle, et elle soupira.

Je lui demandai :

« Tu voudrais t'en aller?

— Où donc? » répliqua-t-elle, surprise. Elle me prit par le menton et me dévisagea longtemps, si longtemps que les larmes me montèrent aux yeux.

« Qu'est-ce que tu as?

— Tu me fais mal au cou. »

J'avais surtout le cœur serré; j'avais tout de suite compris qu'elle ne pourrait pas rester dans cette maison et qu'elle repartirait.

« Tu ressembleras à ton père, dit-elle en repoussant du pied la carpette. Grand-mère t'a bien parlé de lui?

— Oui.

— Elle aimait beaucoup Maxime, beaucoup! Et il le lui rendait bien.

— Je sais. »

Ma mère regarda la chandelle, fronça le sourcil et souffla la flamme en disant :

« Comme ça, c'est mieux. »

C'était vrai. On avait une impression de fraîcheur et de propreté. Les ombres sales avaient cessé de danser; des taches bleu clair s'étalaient

sur le plancher et des étincelles dorées s'allumaient aux carreaux des fenêtres.

« Et toi, où étais-tu? »

Comme si elle évoquait un passé déjà lointain
et oublié, elle me cita quelques noms de villes...
Elle ne cessait de tournoyer sans bruit dans la
chambre, comme un épervier.

« Où as-tu pris cette robe?

— C'est moi qui l'ai faite. Je me fais tout moi-
même. »

J'étais heureux qu'elle ne ressemblât à personne, mais elle parlait si peu que cela m'attris-
tait; si je ne l'interrogeais pas, elle restait
silencieuse.

Elle s'assit de nouveau près de moi sur le
canapé et nous restâmes sans rien dire, serrés l'un
contre l'autre, jusqu'au moment où mes grands-
parents revinrent, imprégnés d'une odeur de cire
et d'encens, calmes et affectueux, l'air solennel.

Le souper fut cérémonieux, comme pour un
jour de fête. A table, on parla peu et avec
précaution comme si l'on eût craint de troubler le
sommeil léger d'un dormeur.

Peu de temps après, ma mère décida de
m'apprendre l'alphabet usuel [58]. Elle se mit à la
tâche avec ardeur, m'acheta des livres et c'est
dans l'un d'eux, *Notre langue maternelle,* que je
réussis en quelques jours à vaincre les difficultés
de ce nouvel alphabet. Aussitôt ma mère voulut
me faire apprendre des vers par cœur et ce fut
pour nous deux l'origine de nombreux tourments.

Elle me faisait apprendre :

> *Route longue, route droite,*
> *Tu parcours de vastes espaces.*

> *Ni la hache, ni la pelle, n'ont pu te rendre plane,*
> *Tu es douce au sabot, tu es riche en poussière.*

Mais je déformais les mots; ainsi, je disais « étapes » au lieu d' « espaces ». Ma mère me reprenait :

« Allons, réfléchis un peu; pourquoi " étapes ", petit monstre? Es-pa-ces, tu comprends? »

Je comprenais fort bien, mais je n'en disais pas moins « étapes », c'était plus fort que moi.

Alors, elle se mettait en colère, me traitait de sot et d'entêté, et cela me faisait de la peine. Je m'appliquais à retenir ces vers maudits et je me les récitais sans faute mentalement, mais je ne pouvais les prononcer tout haut sans les estropier. J'en venais à les haïr, ces vers insaisissables, et, de colère, je les défigurais exprès, en mettant à la suite les uns des autres des mots qui avaient la même sonorité; c'était absurde, mais j'étais content quand les vers ensorcelés avaient perdu tout sens. Ce jeu me coûta cher. Un jour, à la fin d'une leçon qui s'était bien passée, ma mère me demanda si je pouvais enfin lui réciter ma poésie; malgré moi, je commençai à marmotter :

> *Route, croûte, déroute, redoute,*
> *Sabot, rabot, râteau...*

Je repris mes esprits trop tard; ma mère, s'appuyant des deux mains sur la table, s'était levée.

« Qu'est-ce que cela veut dire? me demanda-t-elle en détachant chaque syllabe.

— Je ne sais pas, répondis-je, tout interdit.

— Comment?

— Je dis ça comme ça.

— Comment, comme ça?

— Pour m'amuser.

— Va au coin!

— Pour quoi faire? »

Elle répéta, sans élever la voix, mais d'un ton menaçant :

« Au coin!

— Quel coin? »

Elle me fixait sans répondre et ce regard acheva de me troubler. Je ne comprenais pas ce qu'elle voulait. Dans le coin des icônes se dressait une petite table ronde, avec un vase garni de fleurs et d'herbes sèches odorantes; dans l'angle, devant moi, se trouvait un coffre recouvert d'un tapis; le lit occupait le troisième angle et je ne pouvais me mettre dans l'autre coin où s'ouvrait la porte.

« Je ne sais pas ce que tu veux », dis-je, désespérant de la comprendre.

Elle se laissa retomber sur sa chaise et resta un moment silencieuse, se frottant le front et les joues. Puis elle me demanda :

« Grand-père t'a déjà mis au coin?

— Quand donc?

— Je ne sais pas, moi, un jour! cria-t-elle en tapant sur la table à deux reprises.

— Non, je ne m'en souviens pas.

— Tu sais bien que c'est une punition de rester au coin?

— Une punition? Pourquoi? »

Elle poussa un soupir.

« Viens ici! »

Je m'approchai.

« Pourquoi me grondes-tu?

— Et toi, pourquoi déformes-tu les vers exprès? »

Je lui expliquai de mon mieux que, les yeux fermés, je me souvenais bien des vers tels que je les avais vus imprimés mais que je n'arrivais pas à les réciter sans que d'autres mots me viennent à l'esprit.

« C'est bien vrai, ce que tu dis là? »

Je répondis que oui, mais aussitôt je me demandai si je n'avais pas menti. Et soudain, posément, je commençai à réciter ma poésie sans une faute; j'en fus moi-même stupéfait et je restai anéanti.

J'avais l'impression que mon visage s'était gonflé, que mes oreilles, injectées de sang, s'étaient alourdies; ma tête bourdonnait d'une façon pénible et je demeurais là, devant ma mère, accablé de honte. A travers mes larmes, je voyais son visage s'assombrir et prendre une expression de tristesse; elle serrait les lèvres et fronçait les sourcils.

« Qu'est-ce que cela signifie? me demanda-t-elle, d'une voix altérée. Tu m'avais donc menti?

— Je ne sais pas. Je ne l'ai pas fait exprès. »

Elle baissa la tête.

« Tu m'en donnes du mal! Allons, va! »

Elle me forçait à apprendre sans cesse de nouvelles poésies que j'avais de plus en plus de difficulté à retenir. Je sentais grandir en moi, d'une manière irrésistible, le malin désir de déformer les vers en y introduisant d'autres mots. Cela m'était facile : les mots inutiles me venaient en foule à l'esprit, embrouillant aussitôt le texte que j'avais à apprendre.

Souvent, une ligne entière m'échappait et, malgré tous mes efforts, ma mémoire ne parvenait pas à la fixer. Une plaintive poésie, du prince Viazemski [59] je crois, me causa bien des ennuis :

> *A l'heure matinale ou quand tombe le soir,*
> *Nombreux sont les vieillards, les orphelins, les veuves*
> ....
> *Qui, pour l'amour du Christ, demandent la charité.*

Je récitais ainsi, sautant régulièrement le troisième vers :

> *Passant sous les fenêtres, chargés de leurs besaces,*

Ma mère, indignée, racontait mes exploits à grand-père qui déclarait d'un ton menaçant :

« C'est un polisson. Il en a de la mémoire, il sait les prières mieux que moi. Il te fait marcher : ce qu'il a appris, c'est gravé comme dans du granit ! Tu devrais le fouetter ! »

Grand-mère, elle aussi, cherchait à me confondre :

« Les contes, il les retient, les chansons aussi... Et les chansons, c'est de la poésie, non ? »

C'était vrai et je me sentais coupable. Mais dès que je commençais à apprendre des vers, d'autres mots, surgis on ne sait d'où, rampaient comme des cafards et venaient se ranger d'eux-mêmes en lignes régulières.

> *Devant notre porte cochère,*
> *Des vieillards et des orphelins*
> *Vont et viennent; ils se lamentent*
> *Et mendient du pain.*
> *A Petrovna, ils vont porter*
> *Tout ce qu'on leur a donné.*
> *Le lui vendent pour ses vaches,*
> *Puis s'en vont dans le ravin,*
> *Où ils boivent beaucoup de vin.*

La nuit, couché dans la soupente avec grand-mère, je lui récitais, jusqu'à ce qu'elle en soit excédée, tout ce que j'avais appris dans mon livre et aussi ce que j'avais composé moi-même. Parfois, elle riait aux éclats, mais plus souvent, elle me grondait :

« Tu vois bien que tu peux apprendre par cœur! Mais il ne faut pas se moquer des mendiants. Que le Seigneur les protège! Le Christ était pauvre et tous les saints aussi... »

Je marmottais :

> *Je n'aime pas les mendiants,*
> *Et je n'aime pas grand-père.*
> *Alors, que faire?*
> *Dieu me pardonne!*
> *Grand-père a de bonnes*
> *Raisons de me battre...*

« Que dis-tu là? Que ta langue se dessèche! s'écriait grand-mère en colère. Et si grand-père t'entendait?

— Ça m'est égal! »

Elle essayait de me raisonner avec douceur :

« Tu ne devrais pas faire le polisson, cela irrite

ta mère! Elle a assez de soucis comme ça! disait-
elle, pensive.

— Quels soucis?

— Tais-toi! Tu ne peux pas comprendre...

— Je sais, c'est grand-père qui...

— Veux-tu bien te taire! »

Cette existence me pesait; j'éprouvais un
sentiment proche du désespoir, mais, je ne sais
pourquoi, je voulais le cacher et je me montrais
désinvolte et insupportable. Ma mère me faisait
travailler chaque jour davantage, mais je comprenais de moins en moins ce qu'elle m'enseignait. Si l'arithmétique me paraissait facile,
j'avais horreur des dictées et la grammaire
dépassait mon entendement. Surtout, je me
rendais compte que ma mère souffrait de vivre
dans cette maison et cela m'accablait. Elle
devenait de plus en plus sombre, elle avait un air
lointain; parfois, elle restait longtemps assise près
de la fenêtre et contemplait en silence le jardin.
Elle semblait se faner. Elle était arrivée chez
nous fraîche et alerte; maintenant, ses yeux
étaient cernés; pendant des journées entières, elle
errait à travers la maison, décoiffée, avec une
robe chiffonnée, sans avoir pris la peine de
boutonner son corsage. J'étais vexé de la voir se
négliger ainsi. Ne devait-elle pas être toujours la
plus belle, la plus digne, la mieux habillée?

Pendant les leçons, sans paraître me voir, elle
fixait le mur ou la fenêtre de ses yeux agrandis
par les cernes; elle m'interrogeait d'une voix
lasse, oubliait mes réponses, s'emportait et criait
de plus en plus souvent. Cela aussi me peinait :

j'aurais voulu que ma mère fût la plus juste,
comme dans les contes.

Parfois, je lui demandais :

« Tu n'es pas heureuse ici? »

Elle me répondait d'un ton irrité :

« Occupe-toi de ton travail! »

Je voyais aussi que grand-père ruminait
quelque chose qui effrayait les deux femmes.
Souvent, il venait voir ma mère dans sa chambre
et, à travers la porte fermée, je l'entendais glapir
et se lamenter; sa voix aiguë était aussi désagréable à entendre que le chalumeau de Nica-
nor, le berger bossu. Au cours de l'une de ces
disputes, ma mère cria si fort qu'on l'entendit
dans toute la maison :

« Non, n'y comptez pas! »

Elle claqua la porte, tandis que grand-père se
mettait à vociférer.

C'était le soir; grand-mère était assise à la
table de la cuisine et confectionnait une chemise
pour grand-père, en murmurant entre ses dents.
Lorsqu'elle entendit claquer la porte, elle prêta
l'oreille et chuchota :

« Elle est partie chez les locataires. Ah! Seigneur! »

Soudain grand-père fit irruption dans la cuisine, courut vers grand-mère et lui assena un
coup sur la tête; puis, secouant sa main meurtrie
il dit d'une voix sifflante :

« Tiens ta langue, sorcière!

— Tu n'es qu'un vieil imbécile, répliqua
grand-mère avec calme, en rajustant sa coiffe qui
avait glissé sur le côté. Tu crois peut-être que je

vais me taire! Tout ce que je saurai de tes
manigances, je le lui dirai... »

Il se précipita vers elle et la frappa sur la tête à
coups de poing redoublés. Grand-mère, sans se
défendre, sans essayer de le repousser, répétait :

« Tape, tape donc, imbécile! Allons, tape! »

De la soupente où j'étais, je me mis à leur jeter
des oreillers, des couvertures, des bottes qui se
trouvaient sur le poêle, mais grand-père, dans sa
fureur, ne s'en apercevait pas. Grand-mère s'était
écroulée sur le plancher et il lui donnait des coups
de pied dans la tête. Enfin, il trébucha et tomba
lui-même, en renversant un seau d'eau. Il se
releva d'un bond, crachant et reniflant, jeta un
regard sauvage autour de lui et s'enfuit dans sa
chambre, sous les combles. Grand-mère se releva
en gémissant, s'assit sur le banc et se mit à
démêler ses cheveux en désordre.

Je sautai à bas de la soupente.

« Ramasse les oreillers et le reste, remets tout
sur le poêle! m'ordonna-t-elle d'une voix irritée.
En voilà une idée de lancer des oreillers! De quoi
te mêles-tu? Et l'autre, le vieux démon, il était
déchaîné... L'imbécile! »

Soudain, elle fit la grimace et poussa un
gémissement.

« Viens voir un peu ce qui me fait mal ici », me
dit-elle en penchant la tête en avant.

J'écartai ses cheveux épais et je découvris une
épingle qui s'était enfoncée profondément sous la
peau. Je l'arrachai, mais j'en trouvai une autre.
Je sentis que mes doigts s'engourdissaient.

« J'aime mieux appeler maman. J'ai peur! »

Elle m'arrêta de la main :

« Que dis-tu là? L'appeler? Dieu merci, elle n'a rien vu, rien entendu, et toi, tu voudrais... Va-t'en! »

De ses doigts agiles de dentellière, elle se mit à chercher elle-même dans son épaisse crinière noire. Prenant mon courage à deux mains, je l'aidai à extraire encore deux grosses épingles tordues.

« Tu as mal?

— Ce n'est rien. Demain, je me préparerai un bain, je me laverai la tête et il n'y paraîtra plus. »

Puis elle me demanda avec douceur :

« Surtout, ma petite âme, ne dis pas à ta mère qu'il m'a battue, tu entends? Ils sont déjà assez en colère l'un contre l'autre. Tu ne le diras pas?

— Non.

— Bon, n'oublie pas! Viens, nous allons tout ranger ici. Je n'ai pas de marques sur la figure? C'est bien, alors, elle ne s'apercevra de rien... »

Elle commença à essuyer le plancher. Je lui dis du plus profond de mon cœur :

« Tu es vraiment une sainte! On te tourmente, on te martyrise, et toi, tu supportes tout!

— Quelles bêtises! Moi, une sainte? Où as-tu été chercher ça? »

Longtemps, elle continua de grommeler. Elle s'était mise à genoux pour frotter le plancher, tandis qu'assis sur une marche du poêle je cherchais un moyen de la venger et de punir grand-père.

Je ne l'avais encore jamais vu battre grand-mère d'une manière aussi vile et aussi terrible. Dans l'obscurité, je croyais voir son visage écarlate, flamboyant de fureur, et ses cheveux roux qui flottaient. La colère bouillonnait dans mon cœur brûlant d'indignation et je souffrais de ne pouvoir trouver une juste vengeance.

Mais deux ou trois jours plus tard, comme j'étais entré dans la chambre de grand-père, je le trouvai assis par terre, devant son coffre, en train de trier des papiers. J'aperçus, sur une chaise, son calendrier religieux préféré : douze feuilles d'un épais papier gris dont chacune était divisée en autant de carrés qu'il y a de jours dans le mois. Dans chaque carré étaient représentés les saints du jour. Grand-père tenait beaucoup à ce calendrier et ne me permettait de le regarder que dans de rares circonstances, quand il était, pour une raison ou pour une autre, particulièrement content de moi. J'éprouvais toujours un sentiment étrange à contempler ces charmantes petites images grises, serrées les unes contre les autres. Je connaissais la vie de certains de ces personnages, celle de Kirik, d'Oulita, de Varvara Martyre [60], de Pantéléïmon et de beaucoup d'autres encore [61]. J'aimais particulièrement l'histoire d'Alexis [62], le saint homme de Dieu, et les beaux vers qui la racontaient : grand-mère me les récitait souvent avec une émotion touchante. En regardant ces figures de saints, qui se comptaient par centaines, je me disais tout bas, en guise de consolation, qu'il y avait toujours eu des martyrs...

J'eus soudain l'idée de couper ce calendrier en petits morceaux et lorsque grand-père s'approcha de la fenêtre pour déchiffrer un document bleu orné de l'aigle impérial, je m'emparai de quelques feuilles. Puis je descendis rapidement, je pris des

ciseaux sur la table de grand-mère et, installé
dans la soupente, je me mis à couper la tête des
saints. Quand j'en eus décapité une rangée,
j'éprouvai du regret d'abîmer ainsi le calendrier;
alors, je commençai à le découper proprement en
suivant les lignes qui séparaient les carrés. Je
n'avais pas fini de couper la seconde rangée que
grand-père apparut dans la cuisine, monta sur les
marches du poêle et demanda :

« Qui t'a permis de prendre mon calendrier? »

Quand il aperçut les petits carrés de papier
éparpillés sur les planches, il en ramassa un,
l'examina, le jeta, en saisit un autre. Sa bouche
s'était tordue, sa barbe frémissait, et il respirait
si fort que les petits papiers s'envolaient et
tombaient sur le plancher.

« Qu'as-tu fait? » s'écria-t-il enfin, et il me tira
violemment par le pied.

Je fis la culbute et grand-mère me reçut dans
ses bras. Le vieux se mit à nous frapper tous
deux à coups de poing, en glapissant :

« Je vais le tuer! »

Ma mère survint. Je me retrouvai dans le coin
près du poêle; elle me faisait un rempart de son
corps, en s'efforçant de saisir et de repousser les
mains de grand-père qui voltigeaient devant son
visage. Elle criait :

« Quel scandale! Reprenez vos esprits! »

Grand-père s'effondra sur le banc, près de la
fenêtre, en hurlant :

« Ils m'ont tué! Ils sont tous contre moi, ah!
ah!...

— Vous n'avez pas honte? reprit ma mère

d'une voix sourde. Pourquoi jouez-vous sans cesse la comédie? »

Grand-père criait, tapait des pieds sur le banc; sa barbe se dressait d'une façon comique et ses yeux étaient étroitement clos. J'eus moi aussi l'impression qu'il avait honte devant ma mère et qu'en effet il jouait la comédie : c'était pour cela qu'il fermait les yeux.

« Je vais vous coller ces morceaux sur une toile, ça sera plus beau et plus solide qu'avant disait ma mère en examinant les petits bouts de papier et les feuilles intactes. Vous voyez bien comme il est froissé et usé, votre calendrier; il tombe en poussière... »

Elle lui parlait sur le ton qu'elle adoptait avec moi au cours des leçons, quand je ne comprenais pas quelque chose. Soudain, grand-père se leva, rajusta d'un air affairé sa chemise et son gilet, se racla la gorge et dit :

« Tu le recolleras aujourd'hui même! Je vais t'apporter tout de suite les autres feuilles. »

Il se dirigea vers la porte, mais, sur le seuil, il se retourna et, me montrant de son doigt crochu :

« Et lui, il faut le fouetter!

— Sans doute », approuva ma mère, et elle se pencha vers moi pour me demander :

« Pourquoi as-tu fait cela?

— Je l'ai fait exprès parce qu'il a battu grand-mère. S'il recommence, je lui couperai la barbe! »

Grand-mère, qui ôtait sa blouse déchirée, hocha la tête et me dit d'un ton de reproche :

« Tu m'avais pourtant promis de te taire! »

Elle cracha sur le plancher et ajouta :

« Si ta langue pouvait enfler, que tu ne puisses plus la remuer! »

Ma mère la regarda, fit quelques pas et revint vers moi :

« Quand l'a-t-il battue?

— Toi, Varvara, tu devrais avoir honte de le questionner là-dessus. Est-ce que ça te regarde? » fit grand-mère, d'une voix irritée.

Ma mère l'embrassa :

« Ah! maman, ma chère maman!

— Cesse donc avec tes " maman "! Laisse-moi! »

Elle se regardèrent en silence, puis se séparèrent : on entendait le pas traînant de grand-père dans le vestibule.

Dès son retour, ma mère s'était liée avec notre joyeuse locataire, la femme du militaire, qui habitait sur le devant de la maison. Presque tous les soirs, elle se rendait chez celle-ci, où elle rencontrait de belles dames et des officiers de chez Betleng. Cela déplaisait à grand-père. Plus d'une fois, dans la cuisine, pendant le souper, je l'avais vu brandir sa cuillère d'un air menaçant et grommeler :

« Les voilà encore réunis, les maudits! Ils vont nous empêcher de fermer l'œil jusqu'au matin! »

Bientôt, il pria ses locataires de vider les lieux. Après leur départ, il amena, on ne sait d'où, deux chariots de meubles pour garnir les pièces du devant. Puis, il ferma la porte avec un gros cadenas et dit :

« Pas besoin de locataires! Maintenant, c'est moi qui recevrai! »

Désormais, les jours de fête, nous eûmes des

invités. On voyait arriver Matriona, la sœur de grand-mère, une blanchisseuse au grand nez et à la voix criarde, qui portait une robe de soie à rayures et une coiffe jaune d'or. Ses deux fils l'accompagnaient : Vassili, le dessinateur, était un bon et joyeux garçon, aux cheveux longs, tout habillé de gris; son frère Victor, qui préférait les couleurs vives, avait une tête de cheval et son visage allongé était couvert de taches de rousseur. A peine arrivé dans le vestibule, tandis qu'il enlevait ses caoutchoucs, il chantonnait d'une voix grêle, comme un Polichinelle :

« André-papa, André-papa... »

Cela m'étonnait beaucoup et me faisait peur.

L'oncle Iakov apportait sa guitare. Il arrivait en compagnie d'un horloger chauve et borgne, qui portait une longue redingote noire et ressemblait à un moine. Ce personnage, fort discret, s'asseyait toujours dans un coin avec le même sourire; il avait une façon bizarre de pencher sa tête et de la maintenir dans cette position en enfonçant un doigt dans son double menton rasé. Il avait le teint sombre; de son œil unique, il examinait tous ceux qui l'entouraient avec une insistance particulière. Peu loquace, il n'ouvrait guère la bouche que pour répéter :

« Ne prenez pas cette peine, cela n'a pas d'importance... »

Quand je l'aperçus pour la première fois, une chose que j'avais vue bien longtemps auparavant, quand nous habitions encore la rue Neuve, me revint soudain à la mémoire. Un jour, tandis que les tambours battaient lugubrement, une haute charrette noire, entourée de soldats et d'une foule de curieux, était passée devant notre maison; elle venait de la prison et se dirigeait vers la place. Dans cette charrette était assis un homme de petite taille, coiffé d'une calotte de drap et chargé de chaînes. Sur sa poitrine pendait un écriteau avec une inscription en grosses lettres blanches et l'homme baissait la tête comme pour la lire; il était ballotté de droite et de gauche, et ses chaînes cliquetaient. Aussi, quand ma mère voulut me présenter à l'horloger et lui dit : « Voici mon fils », je reculai, épouvanté, en cachant mes mains derrière mon dos.

« Ne prenez pas cette peine », dit-il, et sa bouche remonta vers son oreille droite en une affreuse grimace.

Il me saisit par la taille, m'attira vers lui et me fit pivoter rapidement, sans effort. Puis il me lâcha d'un air approbateur :

« Rien à dire, il est costaud, ce gamin... »

Je me tapis dans le fauteuil de cuir dont grand-père était si fier, car, à l'en croire, il avait appartenu au prince Grouzinski; ce fauteuil était si vaste que je pouvais m'y allonger. De mon coin, je regardais s'amuser les grandes personnes et je trouvais leurs distractions bien ennuyeuses. Le visage de l'horloger se transformait sans cesse : cela me paraissait étrange et suspect. Sa face adipeuse et flasque semblait fondre, se liquéfier; quand il souriait, ses grosses lèvres glissaient vers sa joue droite et son petit nez se promenait lui aussi, comme un ravioli sur une assiette. Ses grandes oreilles écartées remuaient d'étrange façon : tantôt elles se soulevaient en même temps que le sourcil de son œil intact, tantôt elles se rabattaient vers les pommettes et on avait alors l'impression qu'il aurait pu, s'il l'avait voulu, en couvrir son nez. Parfois, après avoir poussé un soupir, il sortait une langue sombre qui ressemblait à un pilon et lui faisait adroitement décrire un cercle régulier, en la passant sur ses lèvres épaisses et grasses. Ce spectacle ne m'amusait pas, mais il me causait un tel étonnement que je ne quittais pas l'horloger des yeux.

On prenait du thé arrosé d'un rhum qui sentait la pelure d'oignon brûlée; on buvait les liqueurs de grand-mère, jaune d'or, vertes ou noires comme du goudron. On mangeait de succulents varentsi [63], des brioches au miel saupoudrées de graines de pavot. On transpirait, on soufflait, on faisait des compliments à grand-mère. Enfin, les invités repus, congestionnés, venaient prendre place sur les chaises d'un air digne et, sans conviction, priaient l'oncle Iakov de jouer quelque chose.

Celui-ci se penchait sur sa guitare et pinçait les cordes en fredonnant d'une voix désagréable ce refrain obsédant :

> *Ah! quelle vie nous avons fait!*
> *Dans toute la ville, ça s'entendait!*
> *La bonne dame de Kazan,*
> *Sur notre compte, elle en sait long...*

Je la trouvais bien triste, cette rengaine.

« Si tu nous jouais autre chose, Iakov, une vraie chanson? disait grand-mère. Est-ce que tu te souviens, Matriona, des chansons d'autrefois? »

La blanchisseuse rajustait sa robe bruissante et répondait gravement :

« La mode a changé, ma chère... »

Mon oncle regardait grand-mère en plissant les paupières, comme si elle était très loin, et s'obstinait à égrener des sons lugubres et des paroles obsédantes.

Grand-père s'entretenait d'un air mystérieux avec l'horloger, en comptant quelque chose sur ses doigts; l'autre, le sourcil levé, regardait ma mère en hochant la tête et son visage flasque tremblait imperceptiblement.

Ma mère s'asseyait toujours entre les Sergueïev; à voix basse, d'un air grave, elle s'adressait à Vassili qui soupirait et répondait :

« Eh oui, il faut y réfléchir... »

Victor, lui, avec un sourire béat, traînait les pieds sur le plancher. Puis, soudain, il entonnait de sa voix grêle :

« André-papa, André-papa! »

Tous se taisaient et le regardaient avec étonnement, tandis que la blanchisseuse expliquait d'un air important :

« C'est du " théâte " qu'il a ramené ça; c'est là-bas qu'on chante ça... »

Il y eut deux ou trois soirées de ce genre, si mortellement ennuyeuses que je n'ai pu les oublier. Puis, un dimanche matin, après la dernière messe, l'horloger fit son apparition. J'étais assis dans la chambre de ma mère et je l'aidais à détacher les perles d'une broderie déchirée, lorsque soudain la porte s'entrouvrit et grand-mère montra son visage effrayé. Elle murmura :

« Varvara, il est là! » et elle disparut aussitôt.

Ma mère ne bougea pas, n'eut pas même un frémissement. La porte s'ouvrit de nouveau et grand-père apparut sur le seuil. Il dit d'une voix solennelle :

« Habille-toi, ma fille, et viens! »

Sans se lever, sans le regarder, ma mère demanda :

« Où donc?

— Viens et que Dieu soit avec toi! Ne discute pas. C'est un homme paisible; il connaît très bien son métier; ce sera un excellent père pour Alexis... »

Grand-père parlait avec une emphase inhabituelle. Il passait et repassait ses mains sur ses hanches, tandis que ses coudes, ramenés en arrière, frémissaient; on aurait dit qu'il luttait contre le désir de tendre les bras en avant.

Ma mère l'interrompit avec calme :

« Je vous dis que cela ne se fera pas... »

Grand-père fit un pas vers elle et tendit les mains comme s'il venait de perdre la vue. Penché en avant, hérissé de colère, il râla :

« Viens! Sinon je te traînerai par les cheveux...

— Me traîner? » répéta ma mère en se levant.

Elle avait blêmi et ses yeux mi-clos étaient effrayants. Rapidement, elle enleva sa jupe et son corsage, et quand elle fut en chemise, elle s'approcha de grand-père :

« Emmenez-moi donc! »

Il montra les dents et la menaça du poing :

« Varvara, habille-toi! »

Ma mère l'écarta de la main et saisit le loquet de la porte :

« Eh bien, allons-y!

— Je te maudirai, murmura grand-père.

— Ça ne me fait pas peur! Alors, vous venez? »

Elle ouvrit la porte, mais grand-père la retint par le bas de sa chemise et tomba à genoux en chuchotant :

« Varvara, démon, tu veux te perdre! Ne me couvre pas de honte... »

Et il gémit doucement, d'une voix plaintive :

« Mère, mère... »

Grand-mère barrait déjà le chemin à sa fille et s'efforçait de lui faire regagner sa chambre, en agitant les bras comme pour faire rentrer un poulet dans la cour. Elle grommelait entre ses dents :

« Qu'est-ce qui te prend, grande sotte? Veux-tu rentrer, effrontée! »

Elle la poussa dans la chambre et rabattit le loquet. Puis elle se pencha vers grand-père, l'aida d'une main à se relever, tandis qu'elle le mena-çait de l'autre :

« Ah! le vieux démon, l'imbécile! »

Elle le fit asseoir sur le divan où il s'effondra comme une poupée de chiffon, la bouche ouverte, la tête branlante; puis elle cria à sa fille :

« Et toi, habille-toi! »

Ramassant ses vêtements sur le plancher, ma mère déclara :

« Je n'irai pas le voir, vous entendez? »

Grand-mère me fit descendre du divan :

« Va chercher de l'eau, dépêche-toi! »

Elle parlait à voix basse, presque dans un murmure, mais d'un ton calme et sans réplique.

Je sortis en courant dans le vestibule. Dans la pièce du devant, on entendait des pas lourds et réguliers. La voix de ma mère s'éleva soudain :

« Demain, je m'en irai ! »

J'entrai dans la cuisine et je m'assis près de la fenêtre; il me semblait que je rêvais.

Grand-père gémissait et sanglotait, grand-mère grommelait, puis la porte claqua et il se fit un silence inquiétant. Je me souvins de ce qu'on m'avait demandé, j'emplis un puisoir en cuivre et sortis de la pièce. Dans le vestibule, je rencontrai l'horloger qui s'en allait tête basse; il caressait de la main son bonnet de fourrure et poussait des grognements. Grand-mère, les mains croisées sur le ventre, le suivait en faisant des courbettes et disait à mi-voix :

« Vous le savez comme moi, l'amour ne se commande pas... »

L'horloger trébucha sur le seuil et sortit précipitamment dans la cour. Grand-mère se signa et fut prise d'un tremblement; je me demandais si elle pleurait en silence ou si elle riait.

« Qu'est-ce que tu as? » demandai-je, en courant vers elle.

Elle m'arracha le puisoir des mains en m'arrosant les jambes et cria :

« Où donc es-tu allé la chercher, cette eau? Ferme la porte ! »

Elle regagna la chambre de ma mère et je revins dans la cuisine. Derrière la cloison, je les entendais tous les trois gémir, se lamenter, grommeler, comme s'ils essayaient de déplacer des objets trop lourds.

La journée était claire; les rayons du soleil d'hiver entraient à travers les vitres givrées des deux fenêtres. Sur la table préparée pour le dîner, luisaient la vaisselle d'étain et les deux carafes; l'une était remplie de kvass roux, l'autre contenait la vodka de grand-père, d'une belle couleur vert foncé, parfumée avec de la bétoine et du millepertuis. Là où le givre avait fondu, les vitres laissaient voir la neige d'une blancheur aveuglante qui couvrait les toits et coiffait de petits bonnets d'argent les pieux de la clôture et les nichoirs à sansonnets. Les cages accrochées aux montants des fenêtres étaient inondées de soleil et mes oiseaux s'en donnaient à cœur joie : les gais serins gazouillaient, les bouvreuils sifflaient, le chardonneret lançait ses trilles. Mais cette journée, pleine de gaieté, de lumière et de bruit, ne me procurait aucune joie; elle me semblait inutile, comme tout le reste. J'eus envie de rendre la liberté à mes oiseaux et j'entrepris de décrocher les cages. Soudain, grand-mère fit irruption dans la pièce, en faisant claquer ses mains sur ses hanches. Elle se précipita vers le poêle en jurant :

« Ah! maudits! Que la peste vous étouffe! Vieille bête que je suis... »

Elle sortit du four un pâté dont elle tapota la croûte avec le doigt, puis, furieuse, elle cracha.

« Voilà, il est tout desséché! Moi qui voulais seulement le réchauffer! Ah! démons, je voudrais vous voir réduits en poussière! Et toi, qu'as-tu à écarquiller les yeux comme une chouette? Je ne sais pas ce qui me retient de vous briser tous, comme de vieux pots! »

Sa bouche se contracta et elle se mit à pleurer; elle tâtait le pâté, le tournait et le retournait, et de grosses larmes tombaient sur la croûte sèche.

Lorsque grand-père entra dans la cuisine avec ma mère, elle lança le pâté sur la table avec une telle force que les assiettes sautèrent :

« Tenez, voilà ce qui est arrivé par votre faute! Puissiez-vous crever! »

Ma mère, qui était calme et de bonne humeur, l'embrassa en lui disant de ne pas se désoler. Grand-père s'attabla, le visage tout fripé par la fatigue. Le soleil faisait cligner ses yeux gonflés, et tandis qu'il nouait sa serviette autour du cou, il grommelait :

« Ça ne fait rien, va! Nous en avons déjà mangé de bons pâtés! Le Seigneur est avare; on Le sert pendant des années et, en échange, Il ne vous donne que quelques minutes de bonheur... Avec Lui, il ne faut pas espérer d'intérêts. Allons, assieds-toi, ma fille... N'en parlons plus! »

On aurait dit qu'il avait perdu la tête; pendant tout le repas, il parla de Dieu, d'Achab l'impie [64], du malheur d'être père...

Grand-mère l'interrompait avec irritation :

« Mais mange donc! »

Ma mère, elle, plaisantait et ses yeux clairs brillaient.

« Alors, tu as eu peur tout à l'heure? » me demanda-t-elle en me poussant du coude.

Non, je n'avais pas eu peur, mais maintenant, je me sentais gêné, je ne comprenais pas.

Comme d'habitude les jours de fête, ils mangèrent si longtemps que j'en étais fatigué. Il me semblait que ce n'étaient pas les mêmes personnes qui, une demi-heure auparavant, s'étaient injuriées, prêtes à se battre, puis avaient pleuré et sangloté. Je ne parvenais plus à prendre leurs disputes et leurs larmes au sérieux. Leurs sanglots et leurs cris, les tourments qu'ils s'infligeaient mutuellement, ces querelles qui s'allumaient si souvent pour s'éteindre si vite, tout cela m'était devenu familier, me causait de moins en moins d'émotion et ne touchait plus que faiblement mon cœur.

Plus tard, j'ai compris que les Russes, dont la vie est morne et misérable, trouvent dans leurs chagrins une distraction. Comme des enfants, ils jouent avec leurs malheurs dont ils n'éprouvent aucune honte.

Dans la monotonie de la vie quotidienne, le malheur lui-même est une fête et l'incendie un divertissement. Sur un visage insignifiant, même une égratignure semble un ornement.

CHAPITRE XI

A la suite de cette histoire, ma mère sembla recouvrer ses forces : elle prit de l'assurance et devint la vraie maîtresse de la maison. Grand-père, lui, avait complètement changé : il était maintenant effacé, pensif et calme. Il ne sortait presque plus et restait souvent seul au grenier, plongé dans la lecture d'un livre mystérieux qui s'intitulait *Mémoires de mon père*. Il gardait ce livre dans un coffre fermé à clef et, plus d'une fois, je remarquai qu'avant de le sortir, il se lavait les mains. C'était un petit volume épais, relié de cuir fauve ; sur la page de garde bleue, on voyait une dédicace dont les caractères, soigneusement tracés à l'encre, avaient pâli avec le temps : « A l'honorable Vassili Kachirine, avec gratitude et en souvenir amical. » Au-dessous, il y avait une signature étrange dont le paraphe ressemblait à un oiseau en vol. Grand-père ouvrait avec précaution le livre à l'épaisse reliure, mettait ses lunettes à monture d'argent et, fronçant le nez pour les maintenir en place, il contemplait l'inscription. Bien des fois, je lui avais demandé quel était ce livre ; et toujours, il me répondait gravement :

« Tu n'as pas besoin de le savoir. Attends un peu : quand je mourrai, je te le laisserai, avec ma pelisse de raton. »

Il parlait moins souvent à ma mère et s'adressait à elle avec plus de douceur. Il l'écoutait attentivement, et alors ses yeux brillaient comme ceux de Piotr; puis il grommelait avec un geste de lassitude :

« Oui! Bon... Fais comme tu veux... »

Il avait des coffres remplis de parures étranges : des jupes damassées, des douillettes de satin doublées de fourrure, des sarafanes[65] de soie tissée d'argent, des diadèmes brodés de perles, des coiffes et des fichus de couleur vive, de lourds colliers mordouans en métal, d'autres en pierreries multicolores. Il apportait tout cela par brassées dans la chambre de ma mère et l'étalait sur les chaises et sur les tables.

Ma mère admirait ces parures et grand-père disait :

« De notre temps, les vêtements étaient bien plus beaux et plus riches qu'aujourd'hui. On s'habillait mieux, mais on vivait plus simplement et la bonne entente régnait. Ces temps sont passés, ils ne reviendront plus... Allons, essaie ces toilettes, fais-toi belle! »

Un jour ma mère passa dans la pièce voisine et en revint vêtue d'un sarafane bleu brodé d'or et parée d'un diadème de perles. Elle s'inclina profondément devant grand-père, en lui demandant :

« Ne suis-je pas belle ainsi, monsieur mon père? »

Il eut un grognement approbateur et son

visage s'illumina. Il tourna autour d'elle, les bras écartés, en remuant les doigts, puis il murmura d'une voix indistincte, comme dans un rêve :

« Ah! si tu avais de l'argent, Varvara, et de braves gens autour de toi... »

Maintenant ma mère occupait deux pièces sur le devant de la maison. Elle recevait souvent des invités, en particulier les deux frères Maximov. L'aîné, Piotr, était un officier de belle prestance, aux yeux bleus, à l'épaisse barbe blonde; c'était en sa présence que grand-père m'avait fouetté le jour où j'avais craché sur le vieux monsieur. Son frère Ievguéni, très grand lui aussi, avait des jambes fines, un visage pâle et une barbiche noire en pointe; ses grands yeux ressemblaient à des prunes. Il portait un uniforme verdâtre [66] à boutons dorés, avec des monogrammes, dorés eux aussi, sur ses épaules étroites. Ses longs cheveux ondulés tombaient sur son front haut et lisse et souvent, d'un mouvement gracieux de la tête, il les rejetait en arrière. Il avait toujours quelque chose à raconter et parlait d'une voix un peu sourde, en souriant avec condescendance. Ses discours débutaient par des paroles insinuantes :

« Voyez-vous, à mon avis... »

Ma mère l'écoutait les yeux mi-clos, avec un sourire malicieux, et, souvent, elle l'interrompait :

« Vous êtes un enfant, Ievguéni, permettez-moi de vous le dire... »

L'officier faisait claquer sa large main sur son genou et s'écriait :

« Parfaitement, un enfant... »

Cette année-là, les fêtes de Noël furent

bruyantes et pleines de gaieté. Presque tous les soirs, des hommes et des femmes en travestis arrivaient chez ma mère et souvent elle repartait avec eux. Elle aussi se déguisait, et toujours mieux que les autres. Dès qu'elle avait franchi la porte cochère avec la troupe bariolée de ses amis, il me semblait que la maison s'enfonçait sous terre; tout devenait silencieux; l'ennui et l'inquiétude envahissaient mon cœur. Grand-mère parcourait les pièces en se dandinant comme une oie et mettait de l'ordre partout. Grand-père, adossé aux tièdes carreaux du poêle, murmurait :

« Bien, très bien... On verra ce que ça donnera... »

Après les fêtes de Noël, ma mère nous conduisit à l'école, mon cousin Sacha et moi. L'oncle Mikhaïl, le père de Sacha, s'était remarié et, dès les premiers jours, sa nouvelle femme avait pris l'enfant en grippe et s'était mise à le battre. Sur les instances de grand-mère, grand-père avait accepté de le recueillir. Nous fréquentâmes l'école pendant un mois. De tout ce qui m'y fut enseigné, je n'ai retenu que peu de chose.

A la question : « Comment t'appelles-tu? », il ne fallait pas répondre simplement : « Pechkov », mais : « Je m'appelle Pechkov. »

Il était également interdit de dire au maître : « Pas la peine de crier, tu sais; je n'ai pas peur de toi... »

L'école me déplut tout de suite. Mon cousin, lui, fut très content au début et trouva facilement des camarades. Mais un jour, il s'endormit pendant la classe et soudain se mit à crier en rêve, d'une voix effrayante :

« Je ne le ferai plus... »

On le réveilla et il demanda à sortir. Il fut la risée de tous ses camarades. Aussi, le lendemain, sur le chemin de l'école, lorsque nous fûmes au fond du ravin, près de la place au Foin, il s'arrêta et me dit :

« Vas-y, toi, mais moi, je n'irai pas! J'aime mieux aller me promener. »

Il s'accroupit, enfouit soigneusement dans la neige son paquet de livres et s'en alla. C'était une claire journée de janvier, tout étincelait sous les rayons d'un soleil d'argent. J'enviais beaucoup mon cousin, mais, bien qu'à contrecœur, je me rendis à l'école, car je ne voulais pas faire de peine à ma mère. Les livres de Sacha furent naturellement perdus, et, le lendemain, il avait ainsi une raison valable de ne pas aller en classe. Le troisième jour, grand-père apprit ce qui s'était passé. Nous comparûmes devant un tribunal : mes grands-parents et ma mère étaient installés derrière la table de la cuisine et menaient l'interrogatoire. Je me souviens des réponses ridicules de mon cousin.

« Comment se fait-il que tu ne trouves pas l'école? » demandait grand-père.

Sacha fixait sur lui ses yeux pleins de douceur et répondait sans se hâter :

« J'ai oublié où elle était.

— Tu as oublié?

— Oui. Pourtant, je l'ai bien cherchée...

— Tu aurais dû suivre Alexis, il s'en souvient, lui.

— Je l'ai perdu.

— Qui? Alexis?

— Oui.

— Comment cela? »

Sacha réfléchit un instant et dit avec un soupir :

« Il y avait une tempête de neige, on ne voyait rien. »

Tout le monde se mit à rire : il faisait beau et le temps était clair. Sacha lui-même sourit avec prudence.

« Tu aurais dû le retenir par la main ou par la ceinture, continua grand-père d'un ton moqueur, en montrant les dents.

— Je le tenais bien, mais le vent m'a emporté », expliqua Sacha.

Il parlait d'un ton indolent, sans conviction. J'étais gêné d'entendre ses mensonges inutiles et maladroits; son entêtement m'étonnait beaucoup.

On nous fouetta et le jour même grand-père engagea un ancien pompier, un petit vieux au bras cassé, pour veiller à ce que Sacha ne s'écartât plus de la route qui mène à la science. Ce fut en vain. Dès le lendemain, quand nous arrivâmes au ravin, mon cousin se baissa brusquement, enleva l'une de ses bottes et la jeta au loin; puis il enleva l'autre et la lança dans la direction opposée. En chaussettes, il s'élança alors à travers la place. Le vieux poussa un cri de désespoir, s'en fut au trot ramasser les bottes et, tout effrayé, me ramena à la maison.

Pendant toute la journée, mes grands-parents et ma mère parcoururent la ville en voiture, à la recherche du fugitif. C'est seulement le soir qu'on le retrouva, tout près du monastère, au cabaret de Tchirkov. Il dansait pour amuser les clients. De retour à la maison, on ne le battit même pas : son silence obstiné avait troublé tout le monde. Étendu à côté de moi sur la couchette, les jambes en l'air, il frottait ses pieds contre le plafond et me disait tout bas :

« Ma belle-mère ne m'aime pas, mon père ne m'aime pas, grand-père non plus. Alors, pourquoi rester avec eux? Je vais demander à grand-mère où vivent les brigands et j'irai les rejoindre; comme ça, vous verrez... Tu veux venir avec moi? »

Ce n'était pas possible; j'avais moi aussi mon idée, je voulais devenir un officier à grande barbe blonde, et, pour cela, il fallait étudier. Quand je fis part de ce projet à mon cousin, il réfléchit un peu, puis m'approuva :

« Ce n'est pas mal non plus. Quand tu seras officier, moi, je serai chef de brigands; tu seras chargé de m'arrêter et l'un de nous deux devra tuer l'autre ou le faire prisonnier. Moi, je ne te tuerai pas.

— Et moi non plus. »

Il en fut ainsi décidé.

Grand-mère arriva, grimpa sur le poêle et, en nous regardant, elle dit :

« Alors, mes petites souris? Ah! pauvres orphelins, pauvres débris! »

Après s'être ainsi apitoyée sur notre sort, elle injuria la marâtre de Sacha, la grosse tante Nadejda, fille du cabaretier. Puis elle s'en prit à toutes les belles-mères et à tous les beaux-pères et, à ce propos, elle nous conta l'histoire du sage ermite Ion qui, dans sa jeunesse, avait recouru au jugement de Dieu pour trancher le différend qui l'opposait à sa belle-mère. Son père, qui habitait Ouglitch [67], était pêcheur sur le lac Blanc :

Sa jeune femme le fit périr :
Elle lui fit boire de la bière
Et un philtre pour l'endormir.
Tandis qu'il dormait, elle l'étendit
Dans un esquif de chêne, étroit comme un cercueil;
Elle prit un aviron en bois d'érable
Et rama jusqu'au milieu du lac,
Où l'eau est sombre et profonde,
Pour accomplir son impudent forfait.
Là, elle se pencha, se balança, la sorcière,
Et le canot léger se retourna.
Son époux tomba au fond comme une ancre,
Tandis qu'à la nage, elle regagnait la rive.
Quand elle l'eut atteinte, elle tomba sur le sol,
Et se mit à pleurer et à se lamenter;
Elle feignait un profond chagrin.
Les bonnes gens la crurent
Et, avec elle, pleurèrent amèrement :

« O, jeune veuve,
Comme ton malheur est grand!
Notre vie, c'est Dieu qui nous la donne,
C'est lui aussi qui nous envoie la mort! »

Seul, Ion, son beau-fils,
Ne croyait pas à ses larmes;
Posant la main sur le cœur de sa marâtre,
D'une voix douce, il prononça ces mots :

« O marâtre, ma destinée,
Oiseau de nuit, bête rusée,
Je ne crois pas à tes larmes,
Je sens ton cœur battre, plein de joie!
Si tu veux, demandons que soient juges

Le Seigneur et les forces célestes :
Que l'on prenne un couteau en acier niellé,
Et qu'on le lance vers le ciel pur;
Si tu as dit vrai, le couteau me tuera,
Mais si j'ai raison, qu'il retombe sur toi! »

La marâtre le regarda,
Une flamme mauvaise s'alluma dans ses yeux;
Bien campée sur ses jambes,
Elle s'en prit à son beau-fils :

« Ah! créature insensée,
Avorton, monstre affreux,
Qu'as-tu inventé là?
Qu'as-tu donc osé dire? »

Les gens regardaient, écoutaient.
Comprenant que l'affaire était trouble,
Ils étaient tristes et pensifs
Et entre eux se concertaient.
Enfin, un vieux pêcheur s'avança,
Il salua toute l'assemblée,
Et annonça ce qu'on avait décidé :

« Donnez-moi donc, bonnes gens,
Un couteau d'acier damasquiné;
Jusqu'au ciel je le lancerai;
Qu'en tombant, il trouve le coupable! »

On donna au vieillard un couteau effilé
Qu'il jeta au-dessus de sa tête chenue;
Comme un oiseau, le couteau s'envola vers les cieux;
On attendit longtemps, il ne retombait pas.
Tête nue, serrés les uns contre les autres,
Les gens scrutaient le ciel, pur comme le cristal,
Et tous se taisaient dans la nuit silencieuse.
Du ciel, le couteau ne tombait toujours pas.
Sur le lac, l'aube vermeille s'alluma,
Et la marâtre sourit, rouge de joie.

Alors, comme une rapide hirondelle,
Le couteau vola vers la terre,
Et vint frapper la marâtre au cœur.
La foule tomba à genoux
Pour rendre grâce à Dieu :

« Gloire à Toi, Seigneur, car Tu as fait justice! »
Ion s'en fut avec le vieux pêcheur,
Qui l'emmena au loin, dans un ermitage,
Sur la claire rivière de Kerjenetz [68],
Près de l'invisible cité de Kitèje * [69]...

Le lendemain, je me réveillai couvert de taches
rouges. C'était la variole. On m'installa au
grenier, dans une pièce qui donnait sur le derrière
de la maison. Pendant de longs jours, je restai
couché; on m'avait lié solidement les bras et les
jambes avec de larges bandes. Je n'y voyais plus
et d'horribles cauchemars venaient me tourmenter. L'un d'eux faillit me coûter la vie. Seule
grand-mère venait me voir; elle me faisait manger à la cuillère comme un bébé et elle me
racontait d'interminables histoires, toujours nouvelles. Un soir, elle ne vint pas à l'heure
habituelle et son retard m'inquiéta. A ce
moment-là, j'allais déjà mieux, on ne m'attachait
plus les membres, mes doigts seuls étaient empri-
sonnés dans de petites moufles pour que je ne
puisse pas me gratter le visage. Soudain, je crus
voir grand-mère : elle était étendue derrière la

* Dans le village de Kolioupanovka (gouvernement de
Tambov, district de Borissoglebsk), j'ai entendu une autre
variante de cette légende : le couteau tue le garçon qui a
calomnié sa belle-mère.

porte sur le plancher poussiéreux, la face contre
terre, les bras en croix; elle avait la gorge
tranchée comme Piotr. Un gros chat avait surgi
d'un recoin obscur du grenier et s'approchait
d'elle en écarquillant ses yeux verts et avides. Je
sautai à bas du lit; je défonçai à coups de pied et
d'épaule ma double fenêtre et je me jetai dans la
cour; je tombai sur un tas de neige. Ce soir-là, ma
mère avait des invités, personne ne m'avait
entendu briser les vitres et les montants de la
fenêtre; je restai couché dans la neige assez
longtemps. Je ne m'étais rien cassé, j'avais
seulement l'épaule démise et de nombreuses
coupures dues aux éclats de verre. Mais j'avais
perdu l'usage de mes jambes et, pendant près de
trois mois, je dus rester couché, car elles ne
pouvaient plus me porter. De mon lit, j'écoutais
la vie de la maison qui devenait chaque jour plus
bruyante; en bas, les portes claquaient, les gens
allaient et venaient sans cesse.

J'entendais sur le toit les frôlements lugubres
de la tourmente de neige; dans le grenier, derrière
ma porte, le vent soufflait et mugissait; il faisait
tinter les clefs des poêles et sa lamentation
funèbre emplissait la cheminée... Pendant la
journée, les corbeaux croassaient et, par les nuits
calmes, le hurlement plaintif des loups dans les
champs arrivait jusqu'à mes oreilles. Ce fut cette
musique qui berça mon âme d'enfant et l'aguer-
rit. Puis, le clair soleil de mars jeta un coup d'œil
par la fenêtre et le printemps fit son apparition,
d'abord timide et discret, puis de jour en jour
plus caressant. Sur le toit et dans le grenier, les
chats firent entendre leurs miaulements langou-

reux et leurs cris sauvages. Les bruits du printemps me parvenaient à travers les murs : les
glaçons de cristal se brisaient, la neige fondait et
glissait sur les pentes de la toiture et le son des
cloches paraissait plus profond qu'en hiver.

Lorsque grand-mère venait me voir, je remarquais que son haleine sentait de plus en plus la
vodka. Bientôt, elle prit l'habitude d'apporter
une grande théière blanche qu'elle cachait sous
mon lit. Elle me disait en clignant de l'œil :

« Pas un mot au vieux démon... à grand-père
je veux dire !... N'est-ce pas, ma petite âme ?

— Pourquoi est-ce que tu bois ?

— Chut ! Tu comprendras quand tu seras
grand... »

Elle buvait à même le bec de la théière,
s'essuyait les lèvres avec sa manche, puis, souriant d'un air attendri, me demandait :

« Eh bien, mon bonhomme, de quoi avons-
nous donc parlé hier ?

— De mon père.

— Et nous en étions où ? »

Je le lui rappelais. Alors elle continuait son
récit et, longtemps, ses paroles coulaient en flots
harmonieux.

Elle avait commencé la première à me parler
de mon père. Un jour qu'elle n'avait pas bu et
qu'elle paraissait triste et fatiguée, elle m'avait
dit :

« J'ai rêvé de ton père : il allait à travers
champs en sifflotant, une baguette de noisetier à
la main, suivi d'un chien tacheté qui courait, la
langue pendante. Je ne sais pas pourquoi, depuis
quelque temps, je le vois souvent en rêve,

Maxime. Il faut croire que son âme est inquiète et ne trouve pas le repos... »

Pendant plusieurs soirées de suite, elle me raconta l'histoire de mon père qui me parut aussi intéressante que toutes celles qu'elle m'avait déjà racontées.

Mon père était le fils d'un soldat parvenu au grade d'officier, qui avait été exilé en Sibérie pour avoir maltraité ses subordonnés. C'est là-bas que mon père était né. Il eut une enfance pénible ; dès son jeune âge, il essaya de s'enfuir de la maison ; un jour, mon grand-père le pourchassa avec des chiens, à travers la forêt, comme un lièvre ; une autre fois, il le rattrapa et le battit si fort que les voisins durent intervenir ; ils lui enlevèrent l'enfant et le cachèrent.

« Alors, les enfants, on les bat toujours ? » demandai-je.

Et grand-mère répondit calmement :

« Oui, toujours. »

Mon père était tout jeune lorsqu'il perdit sa mère et n'avait que neuf ans quand mon grand-père mourut à son tour. Il fut recueilli par son parrain, un menuisier, qui le fit entrer dans la corporation à Perm et lui apprit le métier. Mais bientôt, il prit la fuite et, pour vivre, servit de guide aux aveugles qui allaient de foire en foire. C'est ainsi qu'à seize ans, il arriva à Nijni où il s'embaucha chez un entrepreneur de menuiserie qui travaillait sur les bateaux. A vingt ans, c'était déjà un bon ébéniste et un bon tapissier. L'atelier où il travaillait se trouvait à côté des maisons de grand-père, dans la rue Kovalikha.

« Les clôtures n'étaient pas hautes et les gars

étaient hardis, racontait grand-mère en riant. Un
jour, nous étions en train de cueillir des fram-
boises dans le jardin, Varvara et moi, quand
soudain Maxime sauta par-dessus la clôture. Il
me fit même peur. Il s'avançait vers nous entre
les pommiers, ce robuste gaillard, en chemise
blanche et en pantalon de velours, pieds nus et
sans bonnet; une lanière de cuir retenait ses
cheveux longs. C'est ainsi qu'il venait faire sa
demande! Je l'avais déjà aperçu quand il passait
devant nos fenêtres et chaque fois je me disais:
" Qu'il est bien, ce garçon! " Quand il fut près de
nous, je lui demandai: " Pourquoi ne passes-tu
pas par la porte comme tout le monde? " Mais il
se mit à genoux: " Akoulina Ivanovna, dit-il, je
me présente à toi sans détours, avec une âme
sincère. Me voici, et voici Varvara; viens à notre
aide, pour l'amour de Dieu, nous voulons nous
marier! " Je fus tellement saisie que je ne pus
souffler mot. Je regardai autour de moi et
j'aperçus ta mère qui était cachée derrière un
pommier, la coquine. Elle était rouge comme une
framboise et elle lui faisait des signes, les larmes
aux yeux. " Ah! m'écriai-je, que la peste vous
étouffe, dans quelle affaire vous êtes-vous embar-
qués? N'as-tu pas perdu la tête, Varvara? Et toi,
mon garçon, réfléchis un peu: ne vises-tu pas
trop haut? " En ce temps-là, grand-père était
très riche. Il n'avait pas encore fait le partage, il
avait quatre maisons et beaucoup d'argent,
c'était quelqu'un. Peu de temps auparavant, on
lui avait donné un chapeau à galons et un
uniforme parce qu'il avait été pendant neuf ans
de suite le doyen de sa corporation. Il était fier

alors! Je leur parlais comme je devais le faire, mais en même temps, je tremblais de frayeur et j'avais pitié d'eux : ils faisaient si triste mine! Alors ton père me dit : " Je sais que Vassili ne me donnera pas sa fille de bon gré. Aussi je vais l'enlever, mais il faut que tu nous aides. " Moi, les aider! Je levai la main sur lui, mais il ne s'écarta même pas : " Frappe-moi avec une pierre si tu veux, continua-t-il, mais aide-moi; de toute façon, je ne céderai pas! " Alors, Varvara s'approcha de lui, mit la main sur son épaule et dit à son tour : " Nous sommes unis depuis longtemps, depuis le mois de mai, il faut seulement nous marier à l'église. " Je suis partie d'un éclat de rire, ah! Seigneur!... »

Grand-mère était toute secouée par le rire. Enfin, elle prisa, essuya ses larmes et continua avec un soupir de satisfaction :

« Tu ne peux pas encore comprendre ce que cela signifie " s'unir " et " se marier "; mais, vois-tu, c'est un grand malheur, pour une jeune fille, d'avoir un enfant sans être mariée! Retiens bien cela et, quand tu seras grand, ne pousse pas les filles à faire le mal. Tu commettrais un grave péché, la fille serait malheureuse et l'enfant illégitime. N'oublie pas, surtout! Aie pitié des femmes, aime-les de tout ton cœur, mais pas pour t'amuser. C'est un bon conseil que je te donne! »

Elle réfléchit un peu en se balançant sur sa chaise, puis elle se secoua et reprit :

« Que faire? Je flanque une taloche à Maxime, j'attrape Varvara par les nattes, mais lui me dit avec raison : " Ce n'est pas avec des coups que tu arrangeras les choses! " Et Varvara ajoute :

" Pensez d'abord à ce qu'on peut faire, vous nous battrez après! " Je demandai à Maxime : " As-tu de l'argent? — J'en avais, me répondit-il, mais j'ai acheté une bague à Varvara. — Combien avais-tu? Trois roubles, peut-être? — Non, presque cent. " Cela représentait une grosse somme à ce moment-là : la vie n'était pas chère. Je les regardais tous les deux et je pensai : " Quels gosses! Quels nigauds! " Et voilà ta mère qui dit : " La bague, je l'ai cachée sous le plancher pour que vous ne la voyiez pas; on pourrait la vendre! " De vrais enfants! Pourtant, on se mit d'accord tant bien que mal; le mariage fut fixé à la semaine suivante, c'était moi qui devais tout arranger avec le pope. Je pleurais à chaudes larmes et j'avais le cœur serré, serré; c'est que je craignais grand-père! Varvara aussi avait bien peur. Enfin, tout fut décidé!

« ... Seulement ton père avait un ennemi, un maître calfat : ce méchant homme avait tout deviné depuis longtemps et il nous surveillait. Quand le jour arriva, je parai ma fille unique du mieux que je pus et je la conduisis dans la rue; au coin, une troïka l'attendait; elle y monta, Maxime siffla et ils partirent! Je revenais à la maison, tout en larmes, quand soudain cet individu s'avança vers moi et me dit, le scélérat : " Je suis un brave homme, Akoulina, je veux bien laisser faire le destin, mais il faut que tu me donnes cinquante roubles. " Je n'avais pas cette somme, je n'aimais pas l'argent et je n'en mettais pas de côté. Aussi, sans réfléchir, je lui répondis : " Je n'ai pas d'argent et je ne te donnerai rien. — Ta promesse me suffira! — Comment puis-je

te promettre cette somme? Où la trouver? —
Allons, répliqua-t-il, ce n'est pas difficile de
prendre de l'argent à ton mari; il est riche! " J'ai
été sotte, j'aurais dû lui parler, le retenir; au lieu
de cela, je lui crachai à la figure et je rentrai à la
maison. Mais il était arrivé dans la cour avant
moi et avait ameuté tout le monde. »

Les yeux fermés, grand-mère continua avec un
sourire :

« Je frémis encore en me rappelant ce scandale. Grand-père rugissait comme un fauve. Il ne
pouvait pas prendre la chose à la légère. Souvent,
en regardant Varvara, il disait avec fierté : " Je
la marierai à un noble, à un seigneur! " Et voilà
le noble seigneur qu'elle avait trouvé! La Sainte
Vierge sait mieux que nous celui ou celle qui nous
convient. Grand-père bondissait à travers la cour
comme s'il était la proie des flammes. Il appela
Iakov et Mikhaïl et réussit à entraîner le calfat
ainsi que Klim, le cocher. Je le vis s'emparer d'un
fléau d'armes. Tu sais, c'est un poids au bout
d'une courroie. Mikhaïl, lui, avait pris son fusil.
Nous avions de bons chevaux, ardents, une
voiture légère... " Ils vont les rattraper! " pensai-je. Alors l'ange gardien de Varvara me donna
une idée : je pris un couteau et j'entaillai les
courroies près des limons avec l'espoir qu'elles se
rompraient en cours de route. C'est ce qui arriva :
un des limons se démit; grand-père, Mikhaïl et
Klim faillirent se tuer. Ils durent s'arrêter pour
réparer les dégâts et lorsqu'ils arrivèrent à
l'église, Varvara et Maxime étaient déjà sur le
parvis, mariés, grâce à Dieu!

« ... Les nôtres voulurent attaquer Maxime,

mais il était vraiment d'une force peu commune!
Il fit rouler Mikhaïl jusqu'au bas du parvis et lui
démit le bras; puis ce fut le tour de Klim; si bien
que les trois autres furent pris de peur.

« ... Même quand il était en colère, Maxime ne
perdait pas la tête. Il dit à grand-père : " Pose
ton fléau, cesse de me menacer; je ne veux de
mal à personne. Ce que j'ai pris, Dieu me l'a
donné et personne ne pourra me le reprendre. Je
ne demande rien de plus. " Grand-père remonta
alors en voiture avec ses compagnons en criant :
" Adieu, Varvara, tu n'es plus ma fille et je ne
veux plus te voir; tu peux crever de faim, ça
m'est égal! " A son retour, il me battit et
m'injuria tant et plus. Moi, je me contentais de
gémir, mais je ne soufflais mot. Je pensais : " Ça
lui passera; ce qui doit être sera. " Enfin, il me
dit : " Écoute bien, Akoulina : tu n'as plus de
fille, ne l'oublie pas! " Moi, je me disais : " Parle
toujours, rouquin; la colère est comme la glace,
elle fond aux premiers beaux jours! " »

J'écoutais grand-mère avec une attention pas-
sionnée. Dans son récit, certaines choses m'étonnaient. Grand-père m'avait raconté le mariage de
ma mère d'une façon très différente : il reconnais-
sait qu'il s'était opposé à ce mariage et qu'il
n'avait pas permis à sa fille de revenir à la
maison après la noce, mais, à l'en croire, ma mère
ne s'était pas mariée en cachette et il avait même
assisté à la cérémonie. Je ne voulais pas demander à grand-mère ce qu'il en était : son histoire à
elle était plus jolie et me plaisait davantage. Tout
en parlant, elle ne cessait de se balancer, comme
si elle était sur un bateau. Lorsqu'elle évoquait

des scènes tristes ou effrayantes, elle se balançait plus fort et, de sa main tendue en avant, elle semblait repousser ces souvenirs. Souvent, ses yeux étaient mi-clos et un doux sourire d'aveugle se cachait entre les rides de ses joues; ses épais sourcils remuaient imperceptiblement. Parfois, sa bonté aveugle, qui voulait tout concilier, me touchait le cœur, mais parfois aussi j'aurais voulu la voir s'emporter et crier.

« J'ai passé plus de deux semaines, continua-t-elle, sans même savoir où se trouvaient Maxime et Varvara. Mais un jour, elle m'a envoyé un gamin débrouillard pour me dire où elle habitait. J'ai attendu le samedi, j'ai quitté la maison comme pour me rendre aux vêpres, et je suis allée les voir. Ils étaient installés loin de chez nous, dans la descente de Souïetino; ils habitaient une baraque dans une cour où vivaient quantité d'ouvriers; la cour était bruyante et sale; il y avait des détritus partout. Ça leur était égal : ils étaient gais tous les deux; ils ronronnaient et jouaient comme des petits chats. Je leur avais apporté tout ce que j'avais pu trouver : du thé, du sucre, du gruau, de la farine, des champignons séchés et même un peu d'argent, je ne sais plus combien. Je l'avais pris à grand-père : on a le droit de voler quand ce n'est pas pour soi! Ton père ne voulait rien accepter, il était même vexé : " Est-ce que nous sommes des mendiants? " disait-il. Varvara reprenait la même chanson : " Ah! maman, pourquoi apportez-vous tout cela?... "Je les ai grondés : " Dis-moi, grand sot, est-ce que je ne suis pas la mère que Dieu t'a donnée? Et toi, nigaude, est-ce que tu n'es pas ma

fille? Vous ne devez pas me faire de peine : quand
on offense une mère ici-bas, au ciel la Mère de
Dieu verse des larmes amères! " Alors, Maxime
m'a soulevée dans ses bras, et, tout en dansant, il
m'a fait faire le tour de la chambre. C'est qu'il
était fort, un vrai ours! Varvara, elle, se pava-
nait; elle était aussi fière de son mari, la gamine,
que d'une poupée toute neuve! Elle levait les
yeux au ciel et parlait de son ménage, sérieusement, comme une vraie maîtresse de maison.
C'était à mourir de rire! Mais pour le thé, elle
nous a servi des talmouses, un loup s'y serait
cassé les dents... et le fromage blanc, plein de
grumeaux, c'était du vrai gravier!

« ... Cela dura longtemps. Tu allais bientôt
naître et grand-père gardait toujours le silence. Il
est têtu, le vieux diable! Il savait que j'allais voir
tes parents en cachette, mais il n'en laissait rien
paraître. Il était interdit de prononcer le nom de
Varvara dans la maison, et je me taisais, comme
les autres. Mais je me doutais bien que son cœur
de père finirait par se laisser toucher. Cette heure
tant espérée arriva. C'était la nuit, la tempête de
neige faisait rage. On aurait dit que des ours
ébranlaient nos fenêtres, le vent sifflait dans les
cheminées, tous les démons s'étaient déchaînés.
Nous étions couchés, grand-père et moi, mais
nous ne pouvions pas dormir. Je lui dis : " Les
pauvres sont à plaindre par une nuit pareille,
mais ceux dont la conscience n'est pas tranquille
sont encore plus malheureux!" Brusquement,
grand-père me demanda : " Comment vivent-ils?
— Ça va, répondis-je, ils vivent bien. —Sais-tu
seulement de qui je parle? — De notre fille

Varvara et de notre gendre Maxime! — Comment l'as-tu deviné? — Cesse donc de faire le bête, lui dis-je, cette comédie a assez duré, elle n'amuse personne! " Il soupira : " Ah! diables que vous êtes, diables gris! " Puis il me demanda : " Est-il vraiment aussi bête qu'il le paraît, ce grand imbécile? " C'est de ton père qu'il voulait parler. Je lui répondis : " L'imbécile, c'est celui qui ne veut pas travailler et qui vit aux crochets des autres. Tu ferais mieux de regarder Mikhaïl et Iakov : est-ce qu'ils ne vivent pas comme des imbéciles, ces deux-là? Qui travaille ici, qui gagne l'argent? Toi. Est-ce qu'ils t'aident beaucoup, eux? " Il commença à m'insulter, à me traiter de sotte, de coquine, d'entremetteuse, et je ne sais quoi encore. Je le laissai dire. Il continuait : " Comment peut-on se laisser entortiller par un garçon pareil? On ne sait pas qui il est, ni d'où il sort. " Je me taisais toujours. Mais quand il fut fatigué de parler, je dis à mon tour : " Tu devrais aller chez eux; tu verrais qu'ils vivent bien. — Ce serait trop d'honneur pour eux; qu'ils viennent donc eux-mêmes... " Alors, je me suis mise à pleurer de joie. Lui, il défaisait mes nattes, car il aimait jouer avec mes cheveux, et il murmurait : " Cesse donc de pleurnicher, grande sotte; tu crois que je n'ai pas de cœur? " Vois-tu, à ce moment-là, c'était un très brave homme, ton grand-père; mais il est devenu méchant et bête du jour où il s'est mis dans la tête qu'il était plus intelligent que tout le monde.

« ... Et ainsi, le dimanche du Pardon [70], on vit arriver ton père et ta mère. Ils étaient propres et bien mis; cela faisait un beau couple. Maxime

s'avança vers grand-père qui lui arrivait à l'épaule : " Pour l'amour de Dieu, Vassili, ne crois pas
que je suis venu te demander une dot; non, je
veux seulement présenter mes respects au père de
ma femme. " Ces paroles firent plaisir à grand-
père qui dit en souriant : " Ah! grande perche,
brigand! Trêve de sottises! Vous viendrez vous
installer ici. " Maxime se renfrogna : " C'est
comme Varvara voudra, moi, ça m'est égal! " Et
les voilà qui commencent à se chamailler, sans
arriver à se mettre d'accord. J'avais beau faire
des clins d'œil à ton père et lui donner des coups
de pied sous la table, il suivait son idée! Il avait
de beaux yeux clairs, pleins de gaieté, mais ses
sourcils étaient noirs; quand il les fronçait, ses
yeux disparaissaient, ses traits se figeaient et son
visage prenait une expression têtue. Dans ces
moments-là, j'étais la seule à pouvoir lui faire
entendre raison. Je l'aimais bien plus que mes
propres enfants; il le savait et, lui aussi, il
m'aimait bien! Souvent, il s'approchait de moi et
me serrait contre lui, ou bien il me soulevait dans
ses bras et il me portait à travers la chambre, en
disant : " Tu es une véritable mère pour moi,
comme la terre [71]; je t'aime plus que Varvara! "
Alors ta mère, qui était espiègle et très gaie, se
jetait sur lui en criant : " Comment oses-tu dire
des choses pareilles, sauvage, oreilles salées! " On
s'amusait comme ça, on jouait tous les trois. Nous
étions heureux, mon chéri! Ton père dansait à la
perfection; il connaissait aussi de belles chansons,
les aveugles lui en avaient appris; il n'y a pas de
meilleurs chanteurs que les aveugles, tu sais!

« ... Tes parents s'étaient installés dans une

petite maison, dans notre jardin. C'est là que tu es né, à midi tout juste, au moment où ton père rentrait déjeuner. Ah! qu'il était content! Il était comme fou! Et ta mère, il l'accablait de caresses, le sot, comme si c'était difficile de mettre un enfant au monde! Il m'installa sur son épaule et me porta à travers la cour pour venir annoncer à grand-père qu'un nouveau petit-fils était né. Ton grand-père ne put s'empêcher de rire. " Quel démon tu fais, Maxime! " dit-il.

« ... Tes oncles ne l'aimaient pas : il ne buvait jamais, il avait la langue bien pendue et plus d'un tour dans son sac. Ça a failli lui coûter cher! Un jour, pendant le carême, le vent se leva et, tout à coup, on entendit dans la maison des sifflements et des hurlements terribles. Nous étions tous épouvantés. Quelle était cette diablerie? Grand-père, affolé, ordonna d'allumer partout les veilleuses sous les icônes. Il courait de tous côtés en criant : " Il faut faire dire une messe! " Le silence se fit brusquement et nous eûmes encore plus peur. Mais soudain, Iakov s'écria : " C'est sûrement un coup de Maxime! " Et, en effet, ton père nous avoua plus tard qu'il avait installé devant la lucarne des bouteilles et des flacons de toute sorte qui résonnaient, chacun à sa manière, quand le vent s'engouffrait dans les goulots. Grand-père se fâcha : " Ces plaisanteries pourraient bien te faire retourner en Sibérie, Maxime! "

« ... Une année, il fit très froid; les loups venaient rôder jusque dans la ville : tantôt ils égorgeaient un chien, tantôt ils effrayaient un cheval; un jour, ils dévorèrent un gardien ivre.

Ils semaient partout la panique. Ton père prenait
un fusil, mettait ses skis et partait en pleine nuit
dans les champs; il revenait avec un loup, et
parfois deux. Il les écorchait, tannait les têtes et
leur mettait des yeux de verre. C'était du beau
travail. Une fois, l'oncle Mikhaïl venait de sortir
pour un besoin pressant, quand, tout à coup, le
voilà qui revient du vestibule en courant, les
yeux écarquillés, la gorge si serrée qu'il ne
pouvait dire un mot. Son pantalon avait glissé, il
se prit les pieds dedans et tomba. " Un loup! ",
chuchota-t-il. Chacun prit comme arme ce qui lui
tombait sous la main et on se précipita dans le
vestibule, avec des bougies. En effet, dans le
coffre, il y avait un loup qui passait la tête. On
tape dessus, on lui tire des coups de fusil : il ne
bouge pas. Alors on y regarde de plus près : ce
n'était qu'une peau de loup clouée à l'intérieur
du coffre par les pattes de devant. Ce jour-là,
grand-père s'emporta pour de bon contre
Maxime. Bientôt Iakov se mit à imiter ton père.
Maxime fabriquait des têtes en carton, dessinait
des yeux, un nez, une bouche et collait de
l'étoupe en guise de cheveux. Puis, en compagnie
de Iakov, il s'en allait dans les rues et faisait
apparaître aux fenêtres ces masques affreux; bien
entendu, les gens hurlaient de peur. La nuit, les
deux compères sortaient, enveloppés dans des
draps. Une fois, ils effrayèrent le pope qui se
réfugia dans la guérite du sergent de ville et
l'autre, terrorisé lui aussi, appela au secours. Ils
firent ainsi beaucoup de scandale et on ne
pouvait pas leur faire entendre raison. Je leur
disais bien de cesser leurs plaisanteries. Varvara

aussi, mais ils ne voulaient rien savoir. Maxime
riait; il nous répondait : " C'est trop amusant de
voir les gens prendre peur pour un rien et s'enfuir
à toutes jambes, au risque de se rompre les os! "
Allez donc discuter avec lui...

« ... Ces plaisanteries faillirent très mal finir
pour lui. L'oncle Mikhaïl, qui est susceptible et
rancunier, tout comme ton grand-père, décida de
se débarrasser de Maxime. C'était au début de
l'hiver; ton père avait passé la soirée chez des
amis en compagnie de tes oncles et d'un diacre
qui fut révoqué par la suite pour avoir assommé
un cocher. Ils revenaient tous les quatre de la rue
du Relais. En chemin, tes oncles proposèrent à
Maxime de venir avec eux jusqu'à l'étang Dukov
pour y faire des glissades, comme des gamins; là,
ils le poussèrent dans un trou percé dans la
glace... Je te l'ai déjà raconté...

— Pourquoi mes oncles sont-ils si méchants?

— Ils ne sont pas méchants, répondit tranquillement grand-mère en prenant une prise, ils
sont bêtes, tout simplement. Mikhaïl est rusé,
mais il n'est pas intelligent. Iakov, lui, c'est un
niais... Ils le jetèrent donc à l'eau, mais il revint à
la surface et s'agrippa au bord du trou. Les
autres lui tapaient sur les mains, lui écrasaient les
doigts avec leurs talons. Par bonheur, Maxime
n'avait pas bu, tandis que tes oncles étaient
ivres; avec l'aide de Dieu, il réussit à s'allonger
sous la glace et à maintenir son visage hors de
l'eau, juste au milieu du trou, pour respirer. De
cette façon, tes oncles ne pouvaient pas l'atteindre. Pendant quelque temps, ils lui lancèrent
des morceaux de glace à la tête, puis ils finirent

par s'en aller, en se disant qu'il se noierait bien
tout seul! Mais il se tira de là et il courut se
réchauffer au poste de police, tu sais, celui qui se
trouve sur la place. Le commissaire le connaissait
bien, il connaissait toute la famille, et il lui
demanda ce qui était arrivé. »

Grand-mère se signa et s'écria avec gratitude .

« Seigneur, accorde le repos éternel à Maxime,
qu'il prenne place parmi les justes comme il le
mérite! Il n'a rien raconté à la police. " J'avais
bu, dit-il, je me suis aventuré sur l'étang et je
suis tombé dans un trou. " Le commissaire lui
répondit : " Ce n'est pas vrai, tu ne bois
jamais! " Bref, on le frictionna avec de l'alcool,
on lui mit des vêtements secs, on l'enveloppa
dans une touloupe [72] et on le ramena à la maison. Le commissaire et deux policiers l'accompagnaient. Iakov et Mikhaïl n'étaient pas encore
rentrés; ils traînaient dans les cabarets, disant du
mal de père et mère. Quand nous avons vu
arriver Maxime, Varvara et moi, nous l'avons à
peine reconnu : il était tout rouge, le sang coulait
de ses doigts broyés; il semblait avoir de la neige
sur les tempes, mais cette neige ne fondait pas,
c'étaient ses cheveux qui avaient blanchi!

« ... Varvara poussa un grand cri : " Qu'est-ce
qu'on t'a fait? " Le commissaire furetait, tournait autour de nous en essayant de nous tirer les
vers du nez, et mon cœur pressentait un malheur.
Je laissai Varvara s'occuper du commissaire et, de
mon côté, je questionnai Maxime à voix basse
pour savoir ce qui s'était passé. Il me chuchota :
" Guettez Iakov et Mikhaïl et, quand ils rentre-
ront, expliquez-leur ce qu'ils doivent dire : ils

m'ont quitté dans la rue du Relais et sont allés jusqu'à l'église de l'Intercession, tandis que je prenais la ruelle des Fileurs. Ne vous trompez pas, sinon vous aurez des ennuis avec la police! " J'allai trouver grand-père : " Lève-toi et viens t'occuper du flic, moi je vais attendre les enfants au portail. " Et je lui racontai cette sale histoire. Il s'habilla en tremblant; il marmonnait : " Je m'en doutais! Je m'y attendais! " Ce n'était pas vrai; de quoi aurait-il pu se douter? J'accueillis mes chers petits en leur flanquant ma main sur la figure. Mikhaïl eut si peur qu'il fut tout de suite dégrisé; Iakov, lui, le pauvre, sa langue s'emmêlait et c'est tout juste s'il put bredouiller : " Je ne sais rien de rien, c'est Mikhaïl qui a tout fait, c'est lui l'aîné! " Nous sommes arrivés à calmer tant bien que mal le commissaire qui était un brave homme. Mais, en partant, il nous dit : " Méfiez-vous! S'il arrive un malheur chez vous, je saurai où trouver les coupables... " Grand-père s'approcha de Maxime : " Je te remercie; un autre n'aurait pas fait cela à ta place, je m'en rends bien compte! Et toi aussi, ma fille, je te remercie d'avoir amené un homme généreux dans la maison de ton père! " Ah! il parlait bien, grand-père, quand il voulait! C'est seulement plus tard, par bêtise, qu'il a verrouillé son cœur!... Quand il se trouva seul avec Varvara et moi, Maxime se mit à pleurer. Il semblait délirer : " Pourquoi m'ont-ils fait ça? Quel mal leur avais-je fait? Pourquoi, dis, maman? " Il ne m'appelait pas " mère ", mais " maman ", comme un petit enfant. D'ailleurs, par le caractère, c'était bien un enfant. " Pourquoi? " répétait-il. Moi, je sanglotais. Qu'est-ce que je pouvais faire d'autre? Iakov et Mikhaïl, c'étaient mes enfants après tout, j'avais pitié d'eux! Ta mère avait fait sauter tous les boutons de sa blouse; elle était là, assise, échevelée comme si elle s'était battue, et elle criait d'une voix rauque : " Allons-nous-en, Maxime! Mes frères sont nos ennemis, ils me font peur, allons-nous-en! " Je la fis taire : " N'attise pas le feu! Ça chauffe bien assez! " Sur ces entrefaites. les deux imbéciles arrivèrent, envoyés par grand-père pour demander pardon. Ta mère se jeta sur Mikhaïl, et vlan sur la joue! Le voilà, ton pardon! Et ton père dit avec reproche : " Comment avez-vous pu faire cela, frères? Je pouvais rester infirme par votre faute. Comment aurais-je pu travailler sans mes mains? " Enfin, ils se réconcilièrent tant bien que mal. Ton père fut malade et resta au lit près de sept semaines. Souvent, il me disait : " Ah! maman, partons ensemble dans une autre ville, ici je m'ennuie! " Bientôt, il eut l'occasion de partir pour Astrakhan : le tsar devait visiter cette ville pendant l'été et ton père fut chargé de construire un arc de triomphe. Avec ta mère, ils prirent le premier bateau. J'eus le cœur brisé de les voir partir. Maxime était triste lui aussi, il me proposait de les accompagner à Astrakhan. Varvara, elle, était toute joyeuse et elle ne prenait même pas la peine de cacher sa joie, l'effrontée... Ils partirent. Et voilà... »

Elle but une gorgée de vodka, prisa et ajouta, en contemplant d'un air pensif le ciel d'un gris bleu :

« Oui, nous n'étions pas du même sang, ton père et moi, mais nos âmes étaient sœurs... »

Parfois, pendant qu'elle me racontait cette histoire, grand-père entrait. Il levait son visage de putois, humait l'air de son nez pointu et examinait grand-mère d'un air soupçonneux. Il prêtait l'oreille à son récit et marmonnait :

« Encore tes bêtises... »

Soudain, il me demandait :

« Alexis, elle a bu de la vodka?

— Non.

— Tu mens, je le vois à tes yeux. »

Et il s'en allait d'un pas hésitant. Grand-mère clignait de l'œil dans sa direction et lui lançait quelque facétie :

« Passe ton chemin, l'ami, tu fais peur aux chevaux... »

Une fois, debout au milieu de la pièce, les yeux fixés au plancher, il dit à voix basse :

« Mère?

— Hein?

— Tu vois ce qui se passe?

— Oui, je vois.

— Qu'en penses-tu?

— C'est la destinée, père! Tu te souviens, tu disais toujours que ce serait un noble?

— Oui.

— Le voilà, ton noble.

— Il n'a pas le sou.

— Ça, c'est son affaire à elle! »

Grand-père sortit. L'âme inquiète, je demandai à grand-mère :

« De quoi parliez-vous?

— Tu voudrais tout savoir, grommela-t-elle,

en me frictionnant les jambes. Si tu sais tout maintenant, qu'est-ce qu'il te restera à apprendre quand tu seras vieux? »

Elle se mit à rire, en hochant la tête :

« Ah! grand-père, grand-père, tu n'es qu'un grain de poussière aux yeux de Dieu!... Il ne faut surtout pas le répéter, Alexis, mais ton grand-père est complètement ruiné! Il a confié une très grosse somme à un seigneur, des milliers de roubles, et l'autre a fait faillite... »

Elle souriait, pensive, et elle demeura long-temps ainsi, sans parler; peu à peu, son large visage se renfrogna, s'assombrit, prenant une expression de tristesse.

« A quoi penses-tu? »

Elle sursauta.

« Eh bien, je pense à ce que je vais te raconter. L'histoire d'Evstigné, veux-tu? Alors voilà :

> *Il était une fois un diacre du nom d'Evstigné;*
> *Il se croyait malin, et pensait n'avoir son égal*
> *Ni parmi les popes, ni parmi les boyards,*
> *Ni même parmi les chiens les plus vieux!*
> *Il se pavanait, fier comme un dindon,*
> *Et semblait se prendre pour l'oiseau Sirène*[73];
> *Aux voisins, aux voisines, il faisait la leçon*
> *Trouvant toujours quelque chose à redire.*
> *Voyait-il une église : il la jugeait trop basse;*
> *Voyait-il une rue : elle était trop étroite!*
> *Cette pomme, elle n'est pas vermeille!*
> *Et le soleil s'est levé trop tôt!*
> *A tout ce qu'on lui montrait, il disait :*

Ici, grand-mère gonflait ses joues, écarquillait les yeux. Son bon visage prenait une expression

stupide et comique et elle continuait d'une voix
de basse, en traînant sur les mots :

> *Moi, j'aurais su le faire aussi,*
> *J'aurais même mieux réussi,*
> *Mais je n'ai jamais le temps.*

Grand-mère s'interrompait un instant, puis
reprenait doucement avec un sourire :

> *Une nuit, les démons vinrent le trouver :*
> *Diacre, rien ne te plaît donc ici?*
> *Alors, suis-nous en enfer,*
> *Il y a du bon feu, là-bas!*
> *Sans lui laisser le temps de mettre son bonnet,*
> *Les démons l'empoignèrent;*
> *Ils le chatouillent et le traînent en hurlant;*
> *Deux sont juchés sur ses épaules.*
> *En enfer, le voilà jeté!*
> *Te trouves-tu bien, cher Evstigné?*
> *Le diacre est en train de rôtir...*
> *Les poings sur les hanches, il regarde alentour,*
> *Ses lèvres font la moue et, d'un ton dédaigneux :*
> *Ici, dit-il, il y a trop de fumée!*

Grand-mère achève la fable d'une voix traînante et pâteuse. Puis son visage change d'expression, et elle rit doucement en m'expliquant :
« Il n'a pas cédé, Evstigné, il a tenu bon. Il
ressemble à grand-père, têtu comme lui! Allons, il
est temps de dormir maintenant... »

Ma mère montait rarement me voir. Elle ne
restait jamais longtemps et parlait peu, car elle
était toujours pressée. Elle me paraissait toujours
plus belle, mieux habillée, mais je sentais qu'elle

avait changé; elle aussi me cachait quelque
chose.

Les histoires de grand-mère m'intéressaient de
moins en moins, et même ses souvenirs sur mon
père ne parvenaient pas à calmer la vague
angoisse que je sentais grandir en moi.

« Pourquoi l'âme de mon père est-elle inquiète?
demandais-je.

— Comment veux-tu que je le sache? me
répondait-elle en baissant les paupières. C'est
l'affaire de Dieu, ce sont des choses qui nous
dépassent... »

La nuit, quand je ne pouvais pas dormir, je
contemplais à travers les vitres bleues les étoiles
qui voguaient lentement dans le ciel et j'inven-
tais des histoires tristes dont mon père était le
héros : je le voyais cheminer tout seul, un bâton à
la main, et un chien à longs poils le suivait...

CHAPITRE XII

Je me réveillai un soir, après un court sommeil, et j'eus l'impression que mes jambes se réveillaient elles aussi; je les laissai pendre hors du lit, elles me manquèrent encore, mais j'eus la certitude qu'elles étaient intactes et que je pourrais marcher de nouveau. Ma joie en fut si vive qu'elle m'arracha un cri. Mes jambes cédèrent sous le poids de mon corps et je m'écroulai, mais je pus quand même ramper jusqu'à la porte et descendre l'escalier. Je me représentais l'étonnement de tout le monde quand on me verrait apparaître.

Je ne me souviens pas comment je me retrouvai dans la chambre de ma mère, sur les genoux de grand-mère. Il y avait là des gens que je ne connaissais pas, en particulier une vieille toute sèche qui disait d'un ton sévère en couvrant les autres voix :

« Il faut lui faire boire de l'eau de framboise et l'envelopper complètement... »

Sa robe, son chapeau et son visage étaient tout verts; elle avait même sous l'œil une verrue où poussaient des poils qui ressemblaient à de l'herbe. Elle abaissa sa lèvre inférieure, releva l'autre et comme elle avait mis sa main gantée de dentelle noire devant ses yeux, il me sembla qu'elle me regardait avec ses dents vertes.

« Qui est-ce? » demandai-je, intimidé.

Grand-père prit une voix désagréable pour me répondre :

« C'est ta nouvelle grand-mère... »

Avec un sourire forcé, ma mère poussa vers moi Ievguéni Maximov.

« Et voilà ton père... »

Puis elle prononça très vite des paroles que je ne compris pas. Maximov, clignant des yeux, se pencha vers moi et me dit :

« Je te donnerai une boîte de couleurs. »

La chambre était vivement éclairée; dans un coin, sur une table, des candélabres à cinq branches étaient allumés et on avait placé entre eux l'icône préférée de grand-père : « Ne me pleure pas, ô Mère »; les perles de la garniture resplendissaient et semblaient en fusion; parmi l'or des auréoles, les almandines grenat lançaient leurs feux. Des faces rondes et ternes comme des crêpes, avec des nez aplatis, se pressaient en silence contre les carreaux sombres des fenêtres qui donnaient sur la rue. Tout ce qui m'entourait était entraîné dans une sorte de tourbillon tandis que la vieille femme verte passait ses doigts froids derrière mon oreille en répétant :

« Pas de doute, pas de doute...

— Il s'est évanoui », dit grand-mère et elle m'emporta dans ses bras.

Mais je n'avais pas perdu connaissance, j'avais

seulement fermé les yeux et lorsque nous fûmes dans l'escalier, je demandai à grand-mère :

« Pourquoi tu ne m'as rien dit de tout ça?

— Ah!... Tais-toi donc!...

— Vous m'avez trompé... »

Après m'avoir posé sur le lit, elle plongea sa tête dans l'oreiller et se mit à trembler et à pleurer; ses épaules se soulevaient et elle balbutiait d'une voix étouffée par les sanglots :

« Mais pleure donc... pleure un peu... »

Je n'avais pas envie de pleurer. Il faisait sombre et froid; je frissonnais, le lit se balançait et grinçait; la vieille femme verte était encore devant mes yeux. Je fis semblant de m'endormir et grand-mère s'en alla.

Quelques jours vides et monotones s'écoulèrent comme un mince filet d'eau. Ma mère était partie après les accordailles et un silence accablant régnait dans la maison.

Un matin, grand-père parut avec un ciseau; il s'approcha de la fenêtre et se mit à détacher le mastic du cadre d'hiver de la fenêtre[74]. Grand-mère arriva à son tour avec une cuvette d'eau et des torchons. Grand-père lui demanda tout doucement :

« Eh bien, mère?

— Quoi?

— Tu es contente alors? »

Elle répéta les paroles qu'elle avait prononcées dans l'escalier :

« Ah!... Tais-toi donc! »

Ces mots si simples prenaient maintenant un sens particulier, ils cachaient quelque chose d'important et de triste dont il ne fallait pas parler mais que tout le monde connaissait.

Après avoir retiré le cadre avec précaution, grand-père l'emporta. Grand-mère ouvrit la fenêtre toute grande. Dans le jardin, on entendait un sansonnet, des moineaux piaillaient; le parfum enivrant de la terre au moment du dégel envahissait la chambre; le poêle de faïence aux carreaux bleuâtres avait blanchi de confusion et on avait froid en le regardant. Je descendis du lit.

« Ne marche pas nu-pieds, me dit grand-mère.

— Je veux aller au jardin.

— Ce n'est pas encore sec, tu ferais mieux d'attendre ! »

Je ne me souciais pas de lui obéir. La seule vue des grandes personnes m'était désagréable.

Au jardin, pointaient les aiguilles vert clair de l'herbe nouvelle, les bourgeons des pommiers s'étaient gonflés et éclataient; sur la maisonnette de la Petrovna, la mousse avait reverdi. Il y avait partout une multitude d'oiseaux; leurs cris joyeux et le parfum de l'air frais me tournaient la tête. Dans la fosse où l'oncle Piotr s'était tranché la gorge, les ronces et les mauvaises herbes s'étaient couchées et enchevêtrées sous le poids de la neige; ici, le printemps n'avait pas pénétré. Les poutres calcinées luisaient tristement et l'inutilité de cette fosse me parut irritante. L'envie me prit d'arracher ces ronces et ces mauvaises herbes, d'enlever les morceaux de brique et les poutres, tout ce qu'il y avait de sale et d'inutile, d'aménager là un coin propre et d'y vivre seul pendant tout l'été, loin des grandes personnes.

J'entrepris ce travail aussitôt et ce fut une chance pour moi : je devins de moins en moins sensible à l'atmosphère pénible qui régnait chez nous.

« Pourquoi fais-tu la tête? » me demandaient souvent ma grand-mère ou ma mère.

Je me sentais gêné lorsqu'elles me posaient cette question : je n'étais pas fâché contre elles, c'était simplement de l'indifférence. La vieille était souvent là pour le déjeuner, le thé ou le souper; elle me faisait penser à un pieu pourri dans une vieille palissade. Ses yeux semblaient cousus au visage par des fils invisibles; ils sortaient facilement des orbites creuses et se déplaçaient avec agilité; ils voyaient et observaient tout, s'élevaient vers le plafond lorsqu'elle parlait de Dieu et s'abaissaient vers les joues lorsqu'il était question de soucis domestiques. Ses sourcils étaient pareils à du son et paraissaient collés sur la peau. A table, elle repliait le bras d'une façon ridicule, en écartant le petit doigt, et ses larges dents déchaussées mâchaient sans bruit tout ce qu'elle introduisait dans sa bouche. Près de ses oreilles sans cesse en mouvement, on voyait rouler de petites boules osseuses; les poils verts de sa verrue remuaient aussi et semblaient ramper sur sa peau jaune, ridée et si propre qu'elle m'écœurait. Elle était comme son fils d'une propreté telle qu'on en était gêné et que son contact était désagréable. Les premiers temps, elle avait essayé de porter à mes lèvres sa main froide comme celle d'un cadavre; cette main avait une odeur d'encens et de savon de Kazan. Je me détournais et prenais la fuite.

Elle répétait souvent à son fils :

« Il faut absolument éduquer cet enfant, tu entends, Ievguéni? »

Il inclinait docilement la tête, fronçait les sourcils et ne répondait rien. Tout le monde d'ailleurs fronçait les sourcils en présence de cette femme. Je les haïssais, elle et son fils, et ce sentiment me valut bien des coups. Un jour, pendant le déjeuner, elle dit en écarquillant les yeux à faire peur :

« Voyons, Alexis, pourquoi manges-tu si vite d'aussi gros morceaux? Tu vas t'étouffer, mon ami! »

Je retirai le morceau de ma bouche, le plantai sur ma fourchette et le lui tendis :

« Tenez, si ça vous fait peine... »

Ma mère m'arracha de ma chaise et je fus honteusement chassé au grenier. Grand-mère vint m'y retrouver. Elle mettait la main devant sa bouche pour qu'on ne l'entende pas rire.

« Ah! Seigneur! Quel polisson tu fais! Le Christ soit avec toi! »

Son attitude me déplut et je m'enfuis; je grimpai sur le toit où je restai longtemps, dissimulé derrière une cheminée. Oui, j'avais grande envie de polissonner, d'être insolent et il m'était dur de refréner ce désir, mais il le fallut bien. J'enduisis un jour de gomme de cerisier les chaises de mon futur beau-père et de ma nouvelle grand-mère et ils restèrent tous deux collés sur leurs sièges. Le spectacle fut très drôle, mais grand-père m'administra une sévère correction. Un peu plus tard, ma mère vint au grenier. Elle m'attira contre elle et, me serrant bien fort entre ses genoux, elle me dit :

« Écoute, pourquoi fais-tu le méchant? Si tu savais quel chagrin tu me causes! »

Ses yeux se remplirent de larmes claires, elle appuya ma tête contre sa joue. C'était si pénible que j'aurais préféré être battu. Je lui promis de ne plus jamais offenser les Maximov, pourvu qu'elle s'arrêtât de pleurer.

« Oui, oui, répondit-elle tout bas, il ne faut pas faire le polisson! Nous allons bientôt nous marier, puis nous irons à Moscou, puis nous reviendrons et tu vivras avec nous. Ievguéni est intelligent et très bon, tu seras heureux avec lui. Tu iras au lycée, puis tu seras étudiant, tout comme lui maintenant, et puis tu deviendras docteur ou ce que tu voudras; quand on est instruit, on fait ce qu'on veut. Eh bien, va t'amuser, maintenant. »

Ces « puis » qu'elle accumulait me faisaient penser à un escalier qui m'entraînait très bas, très loin d'elle, dans l'obscurité et la solitude et j'en éprouvais une profonde tristesse. J'avais envie de lui dire :

« Ne te marie pas, je t'en prie, je te nourrirai bien moi-même! »

Mais je n'arrivais pas à le dire. Des pensées pleines de tendresse s'éveillaient en moi lorsque je la voyais, mais je ne me décidais jamais à les exprimer.

Dans le jardin, mes travaux avaient pris bonne tournure : j'avais pioché la terre, coupé les herbes folles avec un grand couteau. Aux endroits où le terrain s'éboulait, j'avais garni les bords de la fosse de morceaux de briques et j'avais construit, en brique également, un large siège sur lequel on pouvait même s'étendre. J'avais ramassé une grande quantité d'éclats de verre coloré et de débris de vaisselle et je les avais fixés avec de l'argile entre les briques; lorsque le soleil se risquait dans la fosse, tout un arc-en-ciel s'y allumait comme dans une église.

« Bonne idée! dit un jour grand-père en regardant mon œuvre. Seulement, les ronces auront raison de toi, tu as laissé les racines. Laisse-moi faire, je vais creuser avec la bêche. Va me la chercher! »

Je la lui apportai; il cracha dans ses mains et en soufflant, il enfonça profondément la bêche dans la terre grasse.

« Jette les racines!... Je planterai ici des tournesols, des mauves, ce sera bien! Très bien... »

Mais tout à coup, il se pencha sur son outil et se tut, immobile. Je le regardai avec attention : de ses petits yeux intelligents et vifs, des larmes fines tombaient dru sur la terre.

« Qu'est-ce que tu as? »

Il se secoua, essuya son visage avec sa paume et me lança un regard trouble :

« Je suis tout en sueur! Regarde donc tous ces vers! »

Il se remit à bêcher, puis me dit brusquement :

« Tu as fait tout cela pour rien, mon garçon, pour rien. La maison, vois-tu, je vais bientôt la vendre, à l'automne sans doute. Il faut de l'argent pour la dot de ta mère. Eh oui, qu'elle, au moins, connaisse une vie meilleure. Le Seigneur soit avec elle... »

Il jeta la bêche et fit un geste vague de la main, puis il s'en alla derrière l'étuve, dans le coin du jardin où se trouvaient ses châssis. Je me mis au travail à mon tour mais presque aussitôt, je me cassai un doigt de pied avec la bêche.

Aussi je ne pus accompagner ma mère à l'église le jour de son mariage et je me contentai de franchir le portail pour la voir s'éloigner, la tête inclinée, donnant le bras à Maximov; elle posait avec précaution les pieds sur les briques du trottoir et sur l'herbe verte qui poussait dans les interstices, comme si elle marchait sur des clous.

La noce manqua d'éclat; au retour de l'église, on prit le thé sans entrain. Ma mère se retira aussitôt dans sa chambre pour se changer et faire les malles. Mon beau-père s'assit à côté de moi et me dit :

« Je t'avais promis une boîte de couleurs, mais je n'en ai pas trouvé de belle ici. Je ne peux pas te donner la mienne, je t'en enverrai une de Moscou...

— Et qu'est-ce que j'en ferai?

— Tu n'aimes pas le dessin?

— Je ne sais pas dessiner.

— Alors je t'enverrai autre chose. »

Ma mère s'approcha :

« Nous reviendrons bientôt. Quand ton père aura passé ses examens et qu'il aura terminé ses études, nous reviendrons... »

Ils me parlaient comme à une grande personne et j'en étais flatté, mais il me paraissait étrange qu'un homme avec une barbe étudiât encore. Je lui demandai :

« Qu'est-ce que tu apprends?

— L'arpentage... »

Je n'eus pas le courage de m'informer davantage. Un calme ennui envahissait la maison, on croyait entendre comme un froissement de laine et on aurait voulu voir arriver la nuit bien vite. Adossé au poêle, grand-père regardait par la fenêtre, les yeux mi-clos. La vieille, avec des grognements et des gémissements, aidait ma mère à faire les malles. Grand-mère, qui était ivre depuis midi, avait été enfermée au grenier car on avait honte d'elle.

Ma mère partit le lendemain très tôt. Elle me prit dans ses bras pour me faire ses adieux, me soulevant de terre sans effort. Elle me regarda dans les yeux avec une expression que je ne lui connaissais pas et me dit en m'embrassant :

« Eh bien, adieu...

— Dis-lui qu'il m'obéisse, coupa d'un ton maussade grand-père qui regardait le ciel encore rose.

— Écoute bien ton grand-père », dit ma mère en me signant.

J'attendais autre chose et j'en voulus à grand-père de l'avoir interrompue.

Les nouveaux époux s'installèrent dans une calèche; ma mère accrocha le bas de sa robe et longtemps, avec colère, elle s'efforça de la dégager.

« Aide-la donc, tu ne vois pas? » me dit grand-père.

Mais je ne pouvais pas, j'étais paralysé par l'angoisse.

Maximov allongeait patiemment ses longues jambes gainées d'étroits pantalons bleus. Grand-mère lui tendait encore quelques balluchons qu'il mettait sur ses genoux et retenait avec le menton; il fronçait son visage pâle d'un air craintif.

« Assez », disait-il d'une voix traînante.

La vieille femme verte prit place dans une deuxième calèche avec son fils aîné, l'officier. Elle se tenait immobile comme une statue tandis que son fils se peignait la barbe avec la poignée de son sabre et bâillait à petits coups.

« Alors, vous allez partir pour la guerre? demanda grand-père.

— Sans aucun doute.

— C'est une bonne chose. Il faut battre les Turcs [75]... »

Ils partirent. Ma mère se retourna plusieurs fois en agitant son mouchoir. Appuyée d'une main au mur de la maison, grand-mère lui faisait aussi des signes d'adieu et son visage était inondé de larmes. Grand-père s'essuyait les yeux et grommelait d'une voix saccadée :

« Ça ne donnera rien de bon... rien... »

Assis sur un banc, je regardais les calèches s'éloigner en rebondissant. Lorsqu'elles disparurent à un coin de rue, il me sembla que quelque chose se fermait brutalement dans ma poitrine.

Il était très tôt, les fenêtres des maisons avaient encore leurs volets fermés. Personne dans la rue; je ne l'avais jamais vue aussi déserte, aussi morte. Au loin, un berger faisait entendre une mélodie obsédante.

« Allons prendre un peu de thé, proposa grand-père en posant la main sur mon épaule. Il n'y a pas de doute, c'est ton destin de vivre avec moi;

tu n'as pas fini de te frotter à moi comme une allumette contre la brique ! »

Du matin au soir, nous restions tous les deux dans le jardin, absorbés par notre travail. Grand-père bêchait les plates-bandes, attachait les framboisiers, enlevait le lichen des pommiers, écrasait les chenilles ; de mon côté, je continuais à organiser et à embellir ma demeure. Grand-père avait coupé à la hache l'extrémité de la poutre calcinée et planté des piquets auxquels j'avais suspendu des cages d'oiseaux. J'avais tressé une haie serrée avec des herbes sèches et j'avais fait au-dessus du banc un toit pour me protéger du soleil et de la rosée. C'était devenu tout à fait bien chez moi.

« Il est bon que tu apprennes à te débrouiller tout seul », disait grand-père.

J'accordais un grand prix à ses paroles. Parfois, il s'étendait sur le siège que j'avais recouvert de gazon et il me faisait la leçon sans se hâter, comme si les mots lui venaient avec peine.

« Maintenant, tu es comme un morceau de pain coupé ; ta mère aura d'autres enfants, ils lui seront plus proches que toi. La grand-mère, elle, s'est mise à boire. »

Il se taisait pendant un long moment, semblant tendre l'oreille, puis comme à contrecœur, il laissait tomber de nouveau des paroles lourdes :

« C'est la deuxième fois qu'elle se met à boire. La première fois, c'était lorsque le sort a désigné Mikhaïl comme soldat. Alors, elle m'a persuadé de lui acheter une exemption, la vieille sotte ! S'il avait été soldat, il aurait peut-être changé... Ah ! vous autres... Moi, je mourrai bientôt, tu resteras seul, tout seul pour gagner ton pain, tu comprends? Alors, voilà, apprends à ne compter que sur toi-même et ne te laisse pas manœuvrer par les autres! Vis tranquillement, paisiblement, mais sois opiniâtre! Écoute tout le monde, mais ne suis que ton intérêt... »

Tout l'été, sauf quand il faisait mauvais temps, je vécus dans le jardin; et même par les nuits chaudes, j'y dormais sur un tapis de feutre que grand-mère m'avait donné. Souvent, elle passait aussi la nuit dans le jardin. Elle apportait une brassée de foin qu'elle éparpillait à côté de moi puis elle s'allongeait et me racontait de longues histoires qu'elle interrompait par des remarques inattendues :

« Regarde, une étoile qui est tombée! C'est une âme pure qui a été prise de nostalgie, là-haut, en se souvenant de sa mère, la terre! Alors, quelque part un bon petit enfant vient de naître. »

Ou bien :

« Une nouvelle étoile s'est levée, regarde donc! Comme elle a un grand œil! O ciel, beau ciel, chasuble étincelante de Dieu... »

Grand-père grognait :

« Vous allez prendre froid, imbéciles, vous tomberez malades ou vous aurez un tour de reins. Des voleurs viendront et ils vous étrangleront... »

Souvent, au coucher du soleil, des torrents de feu se répandaient dans le ciel; peu à peu, ils s'éteignaient et une cendre d'or rouge pleuvait sur la verdure veloutée du jardin. Puis tout s'assombrissait rapidement, s'élargissait, se gonflait, noyé par la nuit chaude. Rassasiées de soleil, les feuilles s'abaissaient, les herbes s'inclinaient vers la terre. Tout devenait plus doux, plus somptueux; mille parfums s'exhalaient doucement, caressants comme de la musique; des sons flottaient, venus de la campagne lointaine : on sonnait la retraite dans les camps. La nuit tombait et, avec elle, quelque chose de fort, de rafraîchissant comme la tendre caresse d'une mère, se déversait dans la poitrine; le silence vous effleurait le cœur de sa main chaude et veloutée et tous les mauvais souvenirs, toute la poussière brûlante et fine de la journée s'effaçaient de la mémoire.

Quel plaisir de rester étendu et de contempler les étoiles dont l'éclat grandit, approfondissant le ciel à l'infini. Cet abîme où le regard se perd découvre sans cesse de nouvelles étoiles; il vous attire, vous soulève sans effort. Vous éprouvez une sensation étrange : est-ce la terre qui s'est réduite à votre taille ou bien vous qui avez miraculeusement grandi, vous confondant avec tout ce qui vous entoure?

L'obscurité croissait, le silence augmentait, mais partout, invisibles, des cordes sensibles étaient tendues; qu'un oiseau chante dans son sommeil, qu'un hérisson passe en courant, qu'une voix humaine s'élève avec douceur, le moindre de ces bruits donnait une sonorité particulière et nouvelle, soulignée avec amour par le silence frémissant.

Un accordéon jouait, un rire de femme éclatait, un sabre traînait sur les briques du trottoir, un chien hurlait, mais tous ces bruits inutiles n'étaient que les dernières feuilles du jour fané qui tombaient.

Il y a des nuits où, brusquement, dans la campagne ou dans la rue, on entendait des cris d'ivrogne, des pas lourds et précipités, mais nous ne prêtions pas attention à ce tapage dont nous n'avions que trop l'habitude.

Grand-mère était longue à s'endormir; elle restait étendue, les mains croisées derrière la tête et, dans un état de douce exaltation, elle racontait sans se soucier le moins du monde d'être écoutée. Elle choisissait toujours un conte qui rendait la nuit encore plus significative et plus belle.

Bercé par le rythme de sa voix, je m'endormais sans m'en apercevoir et je me réveillais au chant des oiseaux. Le soleil me regardait en plein visage, l'air du matin se réchauffait et frémissait; les feuilles des pommiers secouaient leur rosée, l'herbe humide brillait d'un éclat plus vif, prenait une transparence de cristal, une fine et légère vapeur s'en élevait. Dans le ciel lilas, l'éventail des rayons du soleil s'élargissait et l'horizon bleuissait. Très haut dans le ciel, une alouette invisible chantait et les couleurs et les sons s'infiltraient dans le cœur comme une rosée, faisant naître une joie calme, réveillant le désir de se lever bien vite, de travailler et de vivre en harmonie avec tous les êtres qui vous entouraient.

Ce fut la période la plus calme et la plus contemplative de ma vie et c'est pendant cet été-là qu'un sentiment de confiance en mes propres forces naquit en moi et se fortifia. Je devenais sauvage et insociable; j'entendais les cris des enfants Ovsiannikov, mais je n'étais pas tenté d'aller jouer avec eux et lorsque mes cousins venaient, je n'en ressentais aucun plaisir, je craignais seulement pour mes constructions, la première œuvre que j'eusse réalisée tout seul.

Les discours de grand-père cessèrent eux aussi de m'intéresser. Il devenait chaque jour plus cassant, geignait et se lamentait sans cesse. Souvent il se disputait avec grand-mère, il la chassait de la maison et elle se réfugiait chez l'oncle Iakov ou chez Mikhaïl. Elle restait parfois absente plusieurs jours et grand-père faisait lui-même la cuisine; il se brûlait les mains, hurlait, jurait et cassait la vaisselle. Sa cupidité ne faisait que croître.

Il venait quelquefois dans mon abri, s'installait confortablement sur le gazon et m'observait longuement en silence puis, soudain, il me demandait :

« Pourquoi ne dis-tu rien?

— Parce que... »

Il se mettait alors à me faire la leçon :

« Nous ne sommes pas des seigneurs. Il n'y a personne pour nous instruire. Nous devons tout comprendre par nous-mêmes. Pour les autres, il y a des livres et des écoles, mais, pour nous, rien n'a été fait. Il faut tout saisir soi-même... »

Et il restait pensif, immobile comme une statue, muet et presque sinistre.

A l'automne, il vendit la maison. Peu de temps auparavant, un soir, à l'heure où nous prenions le thé, il avait brusquement déclaré d'un air sombre et décidé :

« Eh bien, mère, je t'ai nourrie assez longtemps, ça suffit! Gagne ton pain toi-même. »

Grand-mère accueillit ces paroles avec le plus grand calme, comme si elle savait depuis long-temps que grand-père les prononcerait, comme si elle les attendait. Sans hâte, elle tira sa taba-tière, porta une pincée de tabac à son nez spon-gieux et dit :

« Bon! Si c'est comme ça, alors, soit... »

Grand-père loua deux petites pièces sombres au sous-sol d'une vieille maison située dans une impasse, au bas d'une côte. Au moment du déménagement, grand-mère prit un vieux soulier de tille par son lacet et le lança dans le dessous du poêle. Elle s'accroupit et se mit à appeler le domovoï [76] :

« Domovoï, domovoï, voici un traîneau pour toi, viens avec nous dans notre nouvelle demeure, pour un autre destin... »

Grand-père, qui était dans la cour, jeta un coup d'œil par la fenêtre et cria :

« Je t'en donnerai des traîneaux, moi, vieille hérétique! Essaie un peu, couvre-moi de honte...

— Ah! Prends bien garde, père, ça nous portera malheur », dit-elle gravement.

Mais grand-père se mit en fureur et lui interdit d'emporter le domovoï.

Il passa deux ou trois jours à vendre des meubles et divers objets à des brocanteurs tatars. Il marchandait et jurait avec rage. Grand-mère regardait par la fenêtre et, pleurant et riant tour à tour, elle grommelait à mi-voix :

« Emportez tout! Cassez tout!... »

J'étais moi aussi prêt à pleurer, je regrettais mon jardin et ma cabane.

Deux chariots suffirent à notre déménagement; celui dans lequel j'étais installé au milieu de tout le saint-frusquin, me secouait de manière effrayante comme pour me jeter à bas.

Cette impression d'être cahoté sans cesse et de perdre l'équilibre, je la ressentis pendant près de deux ans, jusqu'à la mort de ma mère.

Celle-ci revint peu après notre installation dans le sous-sol. Pâle, amaigrie, elle avait des yeux immenses et étonnés qui brillaient d'un éclat fiévreux. Elle examinait tout d'un air étrange, on aurait dit qu'elle nous voyait pour la première fois, mes grands-parents et moi. Elle nous observait en silence tandis que mon beau-père, qui arpentait infatigablement la chambre, sifflotait doucement, toussotait et, les mains derrière le dos, jouait avec ses doigts.

« Seigneur, comme tu as grandi! » me dit ma mère en me serrant les joues entre ses mains brûlantes.

Elle était habillée sans élégance, sa large robe rousse était gonflée sur son ventre.

Mon beau-père me tendit la main :

« Bonjour, mon ami! Eh bien, comment vas-tu, hein? »

Il renifla l'air et déclara :

« Vous savez, c'est bien humide chez vous! »

On aurait dit qu'ils avaient longtemps couru et qu'ils étaient épuisés; leurs vêtements paraissaient fripés et eux-mêmes semblaient n'avoir besoin que d'une chose : se coucher et se reposer.

On prit le thé sans entrain. Grand-père, qui regardait la pluie laver la vitre de la fenêtre, demanda soudain :

« Alors, tout a brûlé?

— Tout, répondit avec assurance mon beau-père. C'est tout juste si nous nous en sommes tirés...

— Ah! le feu ne plaisante pas! »

Serrée contre l'épaule de grand-mère, ma mère lui chuchotait quelque chose à l'oreille : grand-mère plissait les yeux comme si la lumière les blessait.

L'ennui grandissait.

Soudain, sans se départir de son calme, grand-père déclara d'une voix forte, sur un ton persifleur :

« Pourtant, je me suis laissé dire, mon beau monsieur, qu'il n'y avait pas eu d'incendie, mais que tu avais simplement tout perdu au jeu. »

Il y eut un silence; on se serait cru dans une cave, on n'entendait que le samovar qui ronflait et la pluie qui fouettait les vitres. Puis ma mère commença :

« Papa...

— Quoi? papa..., cria grand-père d'une voix assourdissante. Qu'est-ce que tu nous prépares encore? Est-ce que je ne te l'avais pas dit? A trente ans, on n'épouse pas un homme qui en a vingt. Tu es servie, tu l'as, ton élégant! Tu es une noble, hein? Qu'en dis-tu, ma fille? »

Ils se mirent à crier tous les quatre et mon beau-père plus fort que tous les autres. Je m'enfuis dans l'entrée et m'assis sur le tas de bois. L'étonnement me pétrifiait : on avait changé ma mère, elle n'était plus du tout la même. Je ne m'en étais pas bien rendu compte dans la chambre, mais là, dans l'obscurité, je la revoyais telle qu'elle était autrefois.

Je ne sais plus très bien comment je me
retrouvai ensuite à Sormovo [77], dans une maison
où tout était neuf; il n'y avait pas de tapisserie et
les cafards grouillaient dans le chanvre qui
garnissait les rainures entre les poutres. Ma mère
et mon beau-père occupaient deux pièces qui
donnaient sur la rue, je vivais avec grand-mère
dans la cuisine qui était éclairée seulement par
une lucarne. Par-dessus les toits, les cheminées
d'une usine surgissaient toutes noires, comme si
elles faisaient la nique au ciel; elles laissaient
échapper des volutes d'épaisse fumée que le vent
d'hiver chassait à travers tout le bourg. Dans nos
pièces glaciales, il y avait toujours une odeur
grasse de fumée. Le matin, très tôt, la sirène
hurlait comme un loup :

« Vou-ou, ou-ou, ou-ou-ou. »

En montant sur la banquette, on apercevait
par les vitres du haut, au-delà des toits, les portes
de l'usine éclairées par des réverbères; elles
étaient béantes comme la bouche noire d'un
vieux mendiant édenté et une foule serrée de
petits êtres s'y engouffrait. A midi, la sirène
hurlait de nouveau, les lèvres sombres des portes
s'écartaient, découvrant un trou profond, et
l'usine crachait les gens qu'elle avait avalés.
Comme un torrent noir, ils se déversaient au-
dehors et le vent de neige échevelé qui balayait la
rue les chassait dans leurs maisons. On ne voyait
que rarement le ciel : de jour en jour, au-dessus
des toits et des tas de neige souillés par la suie,
s'étendait un autre toit gris et plat dont la
monotonie aveuglante serrait le cœur et pesait
sur l'imagination.

Chaque soir, au-dessus de l'usine, flottait une lueur rougeâtre et trouble et les cheminées, dont seul le sommet était éclairé, ne semblaient pas se dresser vers le ciel mais descendre au contraire vers la terre, surgies de cette nappe de fumée; elles crachaient un feu rouge, ronflaient et hurlaient. En regardant tout cela, je ressentais un profond malaise; une tristesse amère me rongeait le cœur.

Grand-mère avait trouvé du travail, elle faisait la cuisine, lavait les planchers, fendait du bois et portait de l'eau. Elle peinait du matin au soir et se couchait, épuisée, en se lamentant et en gémissant. Parfois, sa besogne terminée, elle mettait une jaquette courte doublée d'ouate et, retroussant sa jupe, elle partait pour la ville.

« Je vais voir ce que fait le vieux, là-bas...

— Emmène-moi!

— Tu te gèlerais. Regarde donc comme le vent soulève la neige! »

Et elle parcourait plus de sept verstes, par une route perdue au milieu des champs enneigés. Ma mère, qui était enceinte, avait le teint jaune et s'emmitouflait frileusement dans un châle gris dont les franges étaient déchirées. J'avais en horreur ce châle qui déformait son grand corps élancé et j'en arrachais les franges; je détestais aussi la maison, l'usine et le bourg. Ma mère portait des bottes de feutre éculées; lorsqu'elle toussait, elle secouait de manière horrible son ventre déformé; ses yeux gris-bleu brillaient, secs et irrités, et souvent ils se fixaient sur les murs nus comme s'ils allaient y rester collés. Parfois elle regardait la rue pendant des heures entières;

cette rue me faisait penser à une mâchoire et les maisons à des dents : certaines étaient toutes tordues et noires de vieillesse, d'autres étaient déjà tombées et avaient été malencontreusement remplacées par des dents neuves, trop larges pour la mâchoire.

« Pourquoi nous habitons ici? » demandais-je.

Elle répondait :

« Ah! tais-toi donc... »

Elle parlait peu et seulement pour me donner des ordres :

« Va chercher... Donne... Apporte... »

On me laissait rarement sortir dans la rue; chaque fois, je me faisais rouer de coups par les gamins et je rentrais couvert de bleus. Me battre était ma grande distraction; je n'en avais pas d'autre, aussi m'y livrais-je avec passion. Ma mère me fouettait avec une courroie, mais le châtiment ne faisait que m'exciter davantage; la fois suivante, je me battais avec plus de rage encore et ma mère me punissait plus sévèrement. Un jour, je l'avertis que si elle ne cessait pas de me battre, je lui mordrais la main, que je partirais dans les champs et que je m'y laisserais mourir de froid. Étonnée, elle me repoussa, fit quelques pas dans la chambre et dit d'une voix que la fatigue rendait haletante :

« Petit sauvage! »

L'arc-en-ciel vivant et frémissant des sentiments que l'on appelle amour s'éteignait dans mon âme. De plus en plus souvent, les feux bleus de la colère éclataient en moi et m'étouffaient; dans mon cœur, un lourd ressentiment, la conscience de ma solitude dans ce monde absurde, gris et sans vie, couvaient comme un feu sous la cendre.

Mon beau-père était sévère avec moi et parlait peu à ma mère. Il n'arrêtait pas de siffloter et de tousser; après le déjeuner, il se plantait devant la glace et, longuement, soigneusement, curait ses dents inégales avec un bout de bois. Il se disputait de plus en plus souvent avec ma mère et lui disait « vous » d'un ton irrité; ce vouvoiement me révoltait de manière atroce. Pendant les disputes, il fermait toujours avec soin la porte de la cuisine, ne voulant pas, de toute évidence, que j'entendisse ses paroles, mais je prêtais tout de même l'oreille aux éclats de sa voix de basse, un peu assourdie.

Il cria un jour en tapant du pied :

« Je ne peux inviter personne chez moi à cause de votre idiot de ventre, espèce de dinde que vous êtes! »

Je fus tellement stupéfait et humilié que je fis un bond sur la couchette en me cognant la tête au plafond et me mordant la langue jusqu'au sang.

Le samedi, les ouvriers venaient par dizaines chez mon beau-père pour vendre leurs cartes; en effet, ils n'étaient pas payés en argent, mais recevaient des cartes qui leur donnaient le droit de prendre des vivres au magasin de l'usine. Mon beau-père les rachetait à la moitié de leur valeur. Il recevait les ouvriers dans la cuisine; assis à la table, l'air imposant et sombre, il prenait une carte et annonçait :

« Un rouble et demi.

— Ievguéni, Dieu te punira...

— Un rouble et demi. »

Cette vie stupide et morne ne dura pas longtemps. Quand ma mère fut près d'accoucher, on me ramena chez grand-père. Il s'était déjà installé à Kounavino [78] où il avait trouvé, donnant sur une cour, une petite pièce à deux fenêtres, avec un poêle russe. La maison, à un étage, était située dans la rue des Sables qui descendait vers l'enceinte de l'église Notre-Dame-des-Champs.

« Eh bien? s'exclama-t-il en me voyant et il eut un rire qui ressemblait à un glapissement. On disait : " Personne ne m'est plus cher que ma mère bien-aimée ", mais maintenant, on dira sans doute : " Ce n'est pas ma mère bien-aimée que je préfère, c'est ce vieux diable de grand-père! " Ah! vous autres... »

J'eus à peine le temps de m'habituer à ma nouvelle demeure que ma grand-mère et ma mère arrivèrent avec le bébé. Mon beau-père avait été renvoyé de l'usine parce qu'il volait les ouvriers, mais il avait fait une démarche et on lui avait aussitôt trouvé un emploi au guichet de la gare.

Un certain temps s'écoula, vide d'événements, puis on m'envoya de nouveau chez ma mère qui logeait au sous-sol d'une maison de pierre. Elle me mit tout de suite à l'école, mais dès le premier jour, je m'y déplus.

J'arrivai avec les souliers de ma mère, un mauvais manteau taillé dans une jaquette de grand-mère, une blouse jaune et des pantalons flottants [79]. On se moqua de mon accoutrement et ma blouse jaune me valut le surnom d' « as de carreau [80] ». Je ne tardai pas à m'entendre avec les gamins, mais le maître et le pope me prirent en grippe.

Le maître était chauve, il avait le teint jaune et saignait constamment du nez; il venait en classe les narines bourrées de coton. Il s'asseyait à sa table, interrogeait les élèves d'une voix nasillarde, puis soudain, s'interrompant au milieu d'un mot, il retirait le coton de son nez et l'examinait en hochant la tête. Il avait un visage plat, cuivré, avec une sorte de vert-de-gris dans les rides. Mais ce qui le défigurait surtout, c'était ses yeux couleur d'étain qui semblaient de trop dans ce visage. Ils se collaient si désagréablement à moi que j'avais toujours envie d'essuyer mes joues avec la main.

Je restai pendant plusieurs jours dans la première division, assis au premier rang; mon pupitre touchait presque la table du maître. Il me semblait qu'il ne voyait que moi et cela m'était insupportable. Il nasillait sans cesse :

« Pessko-ov, mets une autre semise-eu! Pesskov, n'azite pas les pieds! Pesskov, il y a une flaque d'eau sous tes saussures! »

Je me vengeais en lui jouant des tours épouvantables. Je me procurai un jour la moitié d'une pastèque gelée, je la creusai et la fixai par un fil à la poulie de la porte, dans le vestibule à demi obscur. Lorsque le maître poussa la porte, la pastèque monta, lorsqu'il la referma, la pastèque vint se poser comme un bonnet juste sur son crâne dénudé. Le gardien de l'école me ramena à la maison avec un petit mot du professeur et cette espièglerie me valut une bonne correction.

Un autre jour, je versai du tabac à priser dans

le tiroir du bureau ; le maître se mit à éternuer si violemment qu'il dut quitter la classe et envoyer pour le remplacer son gendre, un officier. Celui-ci força toute la classe à chanter *Dieu sauve le tsar* [81] et *Oh! liberté, douce liberté*. Ceux qui chantaient faux recevaient sur la tête des coups de règle bruyants mais inoffensifs qui nous faisaient rire.

Le professeur d'instruction religieuse, un pope jeune et beau, à la chevelure magnifique, me prit en grippe parce que je n'avais pas l'*Histoire sainte de l'Ancien et du Nouveau Testament* et que je singeais sa façon de parler.

Lorsqu'il arrivait, il demandait invariablement :

« Pechkov, tu l'as apporté ton livre, oui ou non?... Oui, ton livre?

— Non, je ne l'ai pas apporté. Oui.

— Quoi : oui?

— Non.

— Eh bien, alors, retourne chez toi! Oui, chez toi. Je n'ai pas l'intention de faire ton instruction. Oui, je n'en ai pas l'intention. »

Cela ne m'affligeait guère; je partais et jusqu'à la fin de la classe, je flânais à travers les rues sales du faubourg dont la vie bruyante me fascinait.

Le pope avait un vénérable visage de Christ, des yeux caressants comme ceux d'une femme et de petites mains caressantes elles aussi pour tout ce qu'elles touchaient. Il prenait les objets, que ce soit un livre, une règle ou un porte-plume, avec d'étonnantes précautions, comme s'ils étaient vivants, fragiles, comme s'il y tenait particulièrement et craignait de les endommager en les manipulant avec imprudence. Ses manières n'étaient pas aussi douces avec les enfants, mais ceux-ci l'aimaient malgré tout.

Je ne travaillais pas mal, mais on me fit bientôt savoir que j'allais être renvoyé à cause de ma mauvaise conduite. J'en fus consterné car cela risquait de m'attirer de grands désagréments : ma mère devenait chaque jour plus irritable et me battait de plus en plus souvent.

Cependant, quelqu'un vint à mon aide : ce fut l'évêque Chrysanthe * qui arriva un beau jour à l'école. Je me souviens qu'il était bossu et ressemblait à un sorcier.

Tout petit dans son vaste habit noir, il s'assit à la table du maître et sortit les mains de ses manches.

« Eh bien, si nous bavardions un peu, mes enfants ! »

Aussitôt, l'atmosphère de la classe devint cordiale, on sentit passer un souffle agréable et nouveau.

L'évêque se mit à interroger les élèves et lorsque à mon tour je me fus approché de la table, il me demanda gravement :

« Quel âge as-tu ?... Seulement ? Que tu es grand, mon ami ! Tu as été souvent à la pluie, hein ? »

---

* Auteur d'un ouvrage célèbre en trois volumes : *Les Religions de l'antiquité,* d'une étude intitulée : *La métempsycose chez les Égyptiens* et de l'article « Du mariage et de la femme » que je lus dans ma jeunesse et qui me fit une forte impression. Ce n'est peut-être pas son titre exact. Il fut imprimé dans une revue théologique vers 1870.

Il posa sur la table sa main sèche aux ongles pointus, prit dans ses doigts sa barbiche clairsemée et, m'examinant de ses bons yeux, il ajouta :

« Eh bien, raconte-moi ce qui te plaît le plus dans l'Histoire sainte. »

En apprenant que je n'avais pas de livre et que je n'étudiais pas l'Histoire sainte, il rajusta sa toque et me demanda :

« Comment ça? Pourtant, il faut l'étudier! Mais peut-être en as-tu entendu parler. Tu connais le Psautier? Bon! Et les prières? Alors, tu vois bien! Et aussi la *Vie des Saints?* En vers? Mais tu en sais des choses! »

A ce moment-là, notre pope accourut, rouge et essoufflé; l'évêque lui donna sa bénédiction, mais l'arrêta de la main quand il voulut commencer à parler de moi :

« Permettez... un instant... Eh bien, récite-nous l'histoire d'Alexis, le saint homme de Dieu... »

Lorsque je m'interrompis, ayant oublié un vers, il remarqua :

« Ce sont de très beaux vers, n'est-ce pas, mon ami? »

Puis il reprit :

« Tu en connais d'autres?... Des vers sur le roi David? Je les écouterais volontiers. »

Je voyais qu'il m'écoutait en effet avec attention et que ces vers lui plaisaient. Il me laissa réciter longtemps, puis il m'arrêta soudain pour me poser quelques brèves questions :

« Tu as appris à lire dans le Psautier? Qui t'a appris? Ton brave grand-père? Il est méchant?

Pas possible! N'est-ce pas plutôt toi qui es un polisson?

— Oui », lui répondis-je après un instant d'hésitation.

Le maître et le pope confirmèrent cet aveu par de longs discours. L'évêque les écouta, les yeux baissés, et soupira :

« Tu as entendu ce qu'on dit de toi? Allons, approche! »

Il posa sur ma tête sa main qui sentait le cyprès.

« Pourquoi fais-tu donc des sottises?

— C'est bien ennuyeux d'étudier.

— Ennuyeux? Tu ne me dis pas la vérité, mon ami. Si cela t'ennuyait, tu étudierais mal, mais tes maîtres que voici confirment que tu sais bien tes leçons. Il y a autre chose. Alors? »

Tirant un petit carnet d'une poche intérieure, il inscrivit :

« Pechkov, Alexis. Bon. Mais tout de même, il faudrait te tenir tranquille, mon petit ami, et ne pas faire tant de sottises. Quelques-unes, passe encore, mais beaucoup, ça devient lassant pour les autres! N'est-ce pas, mes enfants? »

Toute la classe cria joyeusement :

« Oui, oui.

— Vous autres, vous n'êtes pas polissons, n'est-ce pas? »

Avec un sourire malicieux, les gamins répondirent :

« Si, très polissons aussi! Très polissons! »

L'évêque, se rejetant contre le dossier de sa chaise, me serra contre lui et dit, d'un air si étonné que tous, même le maître d'école et le pope, éclatèrent de rire :

« Que c'est drôle tout de même, mes enfants, moi aussi à votre âge j'étais un vrai polisson! D'où cela peut-il venir, mes amis? »

Les enfants riaient; il les interrogeait, cherchait à les embarrasser par d'adroites questions, les forçait à se contredire les uns les autres, dans une atmosphère de gaieté sans cesse grandissante. Enfin, il se leva et dit :

« On est bien avec vous, garnements, mais il est temps que je m'en aille! »

Il leva le bras, retroussant sa vaste manche, et nous bénit tous avec des gestes larges :

« Au nom du Père, du Fils et du Saint-Esprit, que ma bénédiction vous aide à accomplir de bonnes actions. Adieu. »

Tous les enfants se mirent à crier :

« Au revoir, monseigneur! Revenez une autre fois. »

Inclinant la tête en signe d'acquiescement, il répondit :

« Je reviendrai! Je reviendrai! Je vous apporterai des livres! »

Il se dirigea vers la porte et, avant de sortir, se tourna vers le maître :

« Renvoyez-les donc à la maison! »

Puis il m'emmena par la main dans le vestibule et, là, se pencha vers moi en murmurant :

« Alors, tu seras sage, c'est entendu? Tu sais, je comprends très bien pourquoi tu es polisson! Allons, adieu, mon petit ami! »

J'étais très ému, un sentiment nouveau agitait mon âme. Le maître donna congé aux enfants

mais il me demanda de rester; il m'avertit que je
devais désormais filer doux et me faire tout petit.

Le pope, tout en mettant sa pelisse, bourdonnait de sa voix caressante :

« Désormais, tu dois assister à mes leçons! Oui,
il le faut. Mais sois humble! Oui, sois réservé. »

Ainsi mes affaires s'arrangèrent à l'école, mais
par contre j'eus de gros ennuis à la maison. Je
volai un rouble à ma mère. Ce crime ne fut pas
prémédité. Un jour ma mère sortit, me laissant la
garde de la maison et celle de mon frère. Comme
je m'ennuyais, j'ouvris un des livres de mon
beau-père, *Les Mémoires d'un médecin* de Dumas
père; j'aperçus entre les pages un billet d'un
rouble et un autre de dix roubles. Le livre était
écrit dans une langue incompréhensible et je
l'avais déjà refermé lorsqu'il me vint brusquement à l'idée qu'avec un rouble on pouvait
acheter non seulement l'*Histoire sainte*, mais
certainement aussi *Robinson*. J'avais entendu
parler de ce livre à l'école, peu de temps
auparavant. Un jour de grand froid, pendant la
récréation, alors que je racontais une légende à
mes camarades, l'un d'eux avait déclaré soudain
d'un ton méprisant :

« Les contes, c'est des bêtises. *Robinson*, ça,
c'est une histoire vraie! »

D'autres gamins avaient lu *Robinson*, eux aussi;
ils en disaient tous du bien. Vexé du peu de succès
obtenu par le conte de grand-mère, j'avais résolu
aussitôt de lire ce *Robinson* afin de pouvoir dire à
mon tour : « C'est des bêtises! »

Le lendemain, j'apportai à l'école l'*Histoire
sainte*, deux petits volumes fripés de contes

d'Andersen, trois livres de pain blanc et une livre de saucisson. J'avais vu aussi *Robinson* dans la petite boutique sombre, voisine de l'église Saint-Vladimir; c'était un mince volume avec une couverture jaune sur laquelle était représenté un homme barbu, en bonnet de fourrure, une peau de bête sur l'épaule. Cette image m'avait déplu; les contes, eux, bien que fripés, avaient un aspect plus attrayant.

Pendant la grande récréation, je partageai le pain et le saucisson avec mes camarades, puis nous commençâmes la lecture d'un conte merveilleux, *Le Rossignol*, qui nous enthousiasma dès le premier instant.

« En Chine, tous les habitants sont des Chinois et l'empereur lui-même est un Chinois. » Je me rappelle encore que cette phrase m'avait agréablement surpris par son harmonie et sa simplicité souriante; j'y trouvais je ne sais quoi d'extraordinaire.

Je n'eus pas le temps de lire *Le Rossignol* jusqu'au bout. Lorsque je rentrai à la maison, ma mère, debout près du foyer, un crochet à poêle à la main, faisait dorer une omelette. Elle me demanda d'une voix étrange qui semblait éteinte :

« C'est toi qui m'as pris un rouble?

— Oui, j'ai acheté des livres, les voilà... »

Elle se servit du crochet à poêle pour m'administrer une bonne correction et m'enleva les livres d'Andersen. Elle les fit disparaître définitivement, ce qui me parut plus amer que les coups.

Je ne retournai pas à l'école de plusieurs jours. Entre-temps, mon beau-père raconta sans doute

mon haut fait à ses collègues qui le répétèrent à
leurs enfants, car l'un d'entre eux rapporta cette
histoire à l'école. Aussi, lorsque je revins en
classe, je fus accueilli par un nouveau sobriquet :
« Le voleur. » C'était simple et clair, mais injuste,
car je ne m'étais pas caché d'avoir pris ce rouble.
Je tentai de l'expliquer, mais on ne me crut pas;
je rentrai donc à la maison et déclarai à ma mère
que je n'irais plus à l'école.

Elle était assise près de la fenêtre; enceinte de
nouveau, toute grise, épuisée, les yeux hagards,
elle allaitait mon frère Sacha. Elle me regarda en
ouvrant la bouche comme un poisson.

« Ce n'est pas vrai, me dit-elle doucement.
Personne ne peut savoir que tu m'as pris un
rouble.

— Va demander...

— C'est toi qui as eu la langue trop longue.
Avoue-le, hein? C'est toi? Prends garde, demain
je saurai qui a raconté ça. »

Je lui citai le nom de l'élève. Elle fit une
grimace douloureuse et fondit en larmes.

J'allai à la cuisine et là, couché sur les caisses
qui me servaient de lit, j'écoutais ma mère qui
geignait tout doucement dans la chambre :

« Mon Dieu! Mon Dieu! »

Je ne pus supporter plus longtemps l'odeur
épouvantable que répandaient les chiffons gras
chauffés. Je me levai et sortis dans la cour, mais
ma mère cria :

« Où vas-tu? Où vas-tu? Viens me voir!... »

Nous nous assîmes sur le plancher. Sacha, sur
les genoux de ma mère, essayait d'attraper les
boutons de sa robe, se penchait et balbutiait :

« bedi-boudou », ce qui voulait dire : petit bou-
ton.

Je me serrais contre ma mère qui me tenait
dans ses bras et me confiait :

« Nous sommes pauvres. Pour nous, le moindre
kopeck... le moindre kopeck... »

Mais elle n'achevait pas et me serrait toujours
de ses mains brûlantes :

« Quelle fripouille, quelle fripouille ! » dit-elle
brusquement.

C'était la deuxième fois que j'entendais ce mot
dans sa bouche. Mon petit frère répéta :

« Fipouille ! »

Sacha était un enfant étrange, lourdaud, avec
une grosse tête. Il regardait tout ce qui l'entourait de ses beaux yeux bleus, en souriant doucement comme s'il attendait quelque chose. Il avait
commencé à parler de très bonne heure, il ne
pleurait jamais et vivait perpétuellement dans un
état de joie paisible; mais il était faible, c'était
tout juste s'il pouvait se traîner. Il était heureux
quand il me voyait; il voulait que je le prenne
dans mes bras et il aimait pétrir mes oreilles de
ses petits doigts mous qui avaient je ne sais
pourquoi une odeur de violette. Il mourut subitement sans avoir été malade; le matin encore, il
était calme et joyeux comme d'habitude et le
soir, quand on sonna les vêpres, il était mort et
on l'avait déjà étendu sur la table. C'était peu de
temps après la naissance de mon frère Nicolas.

Grâce à l'intervention de ma mère, j'avais
retrouvé une vie normale à l'école, mais je fus
bientôt ramené une fois de plus chez grand-père.

Un soir, à l'heure du thé, comme j'entrais dans

la cuisine, j'entendis ma mère pousser des cris déchirants :

« Ievguéni, je t'en prie, je t'en prie...

— Bêtises! disait mon beau-père.

— Ah! Je sais bien que tu vas la voir!

— Et alors? »

Il y eut quelques instants de silence. Puis ma mère reprit dans un accès de toux :

« Quelle sale fripouille tu es!... »

J'entendis mon beau-père la frapper, je me précipitai dans la chambre. Ma mère était à genoux, le dos et les coudes appuyés sur une chaise, la poitrine tendue, la tête rejetée en arrière; elle râlait et ses yeux brillaient d'un éclat effrayant. Et lui, bien pris dans son costume neuf, il lui donnait des coups de pied en pleine poitrine. Il y avait sur la table un couteau à manche d'ivoire incrusté d'argent qui servait à couper le pain, c'était le seul souvenir qui restait de mon père; je le saisis et, de toutes mes forces, je frappai mon beau-père au côté.

Par bonheur, ma mère eut le temps de pousser Maximov, le couteau glissa et fit une large entaille dans l'uniforme, mais érafla seulement la peau. Mon beau-père porta la main à son côté et se précipita dehors en criant. Ma mère me saisit, me souleva et me jeta à terre avec un rugissement. Ce fut mon beau-père qui, revenant dans la maison, m'arracha à elle.

Il sortit tout de même, tard dans la soirée. Après son départ, ma mère vint me retrouver derrière le poêle. Elle me prit dans ses bras avec précaution et me couvrit de baisers en pleurant :

« Pardonne-moi, c'est ma faute! Ah! mon

petit, comment as-tu osé? Avec un couteau! »

J'étais sincère et parfaitement conscient de ce que je disais quand je lui répondis que j'égorgerais mon beau-père et que je me tuerais moi-même ensuite. Je crois que je l'aurais fait ou, en tout cas, que j'aurais essayé. Maintenant encore, je revois cette jambe longue et vile, avec un passepoil clair sur la couture du pantalon; je la vois qui se balance et vient frapper la poitrine de ma mère.

En évoquant ces épisodes horribles qui reflètent si bien la sauvagerie des mœurs russes, je me demande par moments s'il faut en parler. Mais, à la réflexion, je suis sûr qu'il le faut, car cette affreuse réalité est encore vivace à l'heure actuelle et il est indispensable de la connaître parfaitement pour l'extirper de notre âme, pour la faire disparaître de notre vie, si pénible et honteuse.

Une autre raison, plus impérieuse encore, m'oblige à dépeindre ces infamies. Bien qu'elles soient répugnantes, qu'elles pèsent sur nous, écrasant tant de belles âmes, notre peuple est encore assez jeune et sain pour en triompher.

Ce qui étonne chez nous, ce n'est pas tant cette fange si grasse et si féconde, mais le fait qu'à travers elle germe malgré tout quelque chose de clair, de sain et de créateur, quelque chose de généreux et de bon qui fait naître l'espérance invincible d'une vie plus belle et plus humaine.

CHAPITRE XIII

Je me retrouvai une fois de plus chez grand-père.

« Eh bien, brigand! s'exclama-t-il en me voyant, et il frappa sur la table. Tu sais, je ne veux plus te nourrir maintenant. Que ta grand-mère s'en charge.

— C'est ce que je ferai, dit grand-mère. En voilà une affaire, pensez donc! »

Grand-père éleva la voix :

« Alors, nourris-le. »

Mais il se calma aussitôt et m'expliqua :

« Nous avons fait un partage définitif, maintenant c'est chacun pour soi... »

Grand-mère, assise près de la fenêtre, faisait de la dentelle; les fuseaux rapides cliquetaient joyeusement et le coussin, parsemé d'une multitude d'épingles de cuivre, brillait au soleil printanier comme un hérisson doré. Grand-mère, qui semblait de cuivre elle aussi, n'avait pas changé. Grand-père, lui, était devenu encore plus sec et plus ridé, ses cheveux roux avaient pris un reflet argenté, la calme dignité de ses mouvements avait fait place à une agitation fébrile, ses yeux verts jetaient des regards méfiants. Grand-mère me raconta en riant comment s'était fait le partage : grand-père lui avait donné les pots, les jattes et toute la vaisselle et lui avait déclaré :

« Ça, c'est à toi, mais ne me demande rien d'autre! »

Il lui avait pris ensuite ses vieilles robes, son manteau de renard et il avait vendu le tout pour sept cents roubles; il avait prêté cette somme avec intérêt à son filleul, un juif, marchand de fruits. Son avarice n'avait plus de bornes et il avait perdu toute honte : il rendait visite à ses anciens amis, à ses anciens collègues du tribunal des métiers, à de riches marchands; il se plaignait d'avoir été ruiné par ses enfants, prétendait être dans le besoin et quémandait de l'argent. Comme c'était un homme considéré, on se montrait généreux envers lui. De retour à la maison, il brandissait les billets sous le nez de grand-mère et la taquinait en se vantant comme un gosse :

« Tu as vu, imbécile? On ne t'en donnerait pas le centième! »

L'argent qu'il ramassait ainsi, il le prêtait avec intérêt à son nouvel ami, le long pelletier chauve surnommé « la Trique » ou à sa sœur, une boutiquière corpulente, aux joues rouges, aux yeux marron, molle et douceâtre comme de la mélasse.

A la maison, tout était strictement partagé : un jour, c'était grand-mère qui achetait les provisions; le lendemain, c'était le tour de grand-père et, ce jour-là, on mangeait toujours moins bien ; grand-mère achetait de la bonne viande et grand-père, lui, rapportait des tripes, du foie, du mou, de la panse de porc [82]. Chacun détenait à part son thé et son sucre mais ils préparaient le thé dans la même théière. Grand-père s'inquiétait :

« Arrête, attends un peu, combien en as-tu mis ? »

Il versait les feuilles de thé dans sa main et les comptait soigneusement en disant :

« Ton thé est plus fin, le mien est plus gros, plus fort, alors je dois en mettre moins. »

Il veillait soigneusement à ce que grand-mère versât du thé de même force à tous deux et à ce qu'elle n'en bût pas plus que lui.

« Encore une, la dernière, hein ? » demandait-elle avant de finir le thé.

Grand-père jetait un coup d'œil dans la théière et répondait :

« Bon, alors la dernière ! »

Ils achetaient même chacun de leur côté l'huile pour la lampe de l'icône, eux qui avaient un demi-siècle de labeur en commun !

Toutes ces mesquineries me paraissaient ridicules et même répugnantes, mais grand-mère ne faisait qu'en rire.

« Ah ! laisse donc ! disait-elle pour me calmer. Qu'est-ce que ça fait ? Il est vieux, ton grand-père, et il a ses lubies. C'est qu'il a plus de quatre-vingts ans, ce n'est pas rien !... Qu'il fasse des sottises, cela ne cause de tort à personne. Et moi, je gagnerai bien mon pain et le tien, n'aie crainte ! »

J'avais moi aussi commencé à gagner de l'argent : le dimanche et les jours de fête, je me levais tôt le matin et je parcourais les rues et les cours avec un sac pour ramasser des os de bœuf, des chiffons, du papier et des clous. Les chiffonniers donnaient vingt kopecks pour un poud [83] de ferraille, de chiffons et de papiers, et huit ou dix kopecks pour le même poids d'os. Pendant la semaine, après l'école, je me livrais également à cette occupation et tous les samedis, je gagnais ainsi trente ou cinquante kopecks et même davantage quand j'avais de la chance. Grand-mère prenait mon argent, le mettait bien vite dans la poche de sa jupe et me félicitait en baissant les yeux :

« Voilà, merci, petite âme bleue ! Nous arriverons bien à manger tous les deux, hein ? Ce n'est pas une affaire ! »

Un jour, je la surpris qui tenait mes pièces dans sa main ; elle les regardait et pleurait en silence, une larme trouble pendait au bout de son nez, poreux comme une pierre ponce.

Il y avait quelque chose qui rapportait davantage encore que le ramassage des chiffons : c'était de voler du bois et des lattes dans les dépôts situés au bord de l'Oka ou aux Sables. Là, pendant la foire, on vendait du fer dans des baraquements montés à la hâte. La foire terminée, on démontait les baraques et on empilait les montants et les bardeaux qui restaient sur place jusqu'aux crues de printemps. Les petites gens qui possédaient une maison donnaient dix kopecks pour une belle latte et on pouvait en voler deux ou trois en une journée. Pour réussir, il fallait profiter des jours de mauvais temps, quand la pluie ou la tempête de neige chassait les gardiens et les obligeait à se mettre à l'abri.

Une bande bien unie s'organisa. Elle comprenait Sanka Viakhir [84], le fils d'une mendiante mordouane, un garçon de dix ans, gentil, affectueux, toujours calme et gai; Kostroma, un enfant abandonné, aux cheveux en broussaille, aux grands yeux noirs, qui n'avait que les os et la peau (il devait se pendre à l'âge de treize ans dans une colonie de délinquants mineurs où il avait été envoyé pour avoir volé deux pigeons). Il y avait aussi Khabi, un petit Tatar au cœur simple et d'une force peu commune pour ses douze ans; Iaz, le fils du fossoyeur et gardien du cimetière, un gamin de huit ans, au nez épaté, muet comme un poisson et qui souffrait du haut mal; enfin, Grichka Tchourka, le plus âgé de la bande, un garçon réfléchi, épris de justice, toujours prêt à se battre et dont la mère, une veuve, était couturière.

Dans le faubourg, le vol n'était pas considéré comme un péché, c'était une habitude et presque le seul moyen d'existence pour les petites gens qui ne mangeaient pas toujours à leur faim. La foire ne durait qu'un mois et demi et ne suffisait pas à assurer la subsistance de la population pendant une année entière, aussi d'honorables chefs de famille trouvaient-ils un « supplément » sur le fleuve. Ils repêchaient le bois et les poutres emportés par les hautes eaux et transportaient leurs petites cargaisons sur des barques à fond plat; mais surtout, ils chapardaient sur les péniches, le long de la Volga et de l'Oka, tout ce

qui ne leur semblait pas « à sa place ». Le
dimanche, les hommes se vantaient de leurs
exploits, les jeunes les écoutaient et tiraient
profit de la leçon.

Au printemps, pendant l'époque fiévreuse qui
précédait la foire, les rues de notre quartier
étaient chaque soir jonchées de corps : c'étaient
des apprentis, des cochers, des ouvriers qui
avaient roulé sur le pavé ivres morts. Les gamins
du faubourg leur vidaient les poches; ce genre de
« travail » était parfaitement admis et ils s'y
adonnaient sans aucune crainte, au vu et au su
des grandes personnes.

Ils volaient des outils aux charpentiers, des
clés à molette aux cochers, des chevilles et des
coussinets de cuivre pour essieux aux charretiers.
Notre bande ne se livrait pas à cette besogne;
Tchourka avait déclaré un jour d'un ton résolu :

« Je ne volerai pas, maman ne veut pas.

— Et moi, j'ai peur », avait ajouté Khabi.

Viakhir, lui, considérait le vol comme un
péché. Quant à Kostroma, il n'éprouvait que du
mépris pour les voleurs et prononçait ce mot avec
une énergie particulière; quand il voyait d'autres
gamins qui fouillaient les poches des ivrognes, il
les pourchassait et s'il parvenait à en attraper un,
il le frappait sans pitié. Ce garçon triste aux
grands yeux se croyait déjà un homme, il
balançait les épaules comme un portefaix et
s'efforçait de parler d'une voix mâle et rude; il y
avait en lui je ne sais quoi de tendu, de réfléchi,
qui le faisait paraître vieux.

Mais ce n'était pas voler que d'emporter les
lattes et les montants de bois entreposés aux

Sables, aucun d'entre nous ne craignait de le faire et nous avions mis au point différents procédés qui facilitaient grandement cette entreprise. Profitant de la nuit tombante et des jours de mauvais temps, Viakhir et Iaz traversaient le fleuve à l'endroit le plus large, sur la glace humide que l'eau soulevait. Ils ne se cachaient pas, cherchant au contraire à attirer l'attention des gardiens, tandis que, de notre côté, nous passions tous les quatre sans nous faire remarquer, un par un. Mis en alerte, les gardiens suivaient des yeux Iaz et Viakhir; pendant ce temps, nous nous réunissions autour d'un tas désigné à l'avance et nous choisissions ce que nous voulions emporter. Tandis que nos camarades agiles harcelaient les gardiens et les forçaient à courir après eux, nous prenions le chemin du retour. Chacun d'entre nous avait une corde, munie à son extrémité d'une grosse pointe recourbée en forme de crochet; nous accrochions le bois et nous le traînions sur la neige ou la glace. Si par hasard les gardiens nous apercevaient, ce qui arrivait rarement, ils ne parvenaient pas à nous rattraper. Après avoir vendu notre butin, nous partagions la recette et chacun de nous recevait cinq et parfois même six ou sept kopecks.

Avec une telle somme, on aurait pu vivre toute une journée le ventre plein, mais Viakhir était battu par **sa** mère s'il ne rapportait pas de quoi acheter un verre ou une demi-bouteille de vodka; Kostroma faisait des économies, il rêvait d'acheter un élevage de pigeons; Tchourka avait grand besoin d'argent pour sa mère malade;

Khabi mettait de côté ce qu'il gagnait pour retourner dans sa ville natale : il était venu à Nijni avec un oncle qui s'était noyé peu après leur arrivée; mais il avait oublié le nom de cette ville et se rappelait seulement qu'elle était située sur la Kama, près de la Volga. Je ne sais pourquoi, cela nous amusait beaucoup et nous taquinions le petit Tatar aux yeux bigles en chantonnant d'une voix traînante :

> *C'est une ville sur la Kama,*
> *Où est-elle, nous ne savons pas!*
> *Mais elle est loin, bien loin d'ici,*
> *Jamais on n'y arrivera!*

Au début, Khabi s'était fâché, mais Viakhir lui avait dit de cette voix roucoulante qui lui avait valu son surnom [85] :

« Qu'est-ce qui te prend? Est-ce qu'on se met en colère contre des camarades? »

Khabi, tout confus, s'était mis à chanter lui aussi notre refrain « la ville sur la Kama ».

Nous volions du bois, mais nous préférions ramasser les chiffons et les os. C'était surtout intéressant au printemps, à la fonte des neiges, quand les pluies avaient bien lavé les rues pavées du champ de foire désert. Là, dans les caniveaux, on trouvait aussi des quantités de clous, de la ferraille et souvent même des pièces de monnaie en cuivre et en argent. Mais nous devions faire des politesses aux gardiens ou leur donner la pièce pour qu'ils ne nous chassent pas et ne confisquent pas nos sacs. Nous avions beaucoup de peine à gagner notre argent, mais nous vivions en bonne intelligence et s'il nous arrivait de nous disputer, je ne me rappelle pas que nous nous soyons battus une seule fois.

Viakhir était notre médiateur, il savait toujours prononcer à temps les mots qu'il fallait, des paroles si simples qu'elles nous laissaient étonnés et confus. Il semblait d'ailleurs les prononcer luimême avec étonnement. Les méchantes reparties de Iaz ne l'offensaient ni ne l'effrayaient, tout ce qui était laid lui paraissait inutile et il s'y opposait d'un ton calme et convaincant.

« Alors, pourquoi faire ça? » demandait-il, et aussitôt nous comprenions que nous avions tort d'agir ainsi.

Il appelait sa mère « ma Mordouane », mais cela ne nous faisait pas rire.

« Hier, ma Mordouane s'est encore ramenée à la maison complètement soûle! racontait-il gaiement et on voyait briller ses yeux ronds aux reflets dorés. Elle a enfoncé la porte, elle s'est affalée à l'entrée et elle s'est mise à chanter, à chanter, la poulette! »

Tchourka le réaliste demandait :

« Qu'est-ce qu'elle chantait? »

Viakhir donnait des claques sur ses genoux et chantait d'une voix aiguë en imitant sa mère :

> *Oh là! Qui frappe à la fenêtre?*
> *C'est le jeune pâtre*
> *Avec sa houlette.*
> *Nous sortons tous pour le voir!*
> *Sur son chalumeau*
> *Il sonne la retraite,*
> *Tous au village se tiennent cois!*

Il connaissait une quantité de chansonnettes entraînantes comme celle-ci et les chantait fort bien.

« Oui, continuait-il, et elle s'est endormie comme ça, à la porte. Elle a refroidi la chambre, il fallait voir comment; je grelottais et c'est tout juste si je n'ai pas été gelé; mais pour la tirer de là, je n'en avais pas la force. Alors, ce matin, je lui ai demandé : " Pourquoi tu te soûles comme ça? " Elle m'a dit : " Qu'est-ce que ça peut te faire? Attends encore un peu, je serai bientôt crevée! " »

Tchourka ajoutait d'un air sérieux :

« Oui, elle crèvera bientôt, elle est déjà tout enflée. »

Je demandais :

« Tu la regretteras?

— Bien sûr, répondait Viakhir avec étonnement. Elle est bien brave... »

Nous savions que la « Mordouane » battait Viakhir à l'occasion et pourtant nous étions prêts à croire que c'était une brave femme. Parfois même, les jours où la chance ne nous avait pas favorisés, Tchourka proposait :

« On va se fendre chacun d'un kopeck pour la mère de Viakhir. Si elle n'a pas sa vodka, elle le battra! »

Nous étions deux seulement dans toute la troupe à savoir lire et écrire : Tchourka et moi. Viakhir nous enviait beaucoup et, tiraillant son oreille de souris, il roucoulait :

« Quand j'aurai enterré ma Mordouane, j'irai à l'école moi aussi, je me jetterai aux pieds du maître pour qu'il m'accepte. Quand j'aurai

appris, je me ferai jardinier chez l'évêque ou
même chez le tsar!... »

Au printemps, la Mordouane et un vieux qui
collectait pour la construction d'une église furent
écrasés par une pile de bois qui s'écroula; on
retrouva près d'eux une bouteille de vodka. La
Mordouane fut emmenée à l'hôpital et le grave
Tchourka dit à Viakhir :

« Viens donc chez moi, ma mère t'apprendra à
lire... »

Bientôt, Viakhir, le nez en l'air, déchiffrait les
enseignes :

« Éciperie... »

Tchourka le reprenait :

« Épicerie, eh, gourde !

— Je vois bien, mais les lerttres, elles sautent.

— Les le-ttres !

— Elles sautent... Elles sont contentes qu'on
les lise ! »

Il nous amusait et nous étonnait tous par son
amour pour les arbres et les plantes.

Les maisons du faubourg étaient éparpillées
sur un terrain sablonneux pauvre en végétation.
Çà et là, dans les cours, surgissaient quelques
maigres saules blancs, des buissons de sureaux
déjetés; au pied des palissades, des brins d'herbe,
gris et desséchés, se cachaient timidement. Si par
hasard l'un de nous s'asseyait sur cette herbe,
Viakhir grognait avec colère :

« Allons, qu'est-ce que vous avez à froisser
l'herbe? Vous pourriez vous asseoir à côté, sur le
sable. Qu'est-ce que ça vous ferait? »

Quand il était là, on se sentait gêné de casser
une branche de saule ou de cueillir du sureau en

fleur, de couper une baguette d'osier au bord de l'Oka. Il s'étonnait, haussait les épaules et écartait les bras :

« Qu'est-ce que vous avez à tout casser? Demons! »

Et son étonnement nous remplissait de honte.

Chaque samedi nous organisions une partie de plaisir à laquelle nous nous préparions toute la semaine en ramassant dans les rues des chaussures de tille éculées que nous entassions dans des cachettes. Le samedi soir, nous prenions position à quelque carrefour et nous commencions à lancer les savates sur les portefaix tatars qui revenaient en groupe du quai de Sibérie. Tout d'abord, ils s'étaient fâchés et nous avaient poursuivis en jurant, mais ensuite ils avaient eux-mêmes pris goût au jeu. Sachant ce qui les attendait, ils arrivaient sur le champ de bataille armés eux aussi d'une grande quantité de savates. Souvent même, lorsqu'ils découvraient nos cachettes, ils nous volaient nos munitions et nous protestions vivement :

« C'est pas de jeu! »

Ils nous rendaient alors la moitié des savates et le combat s'engageait. Le plus souvent, ils se rangeaient en ordre de bataille dans un lieu découvert; nous passions en courant à côté d'eux et nous leur lancions les savates en poussant des cris aigus. Quand l'un de nous, abattu en pleine course par un projectile adroitement lancé dans ses jambes, plongeait la tête la première dans le sable, ils hurlaient eux aussi et riaient aux éclats.

Le jeu durait longtemps, parfois jusqu'à la tombée de la nuit. Les gens s'attroupaient au coin des rues, jetaient des coups d'œil de loin et grognaient pour la forme. Les savates, grises de poussière, volaient comme des corneilles. Parfois, l'un d'entre nous en prenait pour son compte, mais le plaisir était plus fort que la douleur ou le dépit.

Les Tatars s'échauffaient tout autant que nous. Souvent, après le combat, ils nous emmenaient avec eux à l'artel [86]. Ils nous offraient de la viande de cheval au goût douceâtre et un étrange brouet de légumes, puis on buvait un thé épais couleur de brique accompagné de petites boules de pâte sucrée cuites au four.

Nous aimions ces colosses qui étaient tous plus forts les uns que les autres; il y avait en eux quelque chose d'enfantin qui nous les rendait très proches. Mais ce qui me frappait surtout, c'était leur placidité, leur bonhomie inaltérable, la sympathie et l'intérêt qu'ils se témoignaient les uns aux autres.

Ils riaient tous de bon cœur, jusqu'aux larmes. Il y avait parmi eux un gaillard au nez cassé, originaire de Kassimov [87], qui était d'une force fantastique : il avait un jour déchargé d'une péniche et porté jusqu'à la rive, qui était très éloignée, une cloche de trois cents kilos. Celui-là hurlait et s'esclaffait bruyamment :

« Vvou, vvou! Les mots, c'est de l'herbe, c'est de la petite monnaie; mais c'est aussi des pièces d'or, les mots! »

Un jour, il souleva Viakhir d'une seule main, bien haut, en disant :

« Voilà où il te faut vivre, oiseau du ciel! »

Quand il faisait mauvais temps, nous nous

réunissions au cimetière, dans la maisonnette où logeait le père de Iaz. C'était un homme usé, aux os tors, aux longs bras; des touffes de poils grisâtres poussaient sur son visage sombre et sur sa petite tête. Avec son long cou, maigre comme une tige, il me faisait penser à une bardane desséchée. Il clignait de manière doucereuse ses yeux jaunâtres et bredouillait d'une voix rapide :

« Ouh! Que le Seigneur nous accorde le sommeil! »

Nous achetions dix grammes de thé, cinquante grammes de sucre et du pain, sans oublier un verre de vodka pour le père de Iaz. Tchourka lui ordonnait sévèrement :

« Allume le samovar, sale moujik! »

Avec un sourire moqueur, le « moujik » allumait le samovar de fer-blanc et nous discutions de nos affaires en attendant le thé. Le père de Iaz nous donnait des conseils :

« Attention, après-demain, c'est le service de quarantaine [88] chez les Troussov, ils vont faire un grand festin. Il y aura des os pour vous!

— Chez les Troussov, c'est la cuisinière qui les ramasse, les os », remarquait Tchourka, toujours bien informé.

Viakhir regardait par la fenêtre qui donnait sur le cimetière et rêvait tout haut :

« Ah! bientôt on pourra aller dans la forêt! »

Iaz ne disait rien et observait tout le monde attentivement de ses yeux tristes. C'est en silence aussi qu'il nous montrait ses jouets, des soldats de bois trouvés dans un tas d'ordures, des chevaux sans pieds, des morceaux de cuivre et des boutons.

Le gardien mettait sur la table des tasses dépareillées, des gobelets, et apportait le samovar. Kostroma s'asseyait alors pour servir le thé. Après avoir bu sa vodka, le père de Iåz grimpait sur le poêle. Étirant son long cou, il nous regardait de ses yeux de chouette et grognait :

« Ouh ! Puissiez-vous crever, on ne dirait vraiment pas des gamins ! Ah ! voleurs ! Que le Seigneur nous accorde le sommeil !

— Nous ne sommes pas des voleurs, lui répondait Viakhir.

— Eh bien alors, des chapardeurs... »

Quand le père de Iaz nous ennuyait trop, Tchourka l'interpellait avec colère :

« La paix, sale moujik ! »

Il nous déplaisait de l'entendre énumérer les malades du quartier et ceux qui mourraient bientôt; il en parlait avec plaisir et sans la moindre pitié. Voyant que ces histoires nous étaient désagréables, il faisait même exprès de nous taquiner et de nous provoquer :

« Ah ! ah ! Vous avez peur, petits démons. Ah ! c'est comme ça ! Eh bien, il y en a un gros qui va bientôt crever et celui-là, il en mettra du temps à pourrir ! »

On cherchait à l'arrêter, il reprenait de plus belle :

« Et vous aussi, il vous faudra mourir. A fouiller vos tas d'ordures, vous ne vivrez pas longtemps !

— Eh bien, nous mourrons, disait Viakhir, et nous deviendrons des anges...

— Vous ? » Le père Iaz en avait le souffle coupé. « Vous ? Des anges ? »

Il éclatait d'un rire bruyant et recommençait à nous taquiner, en racontant de vilaines histoires sur les défunts.

Parfois, il baissait brusquement la voix et, dans un murmure, commençait à parler de choses étranges :

« Écoutez voir, les gamins, attendez! Avant-hier, on a enterré une bonne femme, j'ai appris une histoire à son sujet. Qu'est-ce que c'est donc que cette femme? »

Il parlait très souvent des femmes et toujours pour raconter des histoires obscènes; mais il y avait dans ses récits comme une interrogation, une plainte. Il semblait nous inviter à réfléchir avec lui et nous l'écoutions alors avec attention. Il parlait d'une façon maladroite et embrouillée, rompant sans cesse par des questions le fil de son discours; pourtant, des bribes de ses récits restaient dans notre mémoire et nous laissaient un souvenir inquiétant.

« On lui demande à cette femme : " Qui a mis le feu? — C'est moi qui ai mis le feu. — Comment ça, imbécile? Tu n'étais pas chez toi cette nuit-là, tu étais à l'hôpital! — C'est moi qui ai mis le feu! " qu'elle répète. Et pourquoi elle disait ça? Ah! que le Seigneur nous accorde le sommeil... »

Il connaissait la vie de presque tous ceux qu'il avait enfouis dans le sable de ce cimetière triste et nu. On aurait dit qu'il nous ouvrait la porte des maisons et que nous entrions pour voir comment les gens y vivaient; nous sentions que ce qu'il nous disait alors était grave et important. Il aurait pu, je crois, parler toute la nuit jusqu'à l'aube, mais dès que l'obscurité commençait à voiler les fenêtres, Tchourka se levait de table :

« Je rentre à la maison, maman aurait peur toute seule. Qui vient avec moi ? »

Et nous partions tous. Iaz nous accompagnait jusqu'à l'entrée du cimetière, fermait les portes et, appuyant contre la grille son visage sombre et décharné, disait d'une voix sourde :

« Adieu ! »

Nous lui répondions et, chaque fois, nous ressentions de l'angoisse à le laisser ainsi, seul dans le cimetière. Kostroma avait dit une fois en jetant un coup d'œil autour de lui :

« Un beau matin, nous nous réveillerons et lui, il sera mort.

— C'est Iaz le plus malheureux », disait souvent Tchourka, et Viakhir répliquait toujours :

« Nous ne vivons pas mal du tout, nous... »

C'était également mon avis. Elle me plaisait beaucoup, cette vie dans la rue, libre et indépendante ; j'aimais mes camarades, ils m'inspiraient un sentiment profond et j'étais tourmenté par le désir de faire quelque chose pour eux.

A l'école, j'avais de nouveau des ennuis, les élèves se moquaient de moi, me traitant de chiffonnier et de gueux. Un jour, à la suite d'une dispute, ils avaient déclaré au maître que je sentais mauvais et qu'on ne pouvait pas rester à côté de moi. Je me rappelle combien j'avais été humilié et comme il m'avait été dur de retourner en classe. Mes camarades avaient inventé cela par méchanceté : je me lavais tous les matins avec soin et je n'allais jamais à l'école sans changer de vêtements.

Je passai enfin l'examen pour entrer en troisième année. Je reçus en récompense un Évangile, un volume relié des fables de Krylov et un livre broché au titre incompréhensible : *Fata Morgana;* on me donna aussi un tableau d'honneur. Lorsque je rapportai le tout à la maison, grand-père se montra satisfait et même attendri. Il déclara qu'il fallait conserver cela avec soin et proposa de ranger les livres dans son petit coffre.

Grand-mère, qui était malade depuis quelques jours, n'avait pas d'argent, aussi grand-père gémissait et glapissait :

« Je me ruinerai à vous nourrir, vous me dévorerez jusqu'aux os. Ah! vous autres!... »

Je vendis donc les livres dans une boutique pour cinquante-cinq kopecks et je remis cet argent à grand-mère. Quant au tableau d'honneur, j'y gribouillai quelques inscriptions, puis je le remis à grand-père. Il rangea soigneusement le document sans même l'avoir déplié et sans avoir remarqué ma polissonnerie.

Débarrassé de l'école, je pus vivre à mon aise dans la rue où je me plaisais encore bien plus qu'auparavant. Le printemps battait son plein et nous gagnions davantage. Chaque dimanche, toute notre bande partait à travers champs dès le matin. Nous allions dans un bois de pins et ne rentrions que très tard le soir, pleins d'une lassitude agréable et plus unis que jamais.

Mais cette vie ne dura pas longtemps : mon beau-père perdit sa place et disparut de nouveau. Ma mère revint chez grand-mère avec mon petit frère Kolia et on m'obligea à tenir le rôle de bonne d'enfant. Grand-mère, en effet, était partie en ville chez un riche marchand où elle brodait un suaire. Silencieuse et décharnée, ma mère se traînait avec peine; ses yeux avaient une expression effrayante. Mon frère, qui était scrofuleux, avait les chevilles couvertes de plaies; il n'avait pas même la force de pleurer et poussait seulement de petits gémissements déchirants lorsqu'il avait faim. Quand il était rassasié, il sommeillait et, à travers son sommeil, poussait des soupirs étranges et ronronnait tout doucement comme un chaton.

Lorsqu'il était arrivé, grand-père l'avait tâté avec attention puis avait déclaré :

« Il faudrait qu'il soit bien nourri, mais voilà, je n'ai pas de quoi vous entretenir tous. »

Ma mère, assise sur le lit dans un coin, avait murmuré d'une voix rauque :

« Il ne lui en faut pas beaucoup...

— Un peu à celui-ci, un peu à celui-là, et ça finit par faire beaucoup... »

Il avait eu un geste vague de la main et s'était tourné vers moi :

« Il faut que Kolia reste en plein air, au soleil, dans le sable. »

J'avais ramené dans un sac du sable sec et propre et j'en avais fait un tas sous la fenêtre, en plein soleil. J'y enfouissais mon frère jusqu'au cou suivant les indications de grand-père. L'enfant aimait rester ainsi, il plissait ses paupières d'un air heureux et ses yeux étranges, qui n'avaient pas de blanc mais seulement des prunelles bleues entourées d'un cercle plus clair, se posaient sur moi, rayonnants.

Dès les premiers jours, je m'étais profondément attaché à lui, il me semblait qu'il comprenait toutes les pensées qui me venaient lorsque j'étais étendu à côté de lui.

La voix grinçante de grand-père parvenait jusqu'à nous :

« Mourir, ça n'est pas bien malin ; ce qu'il te faudrait, c'est savoir vivre... »

Ma mère toussait longuement.

Kolia dégageait ses petits bras et les tendait vers moi en secouant sa tête blonde ; il avait des cheveux clairsemés à reflets blancs et un visage trop réfléchi de petit vieux. Quand une poule ou un chat s'approchaient, Kolia les examinait longuement, puis il me regardait et souriait imperceptiblement. Ce sourire me troublait : mon frère ne comprenait-il pas que je m'ennuyais avec lui, que j'avais envie de le laisser là et de m'enfuir dans la rue ?

La cour, étroite et sale, était bordée de petites remises, de hangars à bois et de celliers, construits en planches non écorcées ; ces bâtiments partaient du portail, tournaient et se terminaient par l'étuve. Les toits étaient complètement recouverts de débris de barques, de morceaux de bois, de planches et de copeaux encore humides ; ce matériel avait été ramassé sur l'Oka au moment de la débâcle et des hautes eaux. Toute la cour était encombrée par d'affreux tas de bois mouillés qui fermentaient au soleil et répandaient une odeur de pourriture.

Dans la cour voisine, il y avait un abattoir pour le petit bétail. Presque tous les matins, on entendait le beuglement des veaux, le bêlement des moutons. L'odeur de sang qui se répandait était si épaisse que je croyais parfois la voir flotter dans l'air poussiéreux comme une vapeur pourpre et transparente. Quand les animaux, assommés par le coup de merlin entre les cornes, s'écroulaient avec un cri, Kolia plissait les yeux et gonflait les lèvres, essayant peut-être d'imiter ce cri, mais il ne parvenait qu'à souffler un peu d'air :

« Ffou... »

A midi, grand-père passait la tête par la fenêtre et criait :

« A table! »

Il nourrissait lui-même mon petit frère. Il le prenait sur ses genoux, mâchait un peu de pomme de terre et de pain, puis avec son doigt crochu lui faisait avaler une bouchée, barbouillant les lèvres minces et le menton osseux de l'enfant. Il s'arrêtait bientôt, soulevait la courte chemise de Kolia, plantait son doigt dans le ventre gonflé et se demandait à haute voix :

« Il en a peut-être assez, hein? Ou faut-il encore lui en donner? »

Du coin sombre, près de la porte, la voix de ma mère s'élevait :

« Vous le voyez pourtant bien, il tend la main vers le pain! »

— Il est encore bête! Il ne peut pas savoir ce qu'il doit manger... »

Et il fourrait de nouveau dans la bouche de Kolia la pâtée qu'il avait mâchée. Ce spectacle me remplissait de honte et me faisait mal, j'en avais la nausée.

« Bon, ça va, disait enfin grand-père. Tiens, porte-le à sa mère. »

Je prenais Kolia qui gémissait et tendait les bras vers la table.

Ma mère se levait et venait vers moi, la respiration sifflante, tendant ses bras secs et décharnés. Elle était longue et mince comme un sapin aux branches brisées.

On n'entendait plus guère sa voix fiévreuse, tout le jour elle restait silencieuse dans son coin. Elle allait mourir, je le sentais, je le savais. D'ailleurs grand-père parlait de la mort sans cesse et de manière obsédante, surtout le soir, lorsque la cour était sombre et que, par la fenêtre, pénétrait une grasse odeur de pourriture, chaude comme une peau de mouton.

Le lit de grand-père se trouvait dans le coin, près de la fenêtre, presque sous les icônes; il se couchait, la tête tournée vers elles, et grognait longtemps dans l'obscurité :

« Voilà, le moment de mourir est arrivé. Quelle figure ferons-nous quand il faudra paraître devant Dieu? Qu'est-ce que nous dirons? Et pourtant toute la vie nous nous sommes débattus, nous avons fait ce que nous avons pu... Et où cela nous a-t-il menés? »

Je dormais par terre entre le poêle et la fenêtre... Je n'avais pas assez de place pour m'allonger et j'étais obligé de glisser mes jambes sous le poêle où les cafards me chatouillaient.

Là, dans ce recoin, j'éprouvai plus d'une fois une joie mauvaise. Lorsqu'il faisait la cuisine, grand-père cassait souvent les carreaux de la fenêtre avec le manche d'un tire-pots [89] ou d'un tisonnier. Il me semblait comique et étrange que lui, si intelligent pourtant, ne pensât pas à les raccourcir. Un jour qu'il préparait un plat de sa façon, il voulut retirer du feu un pot dont le contenu bouillait trop fort; il manœuvra le tire-pots avec une telle précipitation qu'il enfonça la fenêtre, renversa le pot sur la plaque du poêle et le cassa. Il fut tellement affligé de sa maladresse qu'il s'assit par terre et se mit à pleurer :

« Seigneur, Seigneur... »

Dans la journée, après son départ, je pris le couteau à pain et je raccourcis les tire-pots des trois quarts. Mais lorsqu'il s'en aperçut, grand-père m'injuria :

« Diable maudit! C'est avec une scie qu'il fallait les couper, avec une scie! Les morceaux auraient fait des rouleaux, on aurait pu les vendre, graine de diable! »

Il sortit dans le vestibule, avec de grands gestes.

« Tu aurais mieux fait de ne pas t'en mêler... » dit ma mère.

Elle mourut un dimanche d'août, vers midi. Mon beau-père venait de rentrer de voyage, il avait trouvé un nouvel emploi; grand-mère et Kolia s'étaient déjà installés chez lui, dans un appartement coquet près de la gare. C'est là qu'on devait transporter bientôt ma mère.

Le matin de sa mort, elle me dit doucement, mais d'une voix plus claire et plus gaie que d'habitude :

« Va voir Ievguéni, dis-lui que je le prie de venir. »

Prenant appui contre le mur, elle se souleva sur le lit et s'assit :

« Va vite! »

Il me sembla qu'elle souriait et qu'il y avait dans ses yeux un éclat nouveau. Mon beau-père était à la messe quand j'arrivai. Grand-mère, en attendant son retour, m'envoya chercher du tabac chez une garde-barrière juive; celle-ci n'en avait pas de prêt, il fallut attendre qu'elle le râpe, puis le porter à grand-mère...

Lorsque je revins à la maison, ma mère était assise à table. Vêtue d'une robe violette toute propre, bien coiffée, elle avait retrouvé l'air grave qui lui était habituel.

« Tu vas mieux? » demandai-je, intimidé sans savoir pourquoi.

Elle me lança un regard qui me fit peur :

« Viens ici, où as-tu traîné, hein? »

Je n'eus pas le temps de répondre, elle m'avait déjà attrapé par les cheveux. Elle me donna plusieurs coups de toutes ses forces avec le plat d'un long couteau flexible fabriqué avec une scie. Le couteau lui échappa des mains.

« Ramasse! Donne... »

Je ramassai le couteau et le jetai sur la table; ma mère me repoussa. Je m'assis sur une marche du poêle et la suivis des yeux avec effroi.

Elle se leva et retourna lentement dans son coin, s'étendit sur le lit et se mit à essuyer son visage en sueur avec un mouchoir. Ses mouvements étaient incertains; à deux reprises, sa main n'atteignit pas son visage et retomba sur l'oreiller.

« Donne-moi de l'eau... »

J'en puisai une tasse dans le seau. Soulevant la tête avec effort, ma mère but une gorgée puis m'écarta de sa main froide, avec un grand soupir.

Elle tourna ses yeux vers les icônes, m'effleura du regard, remua les lèvres comme si elle souriait et lentement, abaissa ses longs cils. Ses coudes se serrèrent bien fort contre ses flancs et ses mains, dont les doigts remuaient faiblement, remontèrent sur sa poitrine, vers la gorge. Une ombre passa sur son visage et sembla le creuser; sa peau jaune se tendit et son nez parut plus pointu. Elle ouvrait une bouche étonnée, mais on n'entendait plus la respiration.

Je restai très longtemps immobile près du lit, la tasse à la main, regardant le visage qui se figeait et devenait gris.

Lorsque grand-père entra, je lui dis :

« Elle est morte, ma mère. »

Il jeta un coup d'œil vers le lit :

« Qu'est-ce que tu racontes? »

Et il s'en alla vers le poêle d'où il retira un pâté en manipulant avec un bruit assourdissant le bouchoir et la plaque à rôtir. Je le regardais, attendant qu'il comprenne enfin que ma mère était morte.

Mon beau-père arriva, en veste de grosse toile et en casquette blanche d'uniforme. Sans bruit, il prit une chaise, la porta près du lit de ma mère, mais brusquement il laissa retomber la chaise et cria d'une voix stridente :

« Mais elle est morte, regardez... »

Grand-père, les yeux écarquillés, s'avança tout doucement, le bouchoir à la main; il trébuchait comme s'il avait perdu la vue.

*

Lorsqu'on eut recouvert le cercueil de sable
sec, grand-mère s'en alla au hasard parmi les
tombes, comme une aveugle; elle se heurta contre
une croix et se mit le visage en sang. Le père de
Iaz l'emmena dans sa maisonnette et, tandis
qu'elle se lavait, il m'adressait tout bas des
paroles de consolation :

« Ah! mon pauvre petit! Qu'est-ce que tu
veux? C'est comme ça. Que le Seigneur nous
accorde le sommeil! J'ai pas raison, hein, la
grand-mère? Et le riche et le pauvre s'en vont au
cimetière. C'est bien vrai, hein, la grand-mère? »

Il jeta un regard par la fenêtre, se précipita au-
dehors et, tout rayonnant de joie, revint aussitôt
avec Viakhir :

« Regarde donc! dit-il en me tendant un éperon
brisé. Regarde comme c'est beau! Viakhir et moi,
nous t'en faisons cadeau. Tu vois la petite
roulette, hein? C'est sûrement un Cosaque qui l'a
perdu. Je voulais le racheter à Viakhir, je lui en
donnais deux kopecks...

— Qu'est-ce que tu racontes », dit Viakhir à
mi-voix, mais avec irritation.

Le père de Iaz sautillait devant moi et clignait
de l'œil dans la direction de Viakhir :

« Tu entends Viakhir? Il n'est pas commode!
Eh bien, oui, ce n'est pas moi, c'est lui qui te le
donne, c'est lui. »

Après s'être lavée, grand-mère enveloppa de
son fichu son visage enflé et bleuâtre et m'appela
pour rentrer. Je refusai, sachant qu'au repas

funéraire on boirait de la vodka et qu'il y aurait
sûrement des disputes.

Déjà à l'église, l'oncle Mikhaïl avait dit à
Iakov en soupirant :

« On va bien boire aujourd'hui, hein? »

Viakhir cherchait à m'amuser, il avait fixé
l'éperon sur son menton et essayait de l'atteindre
avec la langue. Le père de Iaz se forçait à rire
aux éclats et s'exclamait :

« Regarde, regarde donc ce qu'il fait! »

Mais voyant que tout cela ne m'égayait pas, il
ajouta sérieusement :

« Allons, n'y pense plus! Nous mourrons tous;
même les oiseaux, ils meurent. Tiens, si tu veux,
je garnirai la tombe de ta mère avec du gazon.
Allons dans les champs tous les trois, Viakhir
viendra avec nous. On ramènera du gazon et on
arrangera la tombe, ce sera très bien! »

L'idée me plut et nous partîmes dans les
champs.

*

Quelques jours après l'enterrement, grand-père
me dit :

« Eh bien, Alexis, tu n'es pas une médaille, tu
ne peux pas rester toujours pendu à mon cou, va
donc gagner ton pain... »

Et je partis gagner mon pain.

DOSSIER

VIE DE GORKI

1868. Le 16 mars, à Nijni-Novgorod, naissance de Alexeï Maximovitch Pechkov. Son père, Maxime Pechkov, est ébéniste. Sa mère, Varvara, est la fille du teinturier Kachirine. Son père sera, peu après sa naissance, employé par une compagnie de navigation, et il mourra lorsque l'enfant aura trois ans. Gorki sera dès lors élevé par son grand-père et la femme de celui-ci, Akoulina Ivanovna. La ruine de Vassili Kachirine sera l'apprentissage de la misère.

1879. Orphelin, Gorki devient apprenti dans un magasin. Il sera ensuite plongeur sur un bateau fluvial. C'est alors qu'il se prend, grâce à un cuisinier autodidacte, d'une vive passion pour la lecture. Plus tard encore, il travaille chez un marchand d'icônes.

1884. A Kazan, il tente de s'inscrire à l'université, gagnant sa vie comme ouvrier boulanger. L'inscription lui étant refusée, il fréquente les cercles d'étudiants révolutionnaires qui l'éveillent au socialisme populiste.

1887. Désespéré, Gorki tente de se suicider en se tirant un coup de revolver dans la région du cœur. Il s'en tire avec un poumon perforé, blessure qui sera à l'origine de sa tuberculose. A peine remis, il part s'engager dans les pêcheries de la mer Caspienne. Il revient ensuite à Nijni-Novgorod où il exerce divers métiers.

1891. Il quitte une nouvelle fois Nijni-Novgorod pour un vagabondage incessant aux rives de la Volga et du Don, en Ukraine, en Bessarabie, en Crimée, dans le Caucase. Le long des routes, il glane le sujet des nouvelles qu'il s'est mis à écrire.

1892. Ses premiers récits paraissent dans la presse de province.

1895. Ses contes sont acceptés par les grandes revues.

1898. Sous le titre de *Esquisses et récits*, ses premiers textes sont réunis en deux volumes.

1899. *Esquisses et récits* paraissent en trois volumes. Ces pages traduites dans les principales langues européennes lui apportent un succès quasiment universel. Il publie son roman *Foma Gordeïev*, suivi en 1900 par *Les Trois*.

1902. Le Théâtre d'Art de Moscou présente successivement *Les Petits-Bourgeois* et *Les Bas-Fonds*. C'est un triomphe. D'autant plus spectaculaire que Gorki, surveillé par la police pour ses opinions, a passé quelques jours en prison en 1901, puis a été exilé dans la bourgade d'Arzamas. En cette même année 1902, Gorki est élu à l'Académie, mais le tsar annule son élection, ce qui entraîne la démission de Tchekhov et de Korolenko.

1905. Gorki rencontre Lénine et adhère au parti bolchevique. Il sera arrêté pour avoir rédigé un tract hostile au pouvoir monarchiste. Les protestations venues de l'étranger sont si vives qu'il est libéré. Cependant, après les événements sanglants de décembre, il doit s'exiler. Il tente alors de soulever contre Nicolas II, et l'emprunt russe, les opinions étrangères. Sa campagne a peu de succès en France et en Amérique. Gorki écrit à ces occasions divers pamphlets d'une extrême violence de ton : *La Belle France, En Amérique, Mes interviews.* Il met également la dernière main à son drame : *Les Ennemis,* et à son roman : *La Mère.*

1906. A la fin de l'année, Gorki s'installe à Capri. D'accord avec Lénine, il fonde une école destinée à créer des cadres révolutionnaires. Mais, avec d'autres bolcheviks, et à la fureur de Lénine, il épouse les thèses de Bogdanov, qui visent à concilier le marxisme avec le renouveau idéaliste et spiritualiste.

1908. Gorki publie *La Confession*, le roman le plus « bogdano-vien » qu'il ait écrit. Suivront, jusqu'en 1913, des articles, des pièces de théâtre, des romans.

1913. Grâce à l'amnistie proclamée, Gorki rentre en Russie, où il achève *Enfance* (en 1914) et *En gagnant mon pain* (en 1916). En rapport avec les bolcheviks, il collabore à leurs journaux, mais se consacre surtout aux tâches culturelles, dont les conseils et la formation de jeunes écrivains.

1914. Gorki publie le *Premier recueil des écrivains prolétariens*.

1916. Gorki crée *Les Annales*, revue des écrivains de gauche et des socialistes hostiles à la guerre.

1917. En octobre, Gorki publie, dans *La Vie nouvelle*, une chronique qui désapprouve Lénine et le coup d'État bolchevique.

1918. Gorki accepte de collaborer, sur le plan culturel, avec le gouvernement bolchevique. Associé à la création des Éditions d'État, il fonde les éditions « Littérature univer-selle ». Lénine et son entourage n'approuvent pas toutes les initiatives qu'il prend en faveur des intellectuels. On le persuade de quitter l'U.R.S.S. parce qu'il souffre d'une rechute de tuberculose et doit se soigner à l'étranger.

1922. Gorki réside à Berlin.

1923. Gorki se soigne dans les villes d'eaux d'Allemagne et de Tchécoslovaquie.

1924. Il s'installe à Sorrente. Il tentera d'empêcher que se rompe l'unité de la littérature russe, partagée entre exilés et soviétiques.

1928. Gorki rentre en Union soviétique. Il accorde sa sympa-thie aux « compagnons de route » (c'est-à-dire : des sympathisants, mais non des communistes), crée des revues, des collections encyclopédiques et historiques.

1932. Il joue un grand rôle dans l'adoption d'une nouvelle politique littéraire concrétisée par la création de l'Union des écrivains.

1934. Lors de son congrès (le premier), en août, l'Union des écrivains soviétiques élit Gorki à sa présidence. Dès lors, il va incarner, aux yeux du monde, le visage « humaniste » du régime stalinien.

1936. Le 18 juin, Gorki meurt des suites d'une pneumonie.

1938. Un communiqué officiel daté du 3 mars affirme que Gorki a été assassiné sur l'ordre de Iagoda, chef de la Tchéka.

H. J.

NOTES

Page 24.

1. En russe, le verbe employé par l'enfant signifie « venir à pied ».

Page 35.

2. Chez les Slaves païens, esprit domestique, sorte de lutin qui protégeait la maison et ses habitants, mais pouvait aussi devenir hostile à ses hôtes, les étouffer pendant leur sommeil, etc. De nombreuses cérémonies étaient liées à cette croyance, on invitait le domovoï à changer de demeure en même temps que les gens de la maison. La croyance au domovoï s'est maintenue presque jusqu'à nos jours.

3. Mesure prise en raison de l'épidémie de choléra qui sévissait alors.

Page 43.

4. Les poêles russes, que l'on rencontre encore à l'heure actuelle dans les isbas, sont construits en maçonnerie. Ils servent à la fois pour le chauffage et la cuisine. Ils sont assez larges pour qu'on puisse coucher dessus et des saillies permettent d'y grimper.

Page 44.

5. Le mot était souvent employé avec un sens péjoratif, comme synonyme d'hypocrite.

6. Déformation de franc-maçon, employée avec un sens péjoratif.

Page 46.

7. La prière est dite en slavon (langue de l'église orthodoxe russe).

Page 58.

8. Anciens noms d'Oulianov et de Chtcherbakov, villes situées sur la Volga.

Page 59.

9. Monts très pittoresques situés sur le cours moyen de la Volga. Le fleuve contourne ces monts; il les borde au nord, à l'est et au sud. Le grand-père évoque à plusieurs reprises dans ses souvenirs les monts Jigouli.

Page 64.

10. Ivan est le prénom du jeune apprenti, Tsyganok son surnom.

Page 65.

11. La quittance de recrutement libérait son possesseur du service militaire; on l'obtenait en payant une certaine somme pour assurer l'engagement d'un volontaire.

Page 66.

12. Sergatch est situé à 130 kilomètres environ au sud-est de Nijni-Novgorod.

Page 68.

13. Hors-d'œuvre variés que l'on sert en même temps que la vodka.

Page 70.

14. Parfois appelées en français « chaussettes russes »; ce sont de simples bandes d'étoffe que l'on enroule autour de la jambe.

Page 74.

15. Ville située sur la Volga à 30 kilomètres au nord-ouest de Nijni-Novgorod.

Page 81.

16. Il est question plus haut d'un traîneau, ici d'une voiture. Le véhicule, utilisé sur roues en été, était muni de patins et se transformait en traîneau au début de l'hiver.

Page 99.

17. Garnitures de métal qui couvraient les icônes, ne laissant voir que le visage et les mains des personnages.

Page 100.

18. Conçue pour prendre des bains de vapeur, l'étuve était aussi couramment utilisée comme buanderie.

Page 101.

19. Une troïka n'est ni une voiture, ni un traîneau, mais un attelage de trois chevaux.

Page 102.

20. Iengalytcheva, personnage des contes russes.

21. Saint Alexis, patricien romain du IVe siècle. Il abandonna tout pour partir en pèlerinage aux Lieux saints. Sept ans plus tard, il revint en mendiant dans la maison paternelle où il vécut misérablement jusqu'à sa mort, sans être reconnu.

22. Ivan le guerrier, personnage des contes russes.

23. Vassilissa, personnage des contes russes.

24. Le pope Bouc, personnage des contes russes.

25. Possadnitsa, femme du gouverneur (possadnik). Marfa la Possadnitsa est un personnage historique du XVe siècle. Veuve de Andreï Boretzki, elle s'opposa comme lui à ce que Novgorod, ville libre, se soumît à l'autorité du grand-prince de Moscou. Ivan III l'exila en 1478 à Nijni-Novgorod où elle fut enfermée dans un monastère.

26. Baba Ousta, personnage des contes russes.

Page 117.

27. Le monastère Petchorski (des Cavernes), appelé plus souvent Petchory, est situé près de Nijni-Novgorod, au pied d'une falaise qui porte le même nom.

28. Varentsi, lait caillé et cuit au four.

Page 118.

29. Mourom, ville située sur la rive gauche de l'Oka, à 150 kilomètres au sud-ouest de Nijni-Novgorod. Sa fondation remonte à la fin du Xe siècle.

30. Iourievetz, ville située sur la rive droite de la Volga, à environ 130 kilomètres au nord-ouest de Nijni-Novgorod.

Page 122.

31. La traduction ne peut être ici littérale. Pour des raisons mnémotechniques, les lettres de l'alphabet slavon tenaient leur nom d'un mot commençant par ces lettres. Le texte original comporte ici une comparaison entre le nom slavon des lettres et ce qu'elles évoquent par leur graphie dans l'esprit de l'enfant.

Page 125.

32. Le mot russe a un double sens : 1° parfaitement heureux ; 2° innocent, un peu simple.

Page 132.

33. Il s'agit de Stepane Timofeievitch Razine, souvent désigné sous le nom de Stenka Razine.

34. Emelian Ivanovitch Pougatchev, aventurier russe né en 1726, décapité en 1775.

35. Serfs de la région d'Olonietz (bassin du lac Ladoga).

Page 135.

36. Il s'agit en fait de la *liejanka*, saillie du poêle où l'on pouvait s'étendre et dormir. Elle pouvait très souvent être chauffée de manière indépendante.

Page 142.

37. Plaque située devant l'ouverture du four et sur laquelle les pots attendent d'être enfournés ou, une fois retirés du four, sont maintenus à la chaleur.

Page 143.

38. Division administrative de la Russie à l'époque des tsars.

Page 145.

39. Peuple finnois vivant dans la région de Nijni-Novgorod.

40. Ancien nom des Mari, peuple finnois vivant sur le cours moyen de la Volga, à l'est de Nijni-Novgorod.

Page 154.

41. L'expression consacrée est « mettre le samovar ». En fait, on allume le charbon de bois du foyer. La chaleur monte par le tuyau central et réchauffe l'eau que l'on recueille au robinet.

Page 155.

42. Peuple de race jaune vivant sur le cours moyen de la Volga, au sud-est de Nijni-Novgorod. Le grand-père emploie le terme au sens de : sauvage.

Page 164.

43. Raskolniks ou vieux-croyants, schismatiques russes qui considéraient comme contraires à la vraie foi les réformes de la liturgie réalisées par le patriarche Nikon en 1654.

Page 165.

44. Ephrem le Syrien (306-378) : théologien syrien, docteur de l'Église, auteur d'un grand nombre d'ouvrages de théologie et également de prières et de cantiques.

Page 167.

45. Personnage des contes russes, incarnation de toutes les forces hostiles à l'homme. Il est toujours qualifié d'immortel.

Page 171.

46. Voronikha est un surnom formé sur le mot *voron*, corbeau.

Page 177.

47. Il s'agit de livres imprimés en caractères russes. A cette époque, le jeune Gorki ne connaissait encore que l'alphabet slavon qui diffère sensiblement de l'alphabet russe. Le slavon était la langue de l'Église, le russe étant réservé aux ouvrages profanes.

Page 179.

48. Voir note 6.

Page 181.

49. Expression tatare : « Ah ! diable ! »

Page 183.

50. Chef d'armée ou gouverneur d'une province dans l'ancienne Russie.

Page 202.

51. Le serf qui allait travailler à la ville devait verser à son maître une partie de son salaire (redevance en argent).

52. Diminutif du prénom féminin Tatiana.

Page 204.

53. Long vêtement de dessus serré à la taille.

Page 207.

54. Allusion à l'émancipation des serfs (1861).

Page 209.

55. Le prénom Tatian n'existe pas. Cette forme fantaisiste a en russe l'apparence d'un masculin qui correspondrait au prénom féminin Tatiana ; d'où la question de l'enfant.

Page 221.

56. Ces chaussures paysannes, dites *lapti,* étaient tressées avec des fibres tirées du liber des jeunes tilleuls.

Page 229.

57. Ville située sur l'Oka à 200 kilomètres environ au sud-ouest de Nijni-Novgorod.

Page 241.

58. Il s'agit de l'alphabet russe (voir note 47).

Page 245.

59. Poète et critique russe (1792-1878).

Page 251.

60. Sainte Barbe qui subit le martyre au ive siècle. Elle fut décapitée par son propre père, propréteur romain en Nicomédie.

61. Le souvenir de ces saints populaires de l'église orthodoxe s'était conservé dans des légendes en vers que récitaient les pèlerins et les mendiants.

62. Voir note 21.

Page 257.

63. Voir note 28.

Page 263.

64. Roi d'Israël du ixe siècle avant Jésus-Christ. Époux de Jézabel et père d'Athalie. Il favorisa le culte des idoles et s'attira les imprécations du prophète Élie.

Page 266.

65. Costume de paysanne composé d'un corsage à manches courtes et bouffantes et d'une jupe montée sur ce corsage.

Page 267.

66. Il s'agit de l'uniforme que portaient alors les étudiants.

Page 272.

67. Ville située sur la Volga à 350 kilomètres environ au nord-ouest de Nijni-Novgorod. C'est dans cette ville que fut assassiné en 1591, probablement sur l'ordre de Boris Godounov, le jeune prince Dmitri, fils d'Ivan le Terrible.

Page 274.

68. Rivière qui se jette dans la Volga à une cinquantaine de kilomètres en aval de Nijni-Novgorod.

69. Selon la légende, lorsqu'en 1138 les hordes tatares du khan Baty voulurent s'emparer de la cité de Kitèje, celle-ci disparut miraculeusement; elle continue d'exister, mais invisible aux yeux des hommes, et elle ne se révélera qu'au jour du jugement dernier.

Page 285.

70. Dans l'église orthodoxe, dernier dimanche avant le carême. Cette fête marque la fin des jours gras. Selon une coutume très répandue dans le peuple, ce jour-là chacun demandait publiquement pardon à ceux qu'il avait pu offenser au cours de l'année écoulée.

Page 286.

71. La terre nourricière est souvent comparée à une mère dans les œuvres populaires russes.

Page 290.

72. Tunique en peau de mouton dont la laine est en dedans et qui constitue le vêtement d'hiver du paysan russe.

Page 294.

73. Dans la mythologie grecque, être fabuleux représenté sous forme d'oiseau avec une tête et une poitrine de femme, et tenant une lyre. La Sirène, par la douceur de son chant, attirait les navigateurs sur les écueils. L'oiseau Sirène apparaît souvent dans les vieilles légendes populaires russes.

Page 299.

74. Un cadre mobile permettait d'avoir une double fenêtre en hiver.

Page 307.

75. Allusion à la guerre russo-turque de 1877-1878 qui commença à la suite des soulèvements en Bosnie-Herzégovine.

Page 313.

76. Voir note 2.

Page 316.

77. Quartier de Nijni-Novgorod où se trouvaient des usines qui comptaient parmi les plus importantes de Russie.

Page 320.

78. Quartier de Nijni-Novgorod.

79. Pantalons qui ne rentraient pas dans les bottes.

80. Morceau d'étoffe rouge ou jaune de forme carrée que l'on cousait au dos des condamnés au bagne.

Page 322.

81. Hymne national russe jusqu'à la Révolution.

Page 335.

82. Il s'agit du « sytchoug » ou estomac farci.

Page 336.

83. Ancienne mesure de poids équivalant à 16,38 kg.

Page 337.

84. Viakhir signifie le ramier.

Page 340.

85. Voir note 84.

Page 345.

86. Sorte de coopérative (ici, coopérative de production) composée d'artisans ou d'ouvriers.

87. Petite ville située sur l'Oka, à environ 300 km au sud-ouest de Nijni-Novgorod. Un groupe de Tatars habite dans cette région.

Page 346.

88. Fête commémorative en l'honneur d'un défunt, quarante jours après son décès.

Page 354.

89. Instrument à long manche utilisé pour retirer les pots du four.

Impression S.E.P.C. à Saint-Amand (Cher),
le 27 octobre 1993.
Dépôt légal : octobre 1993.
1ᵉʳ dépôt légal dans la collection : juillet 1976.
Numéro d'imprimeur : 2509.
ISBN 2-07-036823-8./Imprimé en France.